阿拉伯海的女神

徐訏文集

小說卷

導言　徬徨覺醒：徐訏的文學道路

陳智德

「個人的苦悶不安，徬徨無依之感，正如在大海狂濤中的小舟。」[1]

——徐訏〈新個性主義文藝與大眾文藝〉

在二十世紀四、五十年代之交，度過戰亂，再處身國共內戰意識形態對立夾縫之間的作家，應自覺到一個時代的轉折在等候著，尤其在當時主流的左翼文壇以外，被視為「自由主義作家」或「小資產階級作家」的一群，包括沈從文、蕭乾、梁實秋、張愛玲、徐訏等等，一整代人在政治旋渦以至個人處境的去與留之間徘徊，最終作出各種自願或不由自主的抉擇。

[1] 徐訏〈新個性主義文藝與大眾文藝〉，收錄於《現代中國文學過眼錄》，台北：時報文化，一九九一。

一

一九四六年八月，徐訏結束接近兩年間《掃蕩報》駐美特派員的工作，從美國返回中國，直至一九五〇年中離開上海奔赴香港，在這接近四年的歲月中，他雖然沒有寫出像《鬼戀》和《風蕭蕭》這樣轟動一時的作品，卻是他整理和再版個人著作的豐收期，他首先把《風蕭蕭》交給由劉以鬯及其兄長新近創辦起來的懷正文化社出版，據劉以鬯回憶，該書出版後，「相當暢銷，不足一年，（從一九四六年十月一日到一九四七年九月一日），印了三版」[2]，其後再由懷正文化社或夜窗書屋初版或再版了《阿剌伯海的女神》（一九四六年初版）、《烟圈》（一九四六年初版）、《蛇衣集》（一九四八年初版）、《幻覺》（一九四八年初版）、《四十詩綜》（一九四八年初版）、《兄弟》（一九四七年再版）、《母親的肖像》（一九四七年再版）、《生與死》（一九四七年再版）、《春韮集》（一九四七年再版）、《一家》（一九四七年再版）、《海外的鱗爪》（一九四七年再版）、《舊神》（一九四七年再版）、《成人的童話》（一九四七年再版）、《西流集》（一九四七年再版）、潮來的時候（一九四八年再版）、《黃浦江頭的夜月》（一九四八年再版）、《吉布賽的誘惑》（一九四九再版）、《婚

[2] 劉以鬯〈憶徐訏〉，收錄於《徐訏紀念文集》，香港：香港浸會學院中國語文學會，一九八一。

事》（一九四九年再版），[3]粗略統計從一九四六年至一九四九年這三年間，徐訏在上海出版和再版的著作達三十多種，成果可算豐盛。

《風蕭蕭》早於一九四三年在重慶《掃蕩報》連載時已深受讀者歡迎，一九四六年首次結集成單行本出版，沈寂的回憶提及當時讀者對這書的期待：「這部長篇在內地早已是暢銷一時的名著，可是淪陷區的讀者還是難得一見，也是早已企盼的文學作品」[4]，當劉以鬯及其兄長創辦懷正文化社，就以《風蕭蕭》為首部出版物，十分重視這書，該社創辦時發給同業的信上，即頗為詳細地介紹《風蕭蕭》，作為重點出版物。徐訏有一段時期寄住在懷正文化社的宿舍，與社內職員及其他作家過從甚密，直至一九四八年間，國共內戰愈轉劇烈，幣值急跌，金融陷於崩潰，不單懷正文化社結束業務，其他出版社也無法生存，徐訏這階段整理和再版個人著作的工作，無法避免遭遇現實上的挫折。

然而更內在的打擊是一九四八至四九年間，主流左翼文論對被視為「自由主義作家」或「小資產階級作家」的批判，一九四八年三月，郭沫若在香港出版的《大眾文藝叢刊》第一輯發表〈斥反動文藝〉，把他心目中的「反動作家」分為「紅黃藍白黑」五種逐一批判，點名

3 以上各書之初版及再版年份資料是據賈植芳、俞元桂主編《中國現代文學總書目》、北京圖書館編《民國時期總書目，一九一一－一九四九》。

4 沈寂〈百年人生風雨路——記徐訏〉，收錄於《徐訏先生誕辰100週年紀念文選》，上海：上海社會科學院出版社，二〇〇八。

批評了沈從文、蕭乾和朱光潛。該刊同期另有邵荃麟〈對於當前文藝運動的意見——檢討・批判・和今後的方向〉一文重申對知識份子更嚴厲的要求，包括「思想改造」。雖然徐訏不像沈從文般受到即時的打擊，但也逐漸意識到主流文壇已難以容納他，如沈寂所言：「自後，上海一些左傾的報紙開始對他批評。他無動於衷，直至解放，輿論對他公開指責。稱《風蕭蕭》歌頌特務。他也不辯論，知道自己不可能再在上海逗留，上海也不會再允許他曾從事一輩子的寫作，就捨別妻女，離開上海到香港。」[5]一九四九年五月二十七日，解放軍攻克上海，中共成立新的上海市人民政府，徐訏仍留在上海，差不多一年後，終於不得不結束這階段的工作，在不自願的情況下離開，從此一去不返。

二

一九五〇年的五、六月間，徐訏離開上海來到香港。由於內地政局的變化，其時香港聚集了大批從內地到港的作家，他們最初都以香港為暫居地，但隨著兩岸局勢進一步變化，他們大部份最終定居香港。另一方面，美蘇兩大陣營冷戰局勢下的意識形態對壘，造就五十年代香港文化刊物興盛的局面，內地作家亦得以繼續在香港發表作品。徐訏的寫作以小說和新詩為主，

[5] 沈寂〈百年人生風雨路——記徐訏〉，收錄於《徐訏先生誕辰100週年紀念文選》，上海：上海社會科學院出版社，二〇〇八。

來港後亦寫作了大量雜文和文藝評論，五十年代中期，他以「東方既白」為筆名，在香港《祖國月刊》及台灣《自由中國》等雜誌發表〈從毛澤東的沁園春說起〉、〈新個性主義文藝與大眾文藝〉、〈在陰黯矛盾中演變的大陸文藝〉等評論文章，部份收錄於《在文藝思想與文化政策中》、《回到個人主義與自由主義》及《現代中國文學過眼錄》等書中。

徐訏在這系列文章中，回顧也提出左翼文論的不足，特別對左翼文論的「黨性」提出質疑，也不同意左翼文論要求知識份子作思想改造。這系列文章在某程度上，可說回應了一九四八、四九年間中國大陸左翼文論的泛政治化觀點，更重要的，是徐訏在多篇文章中，以自由主義文藝的觀念為基礎，提出「新個性主義文藝」作為他所期許的文學理念，他說：「新個性主義文藝必須在文藝絕對自由中提倡，要作家看重自己的工作，對自己的人格尊嚴有覺醒而不願為任何力量做奴隸的意識中生長。」[6]徐訏文藝生命的本質是小說家、詩人，理論鋪陳本不是他強項，然而經歷時代的洗禮，他也竭力整理各種思想，最終仍見頗為完整而具體地，提出獨立的文學理念，尤其把這系列文章放諸冷戰時期左右翼意識形態對立、作家的獨立尊嚴飽受侵蝕的時代，更見徐訏提出的「新個性主義文藝」所倡導的獨立、自主和覺醒的可貴，以及其得來不易。

《現代中國文學過眼錄》一書除了選錄五十年代中期發表的文藝評論，包括《在文藝思想

[6] 徐訏〈新個性主義文藝與大眾文藝〉，收錄於《現代中國文學過眼錄》，台北：時報文化，一九九一。

與文化政策中》和《回到個人主義與自由主義》二書中的文章，也收錄一輯相信是他七十年代寫成的回顧五四運動以來新文學發展的文章，集中在思想方面提出討論，題為「現代中國文學的課題」，多篇文章的論述重心，正如王宏志所論，是「否定政治對文學的干預」[7]，而當中表面上是「非政治」的文學史論述，「實質上具備了非常重大的政治意義：它們否定了大陸的文學史論述」[8]，徐訏所針對的是五十年代至文革期間中國大陸所出版的文學史當中的泛政治論述，動輒以「反動」、「唯心」、「毒草」、「逆流」等字眼來形容不符合政治要求的作家；所以王宏志最後提出《現代中國文學過眼錄》一書的「非政治論述」，實際上「包括了多麼強烈的政治含義」。這政治含義，其實也就是徐訏對時代主潮的回應，以「新個性主義文藝」所倡導的獨立、自主和覺醒，抗衡時代主潮對作家的矮化和宰制。

《現代中國文學過眼錄》一書顯出徐訏獨立的知識份子品格，然而正由於徐訏對政治和文藝的清醒，使他不願附和於任何潮流和風尚，難免於孤寂苦悶，亦使我們從另一角度了解徐訏文學作品中常常流露的落寞之情，並不僅是一種文人性質的愁思，而更由於他的清醒和拒絕附和。一九五七年，徐訏在香港《祖國月刊》發表〈自由主義與文藝的自由〉一文，除了文藝評論上的觀點，文中亦表達了一點個人感受：「個人的苦悶不安，徬徨無依之感，正如在大海狂

7 王宏志〈心造的幻影——談徐訏的《現代中國文學的課題》〉，收錄於《歷史的偶然：從香港看中國現代文學史》，香港：牛津大學出版社，一九九七。

8 同前註。

濤中的小舟。」[9]放諸五十年代的文化環境而觀，這不單是一種「個人的苦悶」，更是五十年代一輩南來香港者的集體處境，一種時代的苦悶。

三

徐訏到香港後繼續創作，從五十至七十年代末，他在香港的《星島日報》、《星島週報》、《祖國月刊》、《今日世界》、《文藝新潮》、《熱風》、《筆端》、《七藝》、《新生晚報》、《明報月刊》等刊物發表大量作品，包括新詩、小說、散文隨筆和評論，並先後結集為單行本，著者如《江湖行》、《盲戀》、《時與光》、《悲慘的世紀》等。香港時期的徐訏也有多部小說改編為電影，包括《風蕭蕭》（屠光啟導演、編劇，香港：邵氏公司，一九五四）、《傳統》（唐煌導演、徐訏編劇，香港：亞洲影業有限公司，一九五五）、《痴心井》（唐煌導演、王植波編劇，香港：邵氏公司，一九五五）、《鬼戀》（屠光啟導演、編劇，香港：麗都影片公司，一九五六）、《盲戀》（易文導演、徐訏編劇，香港：新華影業公司，一九五六）、《後門》（李翰祥導演、王月汀編劇，香港：邵氏公司，一九六〇）、《江湖行》（張曾澤導演、倪匡編劇，香港：邵氏公司，一九七三）、《人約黃昏》（改編自《鬼戀》，

[9] 徐訏〈自由主義與文藝的自由〉，收錄於《個人的覺醒與民主自由》，台北：傳記文學出版社，一九七九。

陳逸飛導演、王仲儒編劇，香港：思遠影業公司，一九九六）等。

徐訏早期作品富浪漫傳奇色彩，善於刻劃人物心理，如〈鬼戀〉、〈吉布賽的誘惑〉、〈精神病患者的悲歌〉等，五十年代以後的香港時期作品，部份延續上海時期風格，如《江湖行》、《後門》、《盲戀》，貫徹他早年的風格，另一部份作品則表達歷經離散的南來者的鄉愁和文化差異，如小說《過客》、詩集《時間的去處》和《原野的呼聲》等。

從徐訏香港時期的作品不難讀出，徐訏的苦悶除了性格上的孤高，更在於內地文化特質的堅守，拒絕被「香港化」。在《鳥語》、《過客》和《癡心井》等小說的南來者角色眼中，香港不單是一塊異質的土地，也是一片理想的墓場、一切失意的觸媒。一九五〇年的《鳥語》以「失語」道出一個流落香港的上海文化人的「雙重失落」，而在《癡心井》的終末則提出香港作為上海的重像，形似卻已毫無意義。徐訏拒絕被「香港化」的心志更具體見於一九五八年的《過客》，自我關閉的王逸心以選擇性的「失語」保存他的上海性，一種不見容於當世的孤高，既使他與現實格格不入，卻是他保存自我不失的唯一途徑。[10]

徐訏寫於一九五三年的〈原野的理想〉一詩，寫青年時代對理想的追尋，以及五十年代從上海「流落」到香港後的理想幻滅之感：

10 參陳智德《解體我城：香港文學1950-2005》，香港：花千樹出版有限公司，二〇〇九。

多年來我各處漂泊，
唯願把血汗化為愛情，
遍灑在貧瘠的大地，
孕育出燦爛的生命。

但如今我流落在污穢的鬧市，
陽光裡飛揚著灰塵，
垃圾混合著純潔的泥土，
花不再鮮豔，草不再青。

海水裡漂浮著死屍，
山谷中蕩漾著酒肉的臭腥，
潺潺的溪流都是怨艾，
多少的鳥語也不帶歡欣。

茶座上是庸俗的笑語，
市上傳聞著漲落的黃金，

戲院裡都是低級的影片，
街頭擁擠著廉價的愛情。

此地已無原野的理想，
醉城裡我為何獨醒，
三更後萬家的燈火已滅，
何人在留意月兒的光明。

「原野的理想」代表過去在內地的文化價值，在作者如今流落的「污穢的鬧市」中完全落空，面對的不單是現實上的困局，更是觀念上的困局。這首詩不單純是一種個人抒情，更哀悼一代人的理想失落，筆調沉重。〈原野的理想〉一詩寫於一九五三年，其時徐訏從上海到香港三年，由於上海和香港的文化差距，使他無法適應，但正如同時代大量從內地到香港的人一樣，他從暫居而最終定居香港，終生未再踏足家鄉。

四

司馬長風在《中國新文學史》中指徐訏的詩「與新月派極為接近」，並以此而得到司馬長風的正面評價，[11]徐訏早年的詩歌，包括結集為《四十詩綜》的五部詩集，形式大多是四句一節，隔句押韻，一九五八年出版的《時間的去處》，收錄他移居香港後的詩作，形式上變化不大，仍然大多是四句一節，隔句押韻，大概延續新月派的格律化形式，使徐訏能與消逝的歲月多一分聯繫，該形式與他所懷念的故鄉，同樣作為記憶的一部份，而不忍割捨。

在形式以外，《時間的去處》更可觀的，是詩集中〈原野的理想〉、〈記憶裡的過去〉、〈時間的去處〉等詩流露對香港的厭倦、對理想的幻滅、對時局的憤怒，很能代表五十年代一輩南來者的心境，當中的關鍵在於徐訏寫出時空錯置的矛盾。對現實疏離，形同放棄，皆因被投放於錯誤的時空，卻造就出《時間的去處》這樣近乎形而上地談論著厭倦和幻滅的詩集。

六七十年代以後，徐訏的詩歌形式部份仍舊，卻有更多轉用自由詩的形式，不再四句一節，隔句押韻，這是否表示他從懷鄉的情結走出？相比他早年作品，徐訏六七十年代以後的詩作更精細地表現哲思，如《原野的理想》中的〈久坐〉、〈等待〉和〈觀望中的迷失〉、〈變

[11] 司馬長風《中國新文學史（下卷）》，香港：昭明出版社，一九七八。

幻中的蛻變〉等詩，嘗試思考超越的課題，亦由此引向詩歌本身所造就的超越。另一種哲思，則思考社會和時局的幻變，《原野的理想》中的〈小島〉、〈擁擠著的群像〉以及一九七九年以「任子楚」為筆名發表的〈無題的問句〉，時而抽離、時而質問，以至向自我的內在挖掘，尋求回應外在世界的方向，尋求時代的真象，因清醒而絕望，卻不放棄掙扎，最終引向的也是詩歌本身所造就的超越。

最後，我想再次引用徐訏在《現代中國文學過眼錄》中的一段：「新個性主義文藝必須在文藝絕對自由中提倡，要作家看重自己的工作，對自己的人格尊嚴有覺醒而不願為任何力量做奴隸的意識中生長。」[12]時代的轉折教徐訏身不由己地流離，歷經苦思、掙扎和持續的創作，最終以倡導獨立自主和覺醒的呼聲，回應也抗衡時代主潮對作家的矮化和宰制，可說從時代的轉折中尋回自主的位置，其所達致的超越，與〈變幻中的蛻變〉、〈小島〉、〈無題的問句〉等詩歌的高度同等。

＊陳智德：筆名陳滅，一九六九年香港出生，台灣東海大學中文系畢業，香港嶺南大學哲學碩士及博士，現任香港教育學院文學及文化學系助理教授，著有《解體我城：香港文學1950-2005》、《地文誌——追憶香港地方與文學》、《抗世詩話》以及詩集《市場，去死吧》、《低保真》等。

12 徐訏〈新個性主義文藝與大眾文藝〉，收錄於《現代中國文學過眼錄》，台北：時報文化，一九九一。

目次

幻覺

煙圈

阿拉伯海的女神

內外

他初來的時候就感到這櫃檯像一道牆。

他自從進了這道牆以後，就沒有到牆外去過。

他第一天到這兒時，使他感到興趣的就是這道他所感到的牆，直到現在，他對於這道牆還是感到興趣。是牆的神祕，也許是這興趣的神祕，他雖然也動過心，但終是馴馴服服地在牆內活到如今。

起初，他是掃地，倒便壺，洗水煙袋，聽見喊「阿毛」的聲音立刻就去。

後來，他也可以在牆旁立著，看牆外的人，倘若是姑娘們，總要特別多看幾眼的。如今，他是什麼都不動了，坐著，躺著，叫阿狗替他拿水煙袋，問張二怎麼怎麼啦。要是牆外有娘們兒來，他可以暢快兒地看。他知道別人都知道他現在的看和以前的看有些分別。其實，他知道自己的意識和以前沒有兩樣，但別人沒有知道，所以他可以暢快兒地看。他更知道，他的同以前「完全一樣」的意識是決不會被人識破的，即使被人識破了也決不敢說；就是說了也沒有人會相信的；也許，反要說這個說的人有點不正經。實際上，也的確，他只是看看而已，看過以後，只是毫不思索地吸水煙。看就是滿足，所以看完以後就不必再想，而且將來一定會再來讓他看。其實，他不但對於看後的印象不想，就是對於任何東西也從沒想過。他的確也不必想，無須想。倘說到過去，尤其是初來的時候，他想的東西可真多，一天到晚，一晚到天亮的想，以後就慢慢的好起來，慢慢的不想了。也沒有什麼可以想了。一直到現在，想的器官是否還有作用，也成了一個問題。

「吃飯」，他就坐在首席吃起來；吃完飯，抽水煙，睡覺；早上醒了，起來洗臉，喝粥，抽水煙，吐痰……他什麼都不用想，也沒有東西讓他想。幾點鐘，什麼日子，他也不必知道，然而自然會讓他知道的，這因為他的耳朵同眼睛一樣好，但是知道不知道對他沒有什麼分別，所以他對於想是絕對沒有關係。

牆外面很熱鬧，他也不常注意，牆頭上洋錢聲音，包袱聲音，他也不很注意。他看見娘們兒，這是常常使他看見的一種人，拿著小包袱來，帶進些銀子的聲音，換了大包袱去，於是別人就告訴他天是涼快了；如果娘們兒提著大包袱來，張二們把小包袱給她們，叮叮的洋錢聲響了以後，牆內的人們就叫見天是熱了！熱了！慢慢地他就多了二件工作，扇扇子，流汗；於是滿藤椅只看出彌勒佛般的肚子，肚臍眼在油肉上呼吸。

櫃檯像一道牆。如果來人靠近了櫃檯，他在裡面只能看到他半個臉，有時是一叢頭髮，有時也許只是一隻手，不過小鎮上人很少，來當東西的出不了這幾個人，贖了冬衣換夏衣，贖了夏衣換冬衣。縉紳地主們家裡不要的東西，施到他們手裡，就成了最能換錢的東西；也就成了這道牆上出入的新貨。可是貨儘管年年都有新的，但拿貨來的人總出不了這幾隻手，這幾個頭頂，這幾副眉毛，眼睛或者前額。

對於這幾隻手，這幾個頭頂，這幾副眉毛，眼睛和前額，他差不多一見就可以知道她是誰，她的姓名，她的家世，她的境況的，不過這也只限於「她」們；至於他們，除了老主顧以外，他就說不出許多人的詳情，甚至，連姓名都叫不出來，有的知道了也就忘掉，只是面熟，面熟，面熟而已。面熟也夠了，在他，不會打聽「她」們似的去打聽「他」們的。

他為什麼要打聽她們呢？這在他自己也莫名其妙；也許環境使他打聽她們比打聽他們容易；張二們都知道她們中各個人的來歷。不過這也是實情，他十六歲進來的時候，就滿想賺一點錢，娶一個太太，成一份家的；而現在，在這牆裡也過了二十年，錢也積蓄了一些，總是沒有人來說，沒有機會，也沒有對象；固然，這也因他不常出去，不常出去就不能活動。他對張二們是有些威嚴的，他從沒有告訴他們自己還有家，因此，他對於牆外的娘們兒才有權利可以站起來看一下。常常，尤其在夏天，他覺得她們走的時候二條大腿摩擦得有勁兒。

在她們中間，他最覺得值得看的，是頭髮最光亮的周大嫂，前額上有些白粉的魯三妹和無名指上有鍍金的銀戒的阿三的太太。每當他在藤椅上晝睡的時候，眼皮慢慢的重起來，呼嚕聲也無意識的發出來的當兒，只要牆沿上閃出烏亮的髮頂，移動著粉白的前額，或者放著無名指帶鍍金銀戒的手時，他就立刻會清醒起來，有時候自己，有時候叫阿狗拿水煙袋來抽煙。等二條大腿摩擦摩擦地出門以後，他也就重倒在藤椅上呼嚕起來。

又是想，是的；但也不能說是絕對，當烏亮的髮頂正在牆沿移動，粉白的前額正在牆頭閃光，帶著鍍金戒指的手正在牆上蠕動時，他對著它們常常有許多思想：已經打算為周大哥守節的周大嫂，她的頭髮為什麼還要梳得這樣亮？魯三妹既然不打算嫁人了，粉為什麼還搽得這樣的白？阿三太太的戒指為什老是這樣帶著，一放到櫃檯，使櫃檯「得得」作響？

周大嫂的丈夫周大哥是排長，去年打仗才打死的；魯三妹是魯婆婆的第三女兒，她的丈夫是誰，不是這個小鎮市上的事情，反正是因為丈夫死了才回到母親這兒來的；阿三太太當然是阿三的太太，阿三是一個賊，誰都知道他是一個賊，但賊是不偷自己住的地方的，所以在這個小鎮市上是不能算作賊的。阿三常常好幾天好幾月不回來，回來以後，誰都會知道的，因為阿三一到家，整天就在茶館酒鋪裡談天。他是很慷慨，街坊上誰都沾過他小便宜；茶錢酒錢，他是從不計較的。阿三太太來當的東西是最新鮮，這些東西當然全是阿三帶來的，但是小鎮上總只承認阿三家庭是靠阿三太太當東西過日子的。

——關於這些他是熟了又熟的。所以當烏亮的髮頂變成磨擦的大腿時，他就想到這是打算守節的。當粉白的前額只剩磨擦磨擦的大腿時，他就想到這是不嫁的。當鍍金戒指忽前忽後的在磨擦的大腿旁邊磨擦時，他就想到阿三還沒有捉去。

——於是他就安然呼嚕起來了。

也有時候是這樣：

「毛掌櫃，多算一點吧！」粉白的前額來了一個顰笑。或者：

「毛掌櫃，放一點良心吧！」銀戒指「得得得！」

於是他覺得人人都在高攀他。然而當這些只剩了二條磨擦磨擦地大腿的動作時，他就想到這是守節的；這是不嫁的；或者阿三還沒有死。

——於是他又安然呼嚕起來了。

一年，二年……

牆裡，牆外；大包袱，小包袱……

「阿狗！把水煙筒拿來！」

「張二！……」

抽煙，吐痰，吃飯，於是呼嚕呼嚕……

牆沿飄著毛草般頭髮，他知道是打鐵王駝背；牆口爬著二隻爛眼睛，他知道是北打狗村的洪矮子；黃麻般鬍子在牆口一晃，他知道是西猪油堂的秀才……

——然而他，最多是一翻身，又呼嚕呼嚕起來了！

張二們提到了周大嫂，他想到好久不見烏亮的髮頂了！

從鼻涕在牆頭晃搖的劉家河塘的劉三爺嘴裡，知道周大嫂不守節了！

頭髮為什麼這樣亮的問題解決了！

然而，「呵！她不守節了！」他又呼嚕起來。

魯婆婆死了，魯三妹帶著哭聲把這個消息傳來，當他剛從藤椅上起來的時候，就看見一個矮婆子在他旁邊說：

「三妹！不要悲傷了，明天起你是營長太太了！嘿嘿嘿嘿！」

二條大腿磨擦磨擦地去了。

「她終於嫁人了！」他又呼嚕起來。

「得得得……」鍍金戒指敲牆頭的聲音是好久沒有聽見了，但他也沒有想到過。

街坊上早有人在懷疑，然而證明的還是火燒阿金，火燒阿金是巡警，所以他的話是千真萬確：「阿三嫂同巡長是姘上了！」

阿三回家，大怒；然而他是賊，於是阿三被巡長捉了。

領章的星星在牆沿發光，火燒阿金有功似的把這些話傳進牆內。

「阿三到底是被捉去了。」他把水煙袋放下，又倒在藤椅上呼嚕呼嚕起來。

牆裡，牆外，大包袱，小包袱……

「阿狗！把水煙袋拿來！」

「張二！……」

抽煙，吐痰，吃飯，於是呼嚕呼嚕……

一月，二月……

牆沿，飄著毛草般的頭髮，爬著二隻爛眼睛，晃著黃麻般鬍子……

在他，一霎眼，最多一翻身，有時候竟是不覺地在呼嚕呼嚕。

一天。

他沒有叫阿狗，沒有問張二；藤椅邊上是茶碗，手裡是鼻煙；他躺著，在「不想」。

牆沿有兩隻碧波似的眼睛，旋轉，旋轉。

看不見磨擦磨擦的大腿，只見扭得扭得的屁股。

他沒有叫阿狗，自己拿水煙袋回到了藤椅。

接著，牆沿上常常有兩隻碧波似的眼睛。

他也常常不叫阿狗，自己拿水煙袋去。

於是他看見了扭得扭得的屁股。

回到了藤椅上，他在扭得扭得的地方想出一條縫，彎到前面去，於是他又呼嚕呼嚕……

「是誰？」張二問牆外的人。

「啊！王連長的姘頭，從城裡趙家阿頭帶到了這裡，現在連長死了，她……」

所以常常到這裡來了！

常常，是的。就因為了常常，牆裡，牆外，慢慢兒熟起來，慢慢兒就很熟了。

「……」

「……」

「……」

「……」牆沿上碧波般的眼睛有些濕。

「啊！怪可憐的，你該嫁個人。」

「是呀！不過沒有靠得住的人呀！」

「靠得住，什麼樣算靠得住呢？」

「總要有口飯吃吃呀！」

「……」張二把錢給了她。

毛掌櫃捧著水煙袋站著抽水煙。

牆裡，牆外；大包袱，小包袱……

「阿狗！把水煙袋拿來！」

「張二……？」

抽煙吐痰，吃飯，於是期待期待！……

一月，二月，於是想，想，想！

一年了。

街坊上早有人在懷疑，然而更正的是張二。張二是夥計，所以他的話是千真萬確：「毛掌櫃被連長姘頭帶到城裡去新式結婚了。」

毛掌櫃這次居然出了他從來未出過的牆。

錢是他的，一切由連長姘頭計畫，他告假半個月。

牆內的事本來都是張二在管，所以他去了以後，不過少了「阿狗，把水煙袋拿來！」「張二……」而已。

牆裡，牆外；仍是大包袱，小包袱……

一天，二天……到了有一天夜裡：

牆倒了，來的主顧頭上都扎著火把，於是大包袱，小包袱，大包袱，小包袱都從牆裡到牆外去了！

去的時候都拋下了火把。雖然沒有燒光，然而東家再也不想豎起這塊招牌。

毛掌櫃趕緊回來，同東家爭他存在店裡的私款：私款總算拿到大部分，然而同東家是彆扭地散開了。

張二在東家家裡理賬，不久被薦到城裡的一道牆一般的櫃檯裡去了！毛掌櫃與張二就天各一方。

張二仍是經驗著櫃裡，櫃外，大包袱，小包袱……然而，貨物與以前不同了，顧主也和以前不同了。

一月，二月……大包袱，小包袱……一年，二年。

有一天，隔著牆：

「您？」

「您？您好？」

「您好？」天各一方的毛掌櫃與張二隔著牆相會了。張二很優待他，知道他不能再倒在藤椅上，也沒有彌勒佛般肚子，更難看得到肚臍眼的呼吸。

此後他們就常常相會了！

他第一次在牆外等待錢的時候，他想到這牆就害怕，後來會到張二，他更加害怕了，而直到現在，他對於這牆老是害怕。是牆的神祕，也許是這害怕的神祕，他，雖然心也動過，但總是馴馴服服到牆沿去討張二的面子。

牆裡，牆外，大包袱，小包袱……

一月，二月……一年，二年……

牆沿有兩隻面熟的眼睛，旋轉，旋轉。雖然是不「碧」了，然而仍舊是有些「波」的。

「……」

「……」

「……」牆沿上面熟的眼睛很濕。

「啊！怪可憐的，你以後怎麼樣？」

「是是唔……不過……？」

「……」

她的屁股扭不動似的扭得扭得地扭出去。

張二目送她出去後，一回身，看見他們的掌櫃正在呼嚕呼嚕著！眼前就活現出一個毛掌櫃。

大包袱，小包袱，牆裡，牆外。

一月，二月……一年，二年。

一九三二年九月二九日，夜。於北平。

本質

電燈滅了，幕像雲一般的慢慢地推開來，舞臺上的光很容易被人聯想到太陽。於是史小姐的笑容就在這太陽光中浮出了雲外，浮到每一個人的瞳孔，浮到每一個人的視神經，到每一個人的中樞神經。於是每一個人起了一種不同器官的動作，表情，起了同器官的各種動作，表情。有的飛了飛眼皮，有的用手去摸摸嘴唇，有的面頰上掛出了笑容，有的流著吐沫，有的跳著心，有的用手管理管理洋裝褲前面的扣子……

雲擋去了太陽，於是電燈照出了萬千蝴蝶在花前鼓動的翅膀，這雷一般的聲音更使特別座裡的史教授頻頻摸鬍髭，頻頻同他四周的朋友們招呼。

是休息。

許多人都過來向史教授誇讚史小姐——這不光因為他是教授，而且也因為他是兼任著許多委員，更因為他是有錢，他是某銀行的總經理。

各色各樣的花籃飄著各色各樣的緞帶，寫著各色各樣的具名，由一色一樣的聽差，一個一個捧到臺上去，放到臺沿的左右邊。

休息完了是兩個戲劇：一個當然是愛國劇，因為史小姐辛辛苦苦籌備這個公演為的就是愛國；另外一個短劇，是史小姐的同學寫的，那個同學，據說是史小姐日夜在追求的人。這很少局外人能夠相信：那個幾百個人想追求而追求不著的小姐竟鍾情於那個不追求她的人。不過局內人是知道的：她的追求他，已經不是語言文字所能掩飾的事實了。這次公演，會選用這個校刊裡無名的劇本，明白的人，都知道史小姐的用意；然而史小姐到底是失望的，因為那位姓殷的作家，不但沒有接受她的請求，來擔任導演，演員，以及舞臺上的事務，而且連邀請他做觀眾的票子，他都送給一位追求她而她最不愛理的同學了。

這短劇的故事是很滑稽，劇旨是指出金錢與容貌是戀愛的本質，而且說明前者為外界的條件，後者為自身的條件；結局是特別的指出：坦白的憑這兩個條件來戀愛是合理的，而一切的悲劇都是因為不坦白緣故。

史小姐，因為事務忙，也因為姓殷的不肯擔任導演與演員，所以她在戲裡也沒有擔任角色。那時，電燈已經滅了，幕已像雲一般的開了，忽然旁門一動，她素裝出來了。

兩千隻眼睛在昏暗中看她到特別座旁邊，看她又到前面一排，看她的頭不斷的向左瞧，向右瞧，向前面瞧，向後面瞧……

幕是像雲一般的下來，電燈亮了！

她站起來，向左瞧，向右瞧，向前面瞧，向後面瞧，然而在萬千的臉中她尋不出那副可愛的紅棕色的臉，那雙燒得紅別人的臉的眼睛，那排白得像她去年生日父親送給她的珠項圈那樣的牙齒。於是她從座位出來，到場子的中間，於是再向左瞧，向右瞧，向前面瞧，向後面瞧，於是二千隻眼睛都集中到她身上，許多同學都圍攏來，很多人都覺得她今夜好像失掉交際天才般的向他們招呼，大家都想：忙累了的緣故吧？

然而她是在向圍攏來的地方尋，尋那崇高的身軀，尋那浪花一般的頭髮，尋那薄得像照相機開關一般的嘴唇，尋那……忽然，她匆忙地擠出人叢，向左面場角注意，然而她仍是失望，於是所有的虛榮，都被這個失望打掉，她只得向那圍攏來的人問：

「殷湲來了沒有，你們知道？」

「殷湲？」因為他們心裡都在想：為什麼她會有臉上不浮笑容來問人的一天？

「是的，我要問他那個劇……」她立刻從餒氣轉到了莊嚴。

於是他們都想：她的確累得太倦了！

「殷湲麼？啊，沒有來，他的票送給我啦！」一個怪親熱的聲音，然而在她，她覺到發這個聲音的人拿這張票，是一種侮辱。

「怎麼？你一定太辛苦了。」這個聲音很近的在她耳邊震動，她逼著笑容說：

「是的，我就想回去了。」

別人都知道有史教授在，所以送她回去的請求沒有敢提。而她已經遺留下一個笑容，到父親旁邊去了。

電燈滅了，昏暗中，二千隻眼睛看她得得的出去，她出門以後，才看到一個帶鬍髭的臉向他們驕傲地笑，接著門將他們視線切斷了，不，是碰回來了，回到臺上正在開演的三幕愛國劇。

汽車飛一般的在走，史小姐默默坐著，她是比汽車還快的想到了浪花一般的頭髮，頭髮慢慢的飄渺起來，她腦裡浮起了已往，第一次見他的已往——

星期的清晨，陽光像金子，空氣靜得連柳絮的晏睡都沒有弄醒，她剛要出校，為貪看她們在植樹節日種的樹木有否發芽，所以就越著土山到河沿的小徑走；但在山頂的地方，她看到了那浪花一般的頭髮，她滿以為這個人的頭一定會轉過來看她的，然而沒有；她於是放棄了腳步，然而仍舊只看見浪花一般的頭髮，她於是隨口哼一隻曲調，哼著哼著已經下了坡，然而仍舊是半個頭髮半個臉，臉是紅棕色的。她大概是好勝，於是很高的唱出歌來，然而仍舊只看見低著的頭。這時她越走越近，她拾了一塊乾土拋在紙一般的河面，然而仍舊只看見一顆低著的浪花般頭髮的頭在看書。

她已經到了他的身邊，她估計他一定可以看她了，然而他只是把帆布凳往前一移，讓出一個通行的路來。她在他身後走過去看，四面沒別人，她說：

「今天天氣真好……」然而他仍舊在看書。於是她走過了，她看見那株親手種的柳幹已經露出米大的綠芽，一頂黑蒼的帽子掛在柳幹上頭。於是她又唱著歌向前走去，幾次回看著，但只見他總是低著頭在看書，只有黑蒼的帽子在望她。

從此，她就為這個好奇心與好勝心所束縛，她常常，甚至逢著好天氣就到那小徑去看他。起初，從這個浪花般的頭髮就可以斷定他在不在；後來，她望望黑蒼色的帽子就可以斷定了；再後來，她在積著的雪上，露潤過的泥土，日曬鬆的土上，查看那成直線的腳印就可以斷定。

這時，固然她已經讀遍了校刊裡署名湲的作品，戀情的詩，活潑的劇本，優致的散文，但是她總還沒有碰見過他視線一次，一直到某個秋天的早晨。

那時，他帽子又掛在柳枝上面，有微風把它在推動？她裝著在那兒路過，他仍舊毫不注意移動他的帆布凳，忽然有桐葉般的聲音落到地上。她看是一張照相。於是俯下身去拾了起來。眼前是一個素樸美的可愛的姑娘。反面是詩：

我將在遙遠的白雲底下的你，
移放在我房壁的周圍，
床的四邊，每本的書裡……

她沒有看完，就招呼他，用盡莊嚴的口吻說：

「喂！這是你的麼？」

於是有火一般的眼睛燒紅她的臉，濃黑的睫毛煽動了她的心火。珠一般的齒間發出：

「謝謝！」他於是又坐下了，富於延展性的聲音像還是在響。

從此，她已經不是為好奇心所束縛，而是為愛所牽動了，不管她在幽靜的湖邊，熱烈的狂笑中，酒杯的漪漣處，天鵝絨的床上，以及講堂中，草地上，會場裡，月的夜，陽光的早晨，那些朦朦朧朧的雲霧，淒淒迷迷的煙汽，以及糊糊塗塗的樹影，黑板，書上的鉛字，都會幻出那她所從地上拾起的那位素樸美的可愛的姑娘在對她天真的譏笑般的微笑。她感到自己的心頭有羨慕的火，有妒嫉的火在燒，一直燒到了神經的末梢，燒透了全身的細胞，燒紅了面頰……

「怎麼啦？臉燒得這樣，累了吧？」

「……」她被父親的聲音弄醒了，然而她不響，因為心頭有一陣酸。

「臉那麼紅，別病啦，發燒麼？」

她父親這句話炸發了她的心，她哭倒在父親的手臂中。

到家，於是安樂椅上，沙發上，床上，她只有一陣一陣的哭，她父親一陣陣的安慰她，勸她……這樣，一直到天亮，她父親叫聽差打電話，到學校，到衙門，到銀行，到朋友地方去告病假，或者去毀約。

最近的某雜誌出版了，廣告像匾額一樣的在各日報登出來；於是那雜誌就跟隨著報紙走到遙遠的海國，飛到偏僻偏僻的山頂，散到了大大小小的學校，圖書館；綠衣的人們，一袋一袋拋進了火車，拋進了輪船，一卷一卷的向鐵門投，向石門投，向板門投，一本一本的從書店櫃檯上飛出去；於是講堂上，飯廳裡，會客室的書架中，野鴨絨的枕頭旁邊，公園的茶座上，樹蔭的下面，牡丹花丁香花的叢中，無論是小舟的晃搖，車子的波蕩，各處各處都有它一頁一頁的在震顫，在跳動，從白嫩嫩的手到的溜溜的眼睛，到了每個人的腦筋裡面；於是宴會的席上，教員的耳邊，朋友的談話之中，都異口同聲的問：「殷湲的作品你看見過麼？」「你知道殷湲麼？」「沒有！沒有！」「不知道！不知道！」多數的人都那麼說，但是每個人都感到這是遺憾。因為這個年輕的作家在權威的史教授筆下提拔出來，他從世界的文化論起，論到這位了不得的天才，這個天才固然還未成熟，然而天才已是無疑慮的了。他用古古今今四十幾位第一流作家初期的東西同他相比，用他們的個性與他比較。結論，似乎飄渺的，而實在很固定的說出他是繁星般文壇上二十七八夜的月亮。

這樣以後，那史教授的客廳常掛有黑蒼色的帽子，史教授的院中也常有成直線的腳印，史教授的酒杯裡也常浮有紅棕色的臉孔，史教授的書室也常有富於延展性的嗓音。

然而，這樣，他同史教授雖成為朋友，而對於史小姐則更為莊嚴起來，他從沒有無緣無故地把眼睛的火光射到史小姐的身上過，從沒有把照相機開關般薄的嘴唇長時間向史小姐波動過。

史小姐是常常把香氣泛濫在空中，常在鋼琴上面奏歌曲，常常把問題移到他必須回答的焦點上，常常延長時間把酒壺的嘴停在他滿了又滿的杯邊，然而她只見他半個頭髮半個臉，發出一個兩個「好！」「謝謝！」一類的聲音。

有那麼一天。

一個朋友負著史教授的使命同姓殷的去說：

「你知道史教授對你的期望嗎？」

「……」一個笑。

「他很希望你能同他的女兒結婚。」

「……」一個笑。

「你知道他是沒有兒子的人呢？」

「……」又一個笑

「難道你一點意思都沒有嗎？」

「……」一陣大笑。

……於是朋友把這個告訴了史教授，史教授推開桌上的書籍，推開寫了一半的文章，推開許多講義的材料，把倦乏了的眼睛注視到信紙上面，筆尖蠕蠕的動起來。他從對方的天才講起，講到求學的計畫與前途的希望，再講到他倆的交情，慢慢的講到這個婚事的利益，從對方講，從兩人交情上講，從自己的希望與年齡上講；於是從理智方面轉到感情方面，從人生的苦味寫到個人的感傷……

然而到了第三天的上午，姓殷的到銀行裡來，手裡拿著那封信，坐在史教授面前。

他用笑代替了他要說的話。

「怎麼？……」教授摸了鬍髭說。

「我很知道你的好意，但是，這似乎是不可能的……」

「怎麼？……」另外一種微笑。

「起初，我覺得同史小姐多接近，許多人將以為我同你的感情是我的過渡了。這於我們的感情是不利的。」

「在我，我覺得……」

「一切，我只有你的感情，除了某一種事情我不願談起外，我以後可以同你像家人一樣過。」

「不過……」

「先生，我們到公園散一會步去吧，你知道梅花正盛開呢？」

……

從此，姓殷的來的時候，同以前完全兩樣了。他常常用他敏捷得像照相機開關般的嘴唇滔滔不絕對史小姐飛，用火一般的眼睛燒紅史小姐的面頰，用深濃的睫毛煽動史小姐的心火……於是，從那時起，花蔭的下面，月色鋪成的水上，樹林的深處，蓮花砌成的湖中以及雪的山頭，鬧的街頭，就常常有令人羨慕的紅棕色的臉伴依粉紅色的面孔在走了。

然而史小姐回家以後，常常是沉默，哭倒，哭倒在父親的手臂中，於是電風扇旁，藤椅上，野鴨絨靠墊上，啤酒汽水瓶的旁邊，她又開始一陣一陣的哭起來，她父親又是一陣一陣的安慰她，勸她……這樣，一直到天變了色，她父親叫聽差打電話，到學校，到衙門，到銀行，到朋友地方去告病假，或者是去毀約。

是那麼一天。

有許多帽子在史教授的客廳裡掛著，許多不同表情的面孔在酒杯裡浮著，——當然也浮有那紅棕色的笑容，與胭脂色的紅暈。

史教授帶醉地摸摸鬍髭在豪談，忽然談到殷湲的作品，談到那個未成名前的劇本，一直談到那劇裡的思想。

「我也並不相信戀愛有什麼神祕，但無論如何，總不見得沒有心理的成分的。」史教授這句話引起了辯論的開始。

「食慾與性慾的昇華，在人類方面，反映在現在就是金錢與美貌。沒有別的！」酒杯裡是一個紅棕色堅決的表情。

於是聲音嘈雜起來，嘈雜的聲音裡頭顯然是已經分為兩個陣線；這時，史小姐留下了笑容，翩翩地走出去了。

「我不願意同這種淺薄的論調多談……」一半是辯論，一半是酒，史教授有一點意氣了。

「這完全表示你是獨斷的唯心論者罷了。」酒杯裡紅棕色的面孔早就失去了笑容，只是更紅了些，這更紅，一半固然是酒，但一半也正是辯論。

「我並且否認物質方面的條件是基本條件，但如果你向一萬個物質方面滿足的人去講，他一定會告訴你心裡的條件的。」

這個問題足足討論了好幾個鐘頭，大家仗著酒，都忘記了地位，年齡，赤裸裸的在爭論。忽然，史教授提出一個很大的實驗：

「殷湲，假如你對於你的主張敢於固執，那麼你應當很勇敢的，來做一個實驗：你可以同我的女兒結婚，我可以供給夠用的金錢。」

這時，許多人對於這一對美麗的青年，在容貌上，在行動上似乎早感到應當成為一對的了。於是比較中立的人，願意結束辯論的入，首先都表示贊成起來，而這個贊成，也立刻使史教授方面的人們擁護，使殷湲，以及殷湲方面的人們也不得不同意。

於是，一杯滿滿的酒，在每個人的手中舉起，倒進了嘴唇，這算是婚約的成立；而這個婚約就是爭點的結束，婚事就要在第二天開始。

於是，座中的新聞記者立刻打電話到報館，立刻用鎂光照那對美麗的眷屬。

於是，第二天這個消息像廣告一樣的在大報登出來。

於是，他倆的儷影在各大畫報，各大雜誌出現了。

於是，那美麗的儷影就跟隨著雜誌，畫報走到遙遠遙遠的海邊，飛到偏僻偏僻的山頂，散到了大大小小的學校，圖書館。

於是，各處各處都像有他倆翩翩地在笑，在動，從白嫩嫩的手到的溜溜的眼睛。到每個人的腦筋裡面。於是宴會的席上，教員的耳朵裡，朋友的談話之中，都異口同聲的問：「殷湲的儷影你看見過麼？」「你知道史小姐麼？」「看見過，看見過！」「知道，知道！」多數人都那麼說。

於是，她們的心頭都有了羨慕的火。有妒嫉的火在燒，一直燒到了神經的末梢，燒遍了全身的細胞，燒紅了面頰……

起初，她曾故意的對許多青年接近，叫他們到她這兒來，談笑，大聲的歡鬧，放開了嗓子唱，響著話匣子，響著酒瓶，哼著無聊的情歌情詩，尤其是當殷湲在樓下同史教授談話的時候。也曾經把許多許多的情書給殷湲看，叫他替她設一個法子來拒絕他們。然而許多次許多次這樣的做著，而每次的結局她總是沉默，哭倒，哭倒在史教授的手臂中。

然而現在，那個突然的報紙，畫報，雜誌給了那許多青年一個霹靂，他們瘋一般的來找她，瘋一般的來電話，瘋一般的來信，然而她都拒絕了他們，一切一切她都置之不理。於是許多青年為她沉默了。於是默默的流下了眼淚，意識到自己的心頭都有了羨慕的火，有妒嫉的火在燒，一直燒到了神經末梢，燒透了全身的細胞，燒紅了面頰……於是他們到妓館裡，到咖啡館裡，到暗娼的家中談笑，大聲的鬧，放開嗓子唱，響著話匣子，響著酒瓶，哼著無聊的情歌情詩，度一秒一秒無可奈何的光陰，一寸一寸青春的黃金……

然而這些，這些，只看見世界文化的史教授是沒有看見的。

最近，又有了不得的天才的詩集出版了，廣告像匾額一樣在各報登出來，說是由許多青年的請求，教授的勸告，才把這位轉變後的天才文豪未曾搜集的，未曾發表的詩作一個總集。於是那詩集就跟著報紙走到遙遠遙遠的海國，飛到偏僻偏僻的山頂，散到了大大小小的學校，圖書館，散到每個人的腦筋裡面。於是，宴會的席上，教員的耳邊，朋友的談話中，都異口同聲的問：「最近殷湲的詩集你看見過麼？」「你有最近殷湲的詩集麼？」「看見過，看見過！」「有！有！」多數人都那麼說，多數人都感到好，多數人都笑了！……

——於是，也從粉脂色的手中到了醉醺醺的眼睛，到了香噴噴的腦筋裡面，於是在紅白色的聲音裡湧出巧妙的活潑的詩句，然而，忽然：

我將在遙遠的白雲底下的你，
移放在我的房壁的周圍，
床的四面，每本的書裡……

粉脂色的手中滑下書來，醉醺醺的眼睛忽然朦朧起來，一個素樸可愛的姑娘在她面前震顫，跳動，慢慢的清楚起來，清楚起來。於是粉脂色的大腿急急的在地上搖擺，搖擺，她將書架裡，書箱裡的書一本本地翻，很容易的就翻出了好些張素樸美的可愛的姑娘的照相，她於是在旁邊大鏡前與自己容貌對照起來了。她整個的比了，再分析著比，頭髮，鬢角，眉毛，鼻子，面頰，嘴，乳部，腰部，腿部，手，腳……一件一件極零碎的分開著來比，於是又痴痴的想像著來比，又整個的對照著比，一張張，側的，直的，近一點，遠一點，左一點，右一點，她感到無論那一部分，無論那一根眉毛或者是整個的風韻，無論是倒看順看都還是自己美得多，她心裡忽然有一點感觸。然而樓響處，姓殷的來了。

「啊！這個，燒了它吧？……」

「她是誰？」醉醺醺的眼睛從紅棕色的臉轉到照相後的字，啊，張張都是一樣的字句：

我將在遙遠的白雲底下的你，

移到在我房壁的周圍，

床的四邊，每本的書籍裡……

於是又轉到紅棕色的臉待回答。

「那是許多年前一個使我傷心過的人。」

「使你傷心過的人？」

「是的，她棄了我愛別人了！」

「棄了你？」

「是的！」

「她棄了你？」

「是的！」

於是她沉默了，沉默在安樂椅上，許多的青年們一個個在她腦筋裡移過，望望對面坐的美少年，於是又想到那個素樸美的可愛的女子，她只是沉默著，感到所有的勝利是一個失敗。

他也沉默著，望著她，腦筋想著那些散在椅上的照相，於是默默地把她倆對比起來了。他感到無論那一部分，無論是一根眉毛或者是整個的風韻，無論是倒看順看，都比對面的美，似乎要美得多了。接著，他腦裡浮起了許多青年們的影子：臂很粗的「球將」，帶眼鏡的「小旦」，鼻直眉秀的王，數學最好的「大掛」，衣服最整潔的「帶魚」，皮膚最白最有鄉紳氣的「白果」，笑容最多的「石瓶開花」……還有許許多多，總之，那個縣中學的同學都從清楚到糊塗，從糊塗到清楚，從一個到一大堆，從一大堆到一個的在他腦裡浮起，於是望望對面的女子，又浮出那個比她要美得多的全縣中三個女生中的一個，那個素樸美的可愛的姑娘。然而，她是從一大堆的人群到他的臂旁，終於又被一位有錢的，壯美的略帶三四點白麻子的少爺占去，他是全校最討厭的一個人！天邊還有一線紅光，他望見了，覺得這正是那個素樸美的可愛的姑娘的眼波！這時他深深地感到自己心理上有一種殘缺。

「啊！心理的成分！」他於是乎想。

他同她沉默的對坐著。——這是一對許許多多青年在羨慕，在妒嫉，在幻想，在注視的一對儷影呢！

然而，電燈沒有人開，夜色使這對美麗的男女朦朦朧朧的消失了。

晨。

朦朦朧朧之中她踱到史教授的房裡，在床前沉默，沉默，到於是哭倒了，哭倒在他父親的床邊；於是爐子旁，安樂椅上，沙發上，床上，她又開始一陣一陣的哭起來，它父親又是一陣一陣的安慰她，勸她……這樣，直到陽光衝破了朦朧，她父親叫聽差去打電話，到學校，到衙門，到銀行，到朋友地方，去告病假，或者去毀約。

一九三二年十二月二十二日，一點十八分，煙臺。

小刺兒們

「他媽的，幹！」小刺兒在天津馬路上做路劫時這麼說，在平津車上做車劫時也是那麼說，他永遠是這麼說，所以現在他也這麼說。

那時候他是偵組隊第八大隊隊長，偵組隊是張大帥發起的，因為當時北伐軍節節勝利，多是便衣隊先混入城中，作裡應外合襲擊的功勞，組織偵緝隊，為的是來偵緝混在城中的便衣隊的。

當初戰爭尚未太不利的時候，偵緝隊原不過十來個人，後來由十來個人變成十來個支隊，人數就有了一百多；跟著華北的緊張，由一百多個人變成一百個支隊了。——他呢？就做了大隊的隊長。

起初原希望戰爭可以反敗為勝，所以這些偵緝隊還有薪水可領；可是物極必反，華北的緊張到了無可緊張的時候，認為再加幾千的偵緝隊也是沒有用，於是這一百多支隊偵緝的薪水也就不很注意了。薪水不注意，他們工作也就鬆懈，然而一連欠了三個月，所積蓄的錢都用光，於是他們想到向上司去索討。

起初去的是十來個資格最老的隊長，小刺兒也在內，但是上司不接見。其實不接見的固然是上司，但是拒絕他們的還是新編的「戰時警備隊」。偵緝隊是便衣的，灰布罩袍，玄色番鞋；而警備隊則是武裝：背著一把大刀，紅綢在腦後飄；盒子炮掛在腰部，子彈當做褲帶。威風凜凜，雄糾糾氣昂昂地站在衙門面前；偵緝隊的代表到底沒有了辦法，氣嘟嘟的回來，詳詳細細地報告給哥兒們聽。

小刺兒一回來就嚷：

「他媽的，幹！」

「我知道，錢撥不出來，一定是將我們的薪水撥給這一幫他媽的戰時警備隊了。」

「這些王八蛋，他媽的，該給他一個厲害看！」不但這位火燒老毛是這樣說，這句話實是代表了他們每個人的心理，他們恨的是「戰時警備隊」，而不是他們的上司。

但是火燒老毛一說了以後，大家都氣上心來。

「拼啦！咱們同他們來一下。」一個說。

「拼，那兒拼得過他們，他們有刀有槍的。」另一個說。

「咱們到晚上，他媽的去暗殺他們幾個，讓他們知道一個厲害。」

「這倒是一個辦法！」

但是這個辦法終於沒有通過，通過的是小刺兒的提案。

於是他們一百多個支隊長都到衙門去請願去。

不過衙門的上司仍舊不想見他們，警備隊竟阻止他們進去，而且要叫們回去，別堵住衙門的門口。

接著就是衝突，初起因為警備隊少，他們得了一點勝利；但是一聲哨兒，來了許多同樣的警備隊，槍柄，短棒，他們於是吃了大虧。

虧吃夠的時候，一個穿馬褂，掛著景泰藍徽章的人出來了。他們也就停止械鬥，靜靜聽那位出來的人的吩咐。

結果是這樣：偵緝隊裡面舉出三個代表去見上司，其餘的都回去。

三個代表裡一個就是小刺兒。

小刺兒在上司面前也很能說話，但是當然說不過上司。上司說：

「你們的職務是偵輯隊，是偵緝便衣隊的；但是你從來沒有將大批便衣隊解來，叫我們怎麼發薪呢，你知道我們食的都是國家的錢。」

於是三個代表就悄悄地退出來，退出警備隊站著的大門；那警備隊目光有些示威，死盯著他們，他們互相一看，立刻把眼光看著地，悄悄地退到偵緝隊部裡。

一進偵緝隊部，許多哥兒們都等待著，那三個代表好像是魚得了水，小刺兒第一個就嚷：

「他媽的，幹！」

他們計畫怎樣捉大批的便衣隊。

終是小刺兒機靈，他提出一個「不入虎穴，焉得虎子」的原則。引起大家討論怎樣去入虎穴？——怎樣到大學寄宿舍去，怎樣到大學講堂上去，怎樣到公寓裡去，怎樣到民房裡去？

他們決定先上一個公文，請求有到各處去偵緝的自由。

一等公文批准，大家就分頭工作起來。

小刺兒在天津曾做過路劫，在平津車上也做過車劫，所以，他說：

「他媽的，幹！」立刻就計上心來。於是照著支隊的區域，各各分頭去進行，捉來的財神解在一起再交上去。

小刺兒的隊部地域很好，因為有一個大學就在附近，那個大學有三院，他預算每院一個，每天就有三個了，外加公寓裡，寄宿舍裡……

第一天他就跟著大學生進了學校，一打上課鐘，他也就跟進去挑好空位坐定；他想，便衣隊們總會互相交談的，一交談就跟住了他們，這不就看了麼？

然而事實上不，學生們在說的，他都不懂，什麼XY，什麼heat，什麼這個什麼那個，而教員來講的也都聽不懂，於是他就出來。出來了，又到另外一課去。

同樣的進了講堂，挑一個空位坐了，等教員進來。

教員講的他也是不懂。不懂，也就想睡著了。忽然，一個聽見過的名字，「馬克斯。」

小刺兒自己常認自己為螞蟻在桌邊爬過就會醒的好漢，所以這個聲音立刻使他清醒。他一做偵緝隊就有上司同他說過，他雖然忘了些，但是馬克斯同便衣隊有些親眷，這是他記得很清楚，所以他一聞此言，立刻如臨大敵，他用警備隊在衙門門口盯他的眼光盯一盯講臺上的教員，他又看看靜聽著的學生們。他覺得那個提起便衣隊親眷的人一定是便衣大隊長，而那般學生一定是便衣隊的支隊長，這是毫無疑慮。他想到自己也是大隊長，覺得今天真是棋逢敵手。

他抱定擒賊先擒王的主意，一下堂，就跟著那個教員走，那個教員進教員休息室，他在門口等著；教員出來，他也就跟著；教員出大門，他也跟著出大門；教員「達郎」一聲上包車，他也立刻踏上洋車跟。

轉了二個彎，直衝一條路，包車似乎遠得多了，他叫洋車緊跟著，可是那位洋車夫拉不動，氣得他大發脾氣。忽然，他遙望前面包車停下來了，他很高興，但是他追上去一看，看見旁邊還有一輛包車停著，那包車上的人正同那位便衣隊大隊長握手言歡。一件黑馬褂同一個景泰藍的徽章進他的眼簾，螞蟻過他床他都會醒，所以他一見如故，認識這個景泰藍徽章是在請願的上司衙門裡見過，於是他想不好，立刻叫他坐的洋車朝前拉，向右轉。

第二天，隊長們大家談到了買賣。有許多報告昨夜三更時分怎麼樣在女學生房內開心，有許多報告某公寓裡面怎麼樣碰著了鴉片，怎麼樣得到了一筆外款。然而大家都沒有偵緝出便衣隊。

火燒老毛這時候忽然進來，大驚小怪的報告今天是什麼紀念日，西城某大學有學生開會，東城又有人在馬路上演講，天橋窮小子都想看熱鬧。

「媽的，這下子可發財了！」

「他媽的，幹！」

大家一哄而出，東的東，西的西，這些都是他們拿手好戲。

小刺兒帶了他們隊員，上電車直奔天橋。果然有人在嚷，他媽的，他把鐵器一挺，在人叢裡擠了進去。

人叢裡有人偷偷在發傳單。

小刺兒剛想擠過去捉，不料一陣哨兒起來，他回頭一看，知道那是戰時警備隊，他媽的，這一塊肥肉又被他們搶去了。他嚷：

「他媽的，幹！」

人像潮一般散，一個警備隊員擠進來，小刺兒一見眼紅，冤家狹路相逢，他冷不防地在下部一擊，敵人啊唷一聲，倒下了。但是，他跑不掉第二個警備隊的眼光。

「共產黨！」那個警備隊一把抓住小刺兒，上去就是二個耳光。

於是小刺兒也變成了共產黨，同許多他想捕的便衣隊在一起，槍把子在他身上敲，滿不理會小刺兒的辯護。

到了警備隊的隊部，一個個被帶上來審問。小刺兒拿出偵緝隊證據給他們看，這才惡狠狠的放了他，出來的時候，他面孔尚是熱辣辣地的，屁股也隱隱作痛。

他一直到了總部，總部裡有許多隊長起勁地在談。

「小刺兒，你怎麼拉！你的夥計告訴我們，你被他們當作共產黨抓去了。我們想，這倒是一個給他們看一點厲害的機會，你怎麼出來啦！」

「他媽的！」小刺兒沒有說「幹」字。接著就問大家的買賣怎樣。

「他媽的！」七大隊長睜了眼睛：「所有的便衣隊都被他們當做共產黨抓去了！」

「媽的，我們這還吃什麼飯？」大家都那麼說。

沉默。

小刺兒忽然想起警備隊部審問人的情形，靈機一動，立刻計上心來。

「不管怎麼？先去抓人；抓來了由我們審定了再解上去。只要用一點小小刑罰，無論誰也得叫他招認，他媽的。」小刺兒這句話又博得了彩。於是大家開始抓人，只要樣子像便衣隊，年紀輕，頭髮背著的，看過去似乎識字，最好他手裡拿著書，尤其是拿著紅書面；褲腳長長的，又不是整齊的洋裝，這更是便衣隊無疑。

這一下子就上了運。

小刺兒高高坐著，命令他夥計們把馬尾絲向囚犯小便孔裡刺進去，於是證實了一個便衣隊，證據是三民主義。

將煤酒向囚犯鼻孔裡灌，又證實了一個便衣隊，證據是影印的總理遺囑。

帶著這許多囚犯，去索取那積欠薪金。

接見的上司，就是那位穿馬褂，帶徽章的朋友。他告訴他們軍費的困難與解散偵緝隊的計畫。如果一切辦妥了，他們幾個隊長可以充任戰時警備隊的隊員，他說完了，在袋裡摸出一疊鈔票，作他們充做解散的費用；並且申明，明天將送這月份的薪水到隊部去，遣散全體偵緝隊。

這個契約都訂好了，小刺兒一到偵緝隊部裡就嚷：

「他媽的，行！你看咱們，明天就會送錢來的！」

果然，第二天，錢同公文一同來了；「戰時警備隊」來接受一切武器與「文器。」

於是偵緝隊員們，各人走各人的路途。

小刺兒早就做了「戰時警備隊」的隊員，大刀背在背上，紅綢飄在腦後，子彈繞在腰際，也常常站在他們從前請願的衙門門前了。起初，在強盜與幫匪裡，看見以前的夥計，他心裡也起了些難堪，可是現在已經是不忙於這些，而且也沒有工夫天天在門口或者在天橋，把幫匪們捉來與槍斃了。

昨天他們是忙於送大帥出關，今天是忙於少帥出關，明天是忙於送軍長師長們出關，後天，再後天該送大隊出關了。

忙過了這些，他們掛出了青天白日滿地紅，當時藏過這旗，藏過與這相仿的布料的人，不知道為他們捉來多少過，不知道被他們殺掉多少過，然而如今他們自己掛了！

軍樂隊，戰時警備隊在歡送大帥的車站上迎接大隊，迎接師長，軍長，迎接總司令。

於是戰時警備隊變更了帽章，變更了衣式。於是就被編到了正式警備司令部的軍隊去了。

小刺兒又升到了隊長。直到現在，每次發生了什麼事，他雖不知道敵人是誰，可是他總還是說：

「他媽的，幹！」

一九三三年四月二十六日，夜。

助產士

一

只要是三四個人聚在一起，她們就談到前途，談到將來。

相談都是相仿的話，次次都沒有變更，但是她們可以談著，常常談著；春天散著步談，夏天乘著涼談，秋天看著雲談，冬天圍著爐談。她們常常因此興奮，高興，快樂，她們對於前途都覺得無限光明。

她們是學產科的，其中多數是先學過護士，所以，所謂她們所談的前途與將來，總不出是大家聚在一起去社會服務。她們談話是屬於三四個好友的，所以一說到大家，也只指這三四個好友吧了。

是春天，風是柔和的，鳥是愉快的，花是茂盛的，在這小小校園裡，她們穿著白潔的衣履出來了。有三個，有四個，在草地上，在板椅上坐著；東邊的兩個牽著手在走；樹下的兩個偎靠著在說話。斜陽把她們的粉臉染得更有光彩了。

這時，葡萄棚下面，有一位李小姐也同范小姐在談心；她們倆是好朋友，李小姐以為畢業後，大家可以到九江去做事，范小姐感到李小姐的談話有一點落空，因為她自己畢業以後就要結婚的。結了婚那裡還有這樣隨朋友的便呢？於是就宣布了她要結婚的消息。

碰巧金魚缸前有一個同學走過，聽到了范要結婚，於是就大聲地笑著，嚷給大家聽。這使三三四四的同學們都圍攏來了。

結婚？——這是一個問題，而這個問題，都潛伏在每個心靈之中。她們也曾想到，也偶爾談到，但她們都沒有同所謂社會服務同時提起過。

起初，大家是笑鬧起來，把范弄得哭了，於是李開始難過。李因為范要結婚，她就要孤獨；同學中三三四四的都有伴兒，獨獨她，她的伴兒要嫁人了。

大家還是笑。

「難道你們的伴兒不嫁人麼？你們笑我！」李原是氣上一句話，其實大家的笑也不是笑李，但是李的話終於引起大家看到自己的同伴了！——但大家並沒有注意自己，注意的只是同伴。

大家再沒有笑聲，這不是想到自己，而且想到同伴。同伴要嫁人的，大家被李小姐提醒，大家同情李小姐了。

太陽西沉，天暗下來，她們的臉上失去一層光輝，白衣裳也黯沉了，她們的心境也有些灰色。

但是，青年人的悲哀像春雨一樣，像夜一樣；不久天會晴得更清朗，晨會來得更強壯的。鐘聲，她們吃飯了！誰還記得這些呢？

學校是教會辦的，「上帝」「病人」「孩子」是學生頭腦裡三位一體的觀念，社會服務就是統一這三位一體的一件重大的事情。

但是畢業期終於近了！這是夏天，有幾個人能像以前所想的一樣，帶著所愛的伴兒到小縣小鎮去主持一個醫院呢？

多數是嫁人了，她們都忘了校園裡的同伴。隨著丈夫他去的，倒是也有幾封信給留在本城的同伴，但是這些同伴也多數伴著男人活著。信於是少了下來了。

有些，到內地小醫院去做護士，有些就在自己學校所屬的醫院內服務著。只有一個姓史的，因為功課最好，由學校幫忙，在一個自己家鄉的小城中去主持一個產科醫院，還帶著她的伴侶張小姐。

開始，同學中都羨慕她們，她們更是說不出的快活。

從那個小城到學校所在的都市是兩小時的火車，她們為買菜，置辦器械及籌備種種，在這條路上實現過許多許多的夢。她們害怕做不出去，她們害怕生意少，她們也害怕打不掉這些土產婆的勢力。這在她們給同學們的信裡都可以尋到的。——然而，現在，她們的害怕都克服，她們的夢是實現了。

同學們的回信少了下來，因為她們多數是嫁人了。她們倆輕視同學們放假以前所談為社會服務的空話；同學們自己也很感傷地承認自己的無能而祝她們倆努力，如今，她們倆是實現了夢想，一切安定下來，她們也就懶於寫信去報告她們同學。

這個小城是只有幾千戶人家，此外是農村。她們由學校裡教員的介紹，開始與當地鄉紳們認識，幾個鄉紳的太太被她們接出男孩以後，於是名就這樣揚了開去。現在，從遙遠的鄉村搖隻腳划船，抬一頂轎來接她們去接生的，已經不是希奇的事情了。

很少到都市去，偶爾去，訪訪母校，母校的教員有些變動，沒有以前有趣了；訪訪一二個居住著的同學們，同學抱著自己的孩子來寒暄數句，至於別人的消息，同學比自己還說不出，她們感到冷酷；於是都市更加少去了。

幾年工夫是這樣過去的，重要的變化，是最近張小姐被家裡叫回去嫁人了。來代替張小姐的是一位姓陸的，她是後輩，青年，青年得同剛來小城時的史一樣美麗，愉快。

陸是有愛人的，常常寫信，陸覺得同她有些合不來，但是說不出是在什麼地方。

二

史是更加寂寞了。於是就常常到一家蔣鄉紳家去打牌。打牌，第一開始還是張，張在一家姓柳的人家接了兩次產；姓柳的是舊式鄉紳人家，為中年得子，大辦滿月酒，張的打牌是從吃酒那次起的。

以後就約史一同出去，留話給僕人，說有人為接時到鴨毛弄何家，或新棒巷裘家去叫，這樣，打牌已成了習慣。起初輸多了，大家還冷淡幾天，但現在是一個人了，接生時候去接生，接生回來，作什麼好呢？——還是打牌。

有一次，打牌的時候，有腳在桌下撥她的腳，她眼睛看那對坐的男子時，他笑了，她也笑了。

夜裡她睡不著，第二天晏起，起來後看到一封信，她心跳著拆了，她有點高興，也有些痛苦，她躺在床上想，想到以前。

以前是多麼……是的，以前她年輕，功課又好，談吐交際都可以，容貌也不算壞，也有教員追求過她，也有同學的哥哥要求同她通信，也有……，但是這些都不算什麼！

開全省運動會時候，她們是衛生工作隊，她是分隊的隊長。足球賽，一個壯美男子的腿部流血了，是她洗淨，敷藥，紮好的。撐竿跳，一個穿黃條運動衫的運動員暈倒了，是她用人工呼吸法治好的……他們流汗的忍痛的面頰，都露出感謝的笑容問她的姓名，她那時沒有把姓名告訴他們過。

其實不告訴他們也好，新聞記者不是為她照相了麼？不是將她的照相與姓名，在畫報上披露了麼？

接著有許多信來，壯美的腿部與穿黃條運動衫的兩個男子給她印象最深，他們的信雖寫得不好，但是言語是溫柔的。

於是腦中浮起了她紮繃帶時腿部的肌肉，人工呼吸時挺直躺著的男體……

陸又在寫信，真討厭，她心裡說著，眼睛看到自己手上的信，這字跡是帳簿上的字跡，這文句是麻將桌上的……這不是愛，是吊……。

她把那封信撕掉了！

陸還在寫信。

她哭了，但是她不讓陸知道。

此後，她接生回來是睡覺，她是好久不去打牌了。

張回去後是結婚，婚後只來一封信；史每次看見陸寫情書的神氣，就想念張；要是張在，空氣會這樣沉悶麼？然而她給張三封信，一封回信都沒有來。

一封信到了。凡是信到，以前張在的時候，兩個人就搶著來看，因為這是屬於兩人的。張去了以後，信都是姓陸的了。有時史拿到手裡，看看信封，姓陸的就拿了去，拿去時昂首一笑。這一笑，有點毒！史有點氣，但當她走到鏡前，她知道陸的笑是美的。陸是美的，她想。

久久以後，一天，陸用同樣的笑容交給她一封信。啊！是張來信，這小東西，現在才來信！薄薄一張，寥寥數語。啊！張是有孕了，想來老地方住些日子，請老朋友來接生。

她很快活，可惜日子太遠了，還要隔半個多月。

她快活的是張一到她們可以整天談話，陸是只能夠自己寫信。

張是有孩子了。也不知道為什麼，她在夜裡為這事情不能睡覺。

陸在電燈下沙沙地寫信。

「陸，你寫得我睡不著覺了。」

「怎麼？寫字有什麼大聲音呢！」

「燈亮著，我是不能睡的。」

陸一笑，和藹地一笑。五分鐘後，陸立起了；十分鐘後，陸上床，燈立刻熄了；才十五分鐘吧，陸是呼呼地睡著了。

她哭了。她想到張。

——張是快來了。有點熱，她手放在被外睡著了。

她夢見她穿著白衣服在運動場做救護工作，她用酒精擦一個男子的手臂。酒精冷到自己的手臂上，她醒了。

天漆黑，把自己的手臂從被外拿進來，她追憶夢中那個男子的面容。

月底了，張是過了月底就可以到的，這下子陸要寂寞了，陸只能夠寫信。她們可以整夜的談。

但是張來的日子未到，陸說：她要辭職了，這個位子，她想請一位姓王的來代。陸永遠是這樣和藹的笑，笑得美，也笑得毒。

姓王的是比陸低一班的同學，同史比起來，當然更是後輩。

張沒有來，姓王的先到，王同陸非常要好，她們親密地談，親密地談，親密地談。

史深深地感到寂寞了，她回想到過去在學校裡同張談話的情形。她又暗暗地哭了！

從王口中知道，陸回去是為結婚。結婚？像陸這樣年輕？——史感到有種東西塞在她胸口，她一面感到陸沒有志氣，一面想到那撕碎還藏著的信——帳簿上的字跡，麻將桌上的……。

一清早，史握一把碎紙到爐灶去。

王來後第二天，陸就要去，經王留她一天，陸是第三天走的。

張到了，肚子很大，面色很好。

史同張談談，覺得張是完全變了。張呢，還說史沒有以前有生趣。

不到三個鐘頭，王同張到談得非常投機。這些話史都不愛聽的，但是她們偏談得熱鬧，史更感到寂寞了。

三

張養一個胖胖的男孩，帶著去了。

王是愛談話的，常常愛同史談。談的都是她自己的事情，許多向她追求的男子同自己的關係，以及他們寫信的種種。史起初以為王是故意向她示威，後來知道王生成是一個聰明，活潑，愛談笑的人！

張來一封信勸史嫁人，並介紹自己丈夫的一位哥哥，他是三個月以前剛死了妻子的男子。一切條件都不如張自己的丈夫的。史覺得張是在看輕她了。她又回想在學校時的種種。在學校，張能比史麼？張是史一手所提攜的人……史有點氣，走到寢室裡，王在寫信，看史來了，就同史談話，史是覺得王比陸好的，現在覺得比張都好了。

史對於張的介紹，終於寫信拒絕了。夜裡，她煩躁而失眠！

史感到無限的寂寞與空虛，她決定自己到都市去玩一躺。

她是好久不到都市，都市的一切都變了。她先到學校，學校裡誰都不認識她。門房問她找誰，她說不出名字，結果，幸虧一個老牧師走出來，同她招呼了，陪著她進去會些新的教員。

再次，她到老同學家裡去，老同學有幾個都搬了，只有一個還在，二個孩子纏著她，她只是同史客氣一陣。史感到不安，她推有事出來。

她隨便走走，走到了運動場，運動場零碎有些人在運動，沒有一個人注意她，她回想以前，她的白衣服引起多少運動員及看客的注意？於是她注意到自己穿的衣服，這確是不同了，在式樣方面，的確的，她是太疏忽了。她離都市太遠了。

過去的日子都過去了。

她回到家裡，王笑著迎她。並且告訴她王到天宮弄去過，何家第八個孩子已經平安地生出了。

天宮弄何家，是的，史回想以前，她剛來的時候。

那時，天宮弄何家第一個產兒就是她們第二次接生的主顧，於是第二個，第三個，第四個……現在是第八個都生下來了。

還有清源坊蔣家，在當時大房裡只有一個孩子。如今第四房媳婦又要生第四胎了。

還有……。

剛來的時候，她們多接一個生就多一層高興；眼看同城中兩個助產所次第的被她們淘汰，是多少快活！但如今，一切地位都堅固了，她是多接一次生就多一種感慨。是的，張是嫁了，同學們消失了，誰也不問起她的工作，誰也不羨慕她的地位，誰也不注意她的一切。

這時間是怎麼過的？時間是怎麼過的？

她恨極了。她夜夜失眠起來，她更消瘦了。

那天，史剛從清源坊蔣家接第四胎回來，王笑著迎她，痛快地告訴她，王的愛人要來看王，並且她們過了月底就要訂婚，王要把自己的地位讓給朋友孫小姐，孫小姐年輕，聰明，脾氣好，本領也比王自己好。因為王說，她們訂婚以後就要預備結婚，結婚以後要作一個旅行……。

史現在覺得，這些舉動是無所謂沒有志氣或志氣了。她以前潛伏在心底的羨慕，現在一瞬間都被自己看清楚了！

日子照舊的過去，王的愛人到了。王的愛人姓劉，是一個碩長壯健的男子，年紀比王大許多，穿的洋裝很漂亮，頭髮是沒有掠光。

王替她們介紹。吃飯，劉在幾杯酒後話就多起來，他問史這裡來了多少年？是不是一畢業就來的？慢慢地笑著說：

「史小姐，假如說錯的話，請你原諒，似乎我們在什麼地方會見過的。」

「會見過？」史也似乎覺得曾經同他會見過的了。

於是幾十分鐘沉默後，劉又說了：

「我記起好像是在運動場上，那時，我是足球球員，腿部傷了，記得是你救護……。」

史沒有聽下去，她知道真的是他！她奇怪天下有這樣巧事？史是想到了……於是強笑著說：

「好像是的吧！」

「是的，的確是的，那時你穿著白衣服……可是這些時間過得真快！史小姐也……同以前不同了；要是在路上相會，我是怎麼也想不起來的。」

「是的，是的。」

「不過我也的確……。」

「唔，唔！」

「真巧，想不到這裡會見史小姐。」

「唔，唔！」

「而且王也同你做了朋友。」

「是的，是的。」她已經用全力來保住笑容。

十八個「是的」與廿四個「唔唔」以後，王同劉出去散步；史在寢室中床上躺下，成了習慣地拿起桌上的鏡子，她一隻手拿著鏡子照著，一隻手從下顎摸到前額，從下顎摸到前額，從下顎摸到前額……。

太陽西沉了，斜光照著她臉上，她是不自主的流淚了。

夜，劉極力稱讚史小姐偉大，將終身獻給事業，並且問史是不是一個獨身主義者。

史自己也不知道是怎麼回答的。她接著就同女傭說到在空的產婦房內為客人設床鋪的事情走開了。

說因為頭痛，史回來一下就去睡了。

這是一個多麼熱躁的夜呀！

第二天，劉去了。

一切照舊，一天，二天，三天……。

於是王也去了。

接著來的是孫。孫是後輩，年紀更輕，人更漂亮。一件大衣式樣真是好，身上一裹，史看著都愛了。鄉下地方，深更半夜轎子划船接去助產，史真有點不放心；史願意替她去。也好，這可以減去許多煩惱。

日子這樣過著，過著，孫終於也去了。

孫去了是姓韓的來，一切照舊，韓也同樣的走了。

韓走後是姓戴的來，一切照舊，戴也同樣的走了。

……

四

現在，她決定用忙來遺忘一切，她不需要第二個人，她只是一個人，一個人。

但是，助產工作是這樣的，忙的季節忙不過來，空的季節實在太空，於是她只好用打牌去消磨時間。

她從來沒有看書報的習慣，現在也是沒有。

她久久不去都市，也不想去，諾大都市竟沒有她半席的地位——無論站，無論坐，無論看……。

她也不做衣服，不買裝飾的東西，她不知道將錢怎麼用法！

她沒有將來，沒有現在，只有過去！過去，然而過去是不回來了，她知道自己的頭髮在花白起來！

日子不知怎麼過去的！日子不知怎麼過去的！但日子仍舊是每天在過去，她開始是用腳走，後來用馬載，後來用汽車，世界上每一個人都這樣過著！在史，現在，當史略一回頭一看時，知道自己的日子在飛機中了。

剛來的時候，別人生兒子，她去接生；接著，她常常去玩，去打牌：慢慢看他們兒子大起來，大起來；結婚，她去吃喜酒；有生了，又是她去接。如今又是一代了。

一家子，大房生，二房生，三房生，四房；於是第二代，又是大房生，二房生，三房生，四房生，如今要她去接第三代了。

這是清源坊蔣家，她常常去，常常去的一家，看他們分家，有些窮了，有些富了，她永遠毫無變化的接生，現在又去接生，這是大房的，大房分元、亨、利、貞四房，這是元房。大房兒子是她接出，如今要接兒子的兒子了。

她近來稍稍喝酒，她的生活太沒變化，如一刀劈下一樣，喝點酒也沒有新鮮的回憶，這些回憶也舊了，曾經有一個時候，她是一日四五遍重溫這些回憶過的。

她是好久不哭，好久不悲哀，她有點錢，她想用錢，但不知怎麼用好。為添配藥物，器械，她決定到都市去一趟；她不想訪一個人，她只想花一點錢，她不知道怎麼花去。

都市裡一切都有變化，這些變化，她不以為奇。在她是什麼都希奇，因為沒有她份，所以也就什麼都不希奇了。

她到了一家菜館，去喝酒。菜館門口有一個賣報的，叫她買一份，她買一份報看，報上的人名與事件她都隔膜得很，胡亂放在桌上，喝酒。忽然，無意之中，報上一些小字進她的眼簾。

「徵婚，寡婦三十七，有數千元積蓄，願嫁一個四十以上的……。」

她想到以前，張為她介紹過人，天宮弄何家也想為她介紹過兩個人，清源坊蔣家也談起過三四個人……。

許多許多，大半是商人，是續弦，她覺得一切是對她侮辱，侮辱，她都拒絕；於是別人說她獨身主義了；她對此不表示，不表示並非默認，然而別人以她是默認過的。她現在是獨身，獨身。

夥計問她還要什麼菜？她清醒了！

對於吃，她也覺得無味！

於是又回到家中，聽憑日子坐著飛機過去，過去……。

一天，二天，三天……。

一九三四年二月五日，上午。

郭慶記

郭慶死了多年，但是郭慶記三字還是高高地立著，為許多青年所知道，所認識的。

但「郭慶記」並不是銅像，也並不是墓碑，他是一塊招牌——一塊白底黑字的洋鐵招牌。

郭慶死後，一點遺產沒有，這招牌就是他的遺產。因為有這塊招牌，所以郭慶老婆到現在還活在這世界的一角，沒有飄零，沒有改嫁；也因為有這份遺產，所以郭慶老婆能把金弟從七歲養到了十三歲，把銀弟從四歲養到了十歲，把銅弟從一歲養到了七歲。也因為有這份遺產，所以她能付六年來疊次增加的房錢。

守寡守的是神主，但郭慶老婆守的是招牌，她看見或聽見招牌就想到了郭慶，所以招牌在她是比神主還有意義的。

郭慶記是一家洗衣局，說起資格它可是老極了，但是郭慶的資格可是更加老。那時候附近沒有什麼西式洗染店，也沒有什麼夜夜雪亮電燈的洋貨店，也沒有什麼菜館，什麼咖啡店，只有一個學堂，這就是北海大學堂。郭慶就在那個學堂裡作工。

郭慶是北海大學堂的聽差，後來大學堂改為大學校，大學校又改為大學；而聽差也一改為校役，再改而為工友了。郭慶是在從大學堂進去，大學校出來的，同他一同進去的學生出來時候都是學士，而他因為進去時候是一名聽差，所以出來時候也只是校役吧了。

他出來的原因，是因為他感到吃人家飯的嘸趣，這是想與老婆同居，或者還是因為看到附近有人開了一家西式洗染店的緣故，沒有人知道。總之，他出來就開一家洗衣局，他不知道什麼是西式，只知道他可以洗衣服，所以就老老實實叫作洗衣局，又因為他是叫郭慶，所以叫做郭慶記洗衣局。這招牌剛剛對著北海大學校的後門，生意就從這後門來的。

但是這生意只是穿中裝的學生供給，穿西裝的學生是到西式洗染店去的。那時候學生自然還是穿中裝多，所以生意也自然是郭慶記好，不過郭慶記只收幾個銅元一件，同西式洗染店比起來利子是太薄了。同時西式洗染生意雖然不很好，因為利子厚，所以也過得過去。可是後來西式洗染店想出一個極好的辦法，這辦法是許多西式洗染店一直到現在還用著的，就是把兜來的生意也叫郭慶記去洗，洗來以後熨燙一下，重摺一摺，就算是自己的出品。從中省了許多麻煩，反而多賺了些錢。不過這於郭慶記並不算什麼大苦。

後來學校裡忽然改穿制服，是熱天，長衫生意都改為制服生意，於是生意都到西式洗染店去了。可是郭慶記並不關門，因為西式洗染店還是把東西叫他洗，而自己從中賺錢。不關門雖然不關門，但是到底是吃盡了西式苦頭了。可是這番苦頭一吃，也就聰明起來，買了四五塊烙鐵，一隻炭風爐，在學生中兜幾份生意，也接收制服洋裝襯衫等物件起來，因為定價便宜，於是西式生意又到郭慶記地方來了，這樣過了不久，西式店搬走了，郭慶記可立定了腳。一直到現在，學校裡又多了女生的衣服，學校外，附近又有了六家咖啡店，三家理髮店，這些咖啡店的檯布與理髮店的圍身布，也都是他們的生意了。然而郭慶可已經死了。

郭慶死了，郭慶老婆靠這份遺產活到現在。

可是現在郭慶老婆病倒有好幾天了。

她在樓板上哼哼地叫著，銅弟在旁邊。

十歲的銀弟上來，在門口說：

「媽，王先生來拿他的運動衣，我回了他，他說明天早晨一定要的。」

她媽唔了一聲。銀弟跑到樓下，碰見張先生，他正在同金弟在發脾氣，他的一套白帆布西裝，交來已經一星期多，怎麼還沒有好，明天要用，今天夜裡必須把他送去。

張先生去了，萬先生金先生又來；萬先生金先生去了，史先生又來……金弟銀弟沒有法，對誰都約他明天早晨。

金弟銀弟夜裡就在北海大學學生會主辦的平民夜校裡讀書，所以知道明天是北海大學的紀念日，學生們有的要講演，有的要踢球，有的要賽跑，還有的要做遊藝，這在平民夜校的學生本是件高興的事，因為前天起，平民夜校就放假，明天還可以看許多熱鬧，今夜也就可以看許多排演與練習。但是金弟與銀弟現在擔著心，他們替媽媽擔心。

於是他們到媽媽那裡。金弟開始說：

「媽，張先生萬先生金先生……」

「我都曉得。」他媽換了一口氣：「但是為什麼他們那麼急？」

「不是學校裡明天是紀念日嗎。」金弟又說。

「他們有的要講演，有的要踢球，有的要做戲……」銀弟說說就走到了銅弟旁邊。

「二哥，那麼你明天一定帶我去。」銅弟手裡拿著一個銅板在玩。

「金弟，到一杯水給我。」她說好了，金弟就把水給媽，媽這幾天更愛喝水，昨天到金磚橋看過醫生，醫生說是熱。她喝了水就叫金弟銀弟去燒粥。

金弟從來沒有自己燒過東西，但是這次燒燒也有一星期了。他記住她媽多少米多少水的話，所以一會兒就可以吃了。

粥吃好以後，媽媽就叫金弟擺風爐，煨烙鐵。於是媽媽起來。她腰酸著，手臂毫無力氣。披好衣服，頭沉重地，扶一扶床欄，她覺得腳像踏在棉花上似的，她把手放在額上，眼前一暈，但終於扶了金弟的肩，一步一步移過去，移過去。用盡了所有的力氣，支持了腳，支持了腿，支持了頭，支持了整個的身軀。終於用乾瘦而顫抖的手拿起了烙鐵在潮潤的衣服上移動，這樣的移動，她已經有十多年的歷史，她同穿自己衣服一樣的隨便，她原本一面還可以同別人說話，還可以管孩子的事的，然而今天，手臂像枯枝，手像枯枝上的樹葉，她移動了一下，扶一扶金兒，嘆了一口氣。

十廿件衣裳在竹籮裡，她很想立刻把它燙好。往常總是隨隨便便的就完了，她並不想快，並不心急，可是現在心急著，只想立刻就弄好，但偏偏沒有法快。

兩件衣裳以後，她再沒有法子支持自己，她坐下休息了一回；可是立刻又振作起來，她必須把它弄好，她不相信自己會沒有這個能力。

汗從頭上流下來，她用手抹著，抹完了汗，她咬緊了牙根再努力一下，總算又燙好了一件，可是她又不得不坐下，把頭埋在手臂間，半晌半晌。

「媽媽。」金兒叫她了。她於是又振作起來。

「這件就是張先生的。」銀兒把一件籮裡的衣裳放在桌上說。

她不響。

「張先生，他就是明天要演講的。」銀兒又說。

金兒盯銀兒一眼，於是整個空氣是死寂起來，這空氣統治了整個的夜。

於是那點微喘的微響，那點燙衣的微響，更加明顯起來了。

金兒銀兒跟著媽媽的喘氣呼吸，一致的節奏。銅兒睡在旁邊的小板桌上，微弱的鼾聲同她們也打成了一片。這時她們母子四人在一個脉搏裡，這微弱的聲音，像夜在嘆息，夜踏在他們四人的心上，趕向天明去。

天明了，太陽出來了。

太陽射在門上的時候，他們媽媽才安靜地躺在床上。

銅兒要去擾他媽，金兒銀兒拉著他手哄騙他。

這樣，三兄弟拿著還有熱氣的衣服到學校來。

第一宿舍，第二宿舍，第三宿舍，女生宿舍……

萬先生在洗臉，金先生在唱歌，史先生在寫信……

張先生一看金兒銀兒進去，就說：

「你們倒送來了，要不然我又要來催了。」

「我媽媽連夜替你燙好的。」銀兒說。

「燙得不好，燙得不好。」與張先生同房間的陸先生說。

張先生一聽陸先生說不好，也回過頭來細看那衣服。

「偏偏我今天要演講，偏偏衣服洗了這麼慢。還燙得這樣不好。」張先生脫了晨衣，拿起襯衣就穿。

「你們張先生今天要出風頭，你知道麼？」陸先生對金弟說，因為張先生是平民學校校長。

「我曉得張先生今天要演講。」銀弟說。

「那麼你曉得他講什麼題目呢？」陸先生說。

「……」銀弟看看張先生笑。

「講平民教育。」陸先生說。

「你們一定要來聽啊。」張先生對金弟銀弟說。

桌上有只綠色的鐘，的得的得走著，太陽異常鮮艷；金弟銀弟一夜沒有睡覺，看見太陽有點特別，於是拿起鐘來看。

「啊！已經快八點鐘了。」銀弟說。

「張先生預備幾點鐘演講。」金弟問。

「十點鐘，你們要來早點來，在大講堂。」張先生說。

金弟銀弟出來，踏著潮潤的草地，金弟想到昨夜籠裡潮潤的衣裳，銀弟想到張先生桌上綠色的鐘，銅弟想到鍋裡的粥。

「哥哥，我肚子餓。」

於是他們回去，吃昨夜剩下的粥。

他們媽媽沒有醒。

「……我們必須顧到無產階級的家庭生活……譬如我們學校的平民夜校，許多兒童白天必須做事，有許多……」

金兒銀兒坐在前面，望望張先生臺上的姿勢，望望他身上的白挺的帆布西裝以及襯衫與領帶。他們一夜未睡，這時大家打起瞌睡來了。

銅兒四面望望，在看熱鬧。

「……學校來讀書，回家必還需用功。有許多家庭，以為兒童既來學校讀書，回家就不給他們工夫讀書……」

銀弟已經打鼾了，金兒還隱隱約約的聽見：

「……兒童，平民……階級……」

銅兒在叫金兒。

「……總之，我們要提倡平民教育，還要改革社會；我們同情兒童，也必需同情兒童的家庭……」

一陣鼓掌，金弟銀弟醒了，他們也隨著大家鼓掌。

於是乎散會。下午是遊藝會，金弟銀弟必需趕快回去燒飯，吃飯。

燒好飯上去看媽媽，媽媽不理。媽媽的面色變了，金兒拉媽媽手，冷了。

「媽媽，媽媽。」銅弟喊著。可是金弟已經伏在媽身上哭了。銀弟也跪在地下，哭了。銅弟傻在那裡。

鄰近的人們跑攏來，辦事人有，只是沒有錢。

金弟銀弟到大學裡來，因為學校裡還有幾塊錢的洗衣賬可以收。

參觀的人進進出出許許多多，鋼琴聲唱歌聲蕩出了窗外，許多人在笑，許多人在鼓掌。

走過操場，操場周圍臺上都是人，從臺下望進去，看見許多人在跑，陸先生史先生喘著氣坐在旁邊，汗濕透了他們橙色運動衣，一個女學生立在史先生旁邊。

金弟記起昨夜媽媽燙這二件衣裳的情景，也是汗從額上流下來，也是喘著氣；今天早晨把它送來是新的，然而現在又是濕透了汗，可是喘著氣流著汗燙這件衣裳的媽已經死了。

他們到了宿舍。

宿舍裡人非常少。張先生房內那只綠色的鐘的得的得響著。

「錢收回來也不夠，我們何不把那只鐘……」銀弟忽然異想天開說。

金弟沒有異議，但是鐘怎麼樣拿出去呢？

「何不包在衣包裡，像包要洗的衣服一樣。」金弟想到這裡，就拿張先生的衣服打成一紮。

金弟打發銀弟去當鋪，自己到女生宿舍也包點值錢的東西出來。

媽媽已經葬掉了，夜更死寂得厲害。金弟這時候睡在床上，才想到自己做了犯罪的事情。

「賊骨頭，賊骨頭。」一在同學間他們常常拿了一支鉛筆頭就這樣嘲罵。現在他是真的賊骨頭了。他後悔，他難過，他終於又哭他媽媽。

銀弟也沒有睡著，他想張先生明天不知將怎麼樣？他想現在張先生總已經發覺了。媽媽以前對他們說過偷東西是犯罪的，但是母親死了，他也哭起媽媽來。

第二天他們一天不敢出來，可是黃昏時候一出門就碰見蘇先生，蘇先生是女學生中最同他們好的人，同他們打招呼。

他們吃了一驚，但一見她像不知道這件事似的，他們方才安心。可是張先生又從前面走來了。

金兒呆了，銀兒想跑；可是張先生像一點也沒有事似的過來就問他們：

「昨天遊藝會好玩麼？」

「我們下午沒有去。」

「為什麼？」

「我媽媽死了。」金弟說，眼淚又滴了下來。

……

到第三天他們到學校收洗衣服賬，宿舍裡還在談論失竊的事。第一宿舍在談論，第二宿舍在談論，女生宿舍也在談論。

金弟的心跳著，銀弟連眼睛都不敢看人家。

可是出了校門，他們的心平安下來了。他們知道先生們一點沒疑心他們。於是金弟有了第二次嘗試的衝動。

郭慶記招牌還是高高立著，這是從鄉下來的遠親張管婆來接收的。張管婆並不是他們媽媽的朋友，媽媽活的時候她常常來，媽媽病了，叫她來幫忙她不來，媽媽一死，鄰居替他們寫信去叫她，她就來了。她說說是替他們管理，實際上不過是把這三個孩子當做學徒，或者說奴隸，自己來做老闆吧了。

夜裡，張管婆打了銅弟一下，罵了銀弟幾句，叫他們關上店門打地鋪睡覺。

金弟銀弟睡不著，也沒有什麼話說？輕輕地哭。

「哥哥！」銀弟叫一聲。

「弟弟！」金弟實在想說什麼，但是沒有說。

第二天早晨張管婆就罵他們晚起。

第三天張管婆叫金弟買菜蔬，說他偷錢，打他。

第四天張管婆為了金弟拿頭天吃剩的菜蔬給銅兒過粥，大發脾氣拿鞋底打他們三個。

第五天，一點沒有事就罵他們，下午叫金弟背背不動的東西，為了背慢一點又罵又打。

夜裡金弟銀弟睡不著。

「弟弟，我想明天我們再去什麼一下，弄點錢跑掉了吧。」金弟說。

「那麼讓她一個人享福。」

「我們索性燒了這房子。不過我們上哪兒去呢？」

「哪兒去？我們餓死也比這樣好。」

「第六天黃昏，金弟銀弟拿一包衣裳出來。」

到了房門那裡，銀弟忽然探頭探腦一看。校警扣住了他們，要檢查。

衣裳以外，有五隻皮夾，二隻表，二隻時鐘。

於是轟動了全校。

校警要送他到警察所去，因為學生們勸阻，總算沒有。

打了一頓以外，以後不許他再到學校裡來；並且派人關照張管婆。

張管婆借此又狠狠地打了他們，並且說明後天有熟人到鄉下去，就帶他們去鄉下種田拔草。

可是當夜，火從屋內四面起來了。一直牽連了鄰居。

第二天，北海大學後門外聚滿了人，看對面殘棟斷梁，火尚未熄，郭慶記洋鐵做的招牌橫在街樹的旁邊，郭慶記三個字也模糊了。

一九三六年四月二十二日，上海。

阿拉伯海的女神

天漆黑，海也漆黑，浪並不能算太大，可是水聲已經是很響了。我非常謹慎的向甲板中部的帆布椅上走去。這時天忽然起了電閃，這在航海時原是一點沒有什麼希奇，也不是下雨打雷的警告，所以我並沒有為其所動。可是我也的確是被其打動了，這因為當電閃亮時，照出甲板中部已經有一個人躺著。這個人穿著很深色的衣裳，不知是馬來人還是印度人，膚色也是比我要黑，沒有電閃我是看不見他的。可是我想他在靜躺中一定是早已看見我的了，我的衣裳就比較顯明，所以他並不害怕，笑著向我打招呼了：

「哈囉，你不暈船麼？」原來是女的。

「沒有什麼，你呢？」

「一點沒有，在阿拉伯海上，這點點風浪是算最平靜的機會了。」我猜她已經有三十歲了。

「我想是的。您是不是常常走這條航路的？」

「自然，我必需常常走。」那麼，她難道是四十歲了。

「……」我正想坐到隔她兩把帆布椅的一個位子上去，但是她笑著說：

「為什麼不坐到這裡來？」她用眼睛指指她隔座的椅子，眼球白得非常出色，有點美，有點怕：「很寂寞的，在深夜，我們不可以談一回麼？先生，你是不是失眠？」

「是的，臥艙裡實在太悶了。」我說著就坐到她隔座去。

「你是到哪一國去的？」

「我想先到比利時。」

「然則你還要到別處。」

「是的，我想一年後到法國，以後再到英國。」

「你是去遊歷嗎？」

「是的。」我說：「那麼你呢，你去哪兒？」

「去歐洲。」

「歐洲不是很大麼？」

「是的，我想我到了歐洲才能決定我的行止，我是一個流浪的老太婆，流浪到現在已經三十多年了。」難道她有五十多歲了？我想。

「到過許多地方了？」

「自然。」

「你的祖國呢？」

「我想我總是阿拉伯人，但是你願意，當我中國人，我也可以承認。」

「中國人，你到過中國？」

「這是我忘不了的美麗可愛地方，我去過已經五次，合起來也住了九年。」

「你會說中國話麼？」

「自然，我想我比我所有歐洲的言語都說得好。」的確，這句北平話她說得很好很好。以後我們就用北平話談話了，我感到親密許多。

「你會許多言語？」

「是的，而且我會許多方言，我想我說上海話會比你好。」

「您真是能幹，我想阿拉伯人都是極其聰明的。」

「有什麼能幹，我是靠這個流浪，靠這個吃飯，靠這個把我生命消磨了。也靠這個我總算活得很有趣，但是我現在老了。老了，不想再走，我想這次流浪後，可以不再流浪才好。」

「你就到歐洲去休居麼？」

「不，決不，我想到歐洲後到美國，再到中國，我想中國的內地有許多地方是極合我住的。那邊便宜而有趣，最重要的還是恬靜。」

「能不能讓我問你，老婆婆，你怎麼會是靠方言吃飯的，你是教人家方言麼？還是領導人家遊歷。」

「這些都不是阿拉伯人願意幹的，阿拉伯人有傳統數學的頭腦，總想過頭腦的生活。」

「方言是頭腦麼？」

「你倒是學什麼的，心理學你聽說過麼？」
「心理學是我用過一點工夫的課程。」
「那麼你以為言語是什麼？」
「有的說，言語也就是思想。」
「是的，所以一種方語就是一種思想方式。」
「是的，所以你可以從各種方言知道各種人的思想方式了。」
「一點不錯，你是聰明的。」
「但是這總不是吃飯的方式。」
「那麼請你先猜猜我是幹什麼？」
「研究思想方式或者說你是哲學家，但哲學家不見得就可以靠哲學吃飯。或者說你是偵探或者間諜，這是女子最可幹的事，最可流浪的事，最有錢的事，最合於你方言的能力與科學頭腦，以及所謂觀察別人思想方式的作用的事。」我笑著說，說得很快，其實只是開開玩笑罷了。
「我想我可以幹，但一個人有這樣死板的使命，不是太不自由了？」
「那麼你叫我怎麼猜？」
「不錯，這是不容易猜的。老實告訴你，我是一個巫女，我會魔術，我會骨相術，我會看相，我會知道你過去與未來，我會推斷你的命運終身，你的環境身世，以及你家屬與你的壽數。你相信麼？」

「我相信你是的，但我不信仰這些東西。」

「這不是宗教，無所謂信仰與相信；這不過是一種技術，同許多科學的技術一樣，它包括幾何上定理之證明，邏輯上的推論，生物學上的分類與系列，統計學上的精密統計，以及一切自然現象研究的觀察；外加漂亮的言語，用審判心理學上技術，催眠心理的花巧，以偵探的手腕獲得人家的祕密而已。」

「那麼你願意現在在我身上施行麼？」

「你想這樣的環境是合於我上述的條件麼？」

「啊，我明白了，你如是一個成功命相家，這成功一定不是偶然。」

「你是聰明的，我想你一定學過哲學。」

「不錯，你已經採得了我的祕密。」

「但是這不是探得的。我告訴你，當我要探你以前，我必須催眠你。譬如你在歐洲報上看到我的廣告，即使你只是一點好奇罷了，等你到了我的地方，付給我你該出的不算輕的相錢，你已經有三分相信了：因為錢可以買許多東西，可以使鬼推磨，你都知道的。你買過華貴的衣服，珍稀的寶石和許多人的生命；你買過飛機與槍械，你買到過成千成萬擁護你的軍隊，你買到過許多美女的心，所以當你付我十鎊廿鎊的相錢後，你早已相信你一定是買到了你的慾望。於是你進來，你看，我的房間陽光是沒有的，燭光可以隨我支配布置。我燃著極神祕的香，你可以聞到；我有極希奇的衣服，桌子帳幕；我只要讓你注意我手上奇怪的寶石戒指，你已經會相信我是有權力知道你的過去未來了。於是我請你坐下，請你靜靜心，同你寒暄幾句，或者請你喝茶。假如我忙——我常常是忙的，請你在一旁等著，聽我與別人論相或者看水晶球，這時你已經受了我的暗示，你一定有表情，或者怕我說出你可恥的祕密，墮落的過去；或者相信了我會說出你過去最傷心的事，預先自己回憶，於是我已經知道你兩分。假如你是屬於理智的，我會嚴肅得神一樣以理智折服你；假如你是屬於情感的，我會同你至親一樣，同情你，可憐你，比你先替你流淚，引出了你的眼淚，我再來安慰你。兩句寒暄我可以知道你是哪裡人，於是我可以告訴你我到過你的家鄉，我自然是大部分都到過的。我會方言不是麼？我的方言可以引起你你對於你故鄉的情緒，或者你是因賭氣而離鄉，或者你是困窮而離鄉，或者你的鄉人都對你不好，或者同你都非常好……這些情形，我的方言，只要十來句就可以知道你一個大概。你知道我有數十年之經驗，有精密的觀察與嚴格的推理；我會恐嚇，安慰……種種手段。假如你被我催眠了一分，我就可以觀察出你三分，於是我給你軟或硬的審判，我就有五分了；再用我精細的推理，我可以有七八分，依照我過去的統計把你類列起去，你的一切我就都知道了。所以這是技術，而且也是藝術，說說是死的，運用起來可是活的，你知道麼？」

「我知道了，一個人出了錢會相信，你於是叫他出錢；到了生疏的環境會發楞，你於是把你的環境弄成生疏；未見你前有一點好奇心，你於是將你自己特別弄成神奇。總之，使人迷眩了以後，任你拷問審判，使人招供自己過去的遭遇，而相信你對於他糊塗的未來的判決而已。

這不是命相，這是一種暴力，用暴力的話，一枝手槍就可看別人的命相了。」

「近代心理學以人為環境的產物，我的藝術就是以藝術的手腕，從環境去瞭解人，這藝術是一種力量，但不是暴力。因為這力量不是暴力，所以我的生意，無論在歐洲美洲或者在亞洲，永遠可以不錯。否則誰肯永遠受你暴力的審問？」她笑了，笑得一點不像一個巫女，只是一個飽經世故，爐火純青的直爽的女子。

「……」我沒有說什麼，我在想，她該是很有錢的了，前些天沒有碰見過她，想來她該是搭在頭等艙裡的。於是我問：

「你是很有錢的了？」

「我想我可以照我的理想用我錢的。」

「你走了許多地方了？」我羨慕。

「你到了我年齡，你也可以走得不少地方的。」

「你可是很康健？」

「是的，都靠自己的保養。」

「你很用功，讀了不少的書了。」

「隨自己的興趣，我看過許多學者教授名人政治家的相，所以必須有合適的話同他們講，這樣就養成了我看書的習慣；不過我想你也讀過不少書，你是一個很聰明的孩子。」

「但是我沒有好好專門的讀書過。」

「你倒是學什麼去。」

「我麼，說起來真慚愧，我從小跟一位老先生讀中國經書不成，讀陸軍又不成；進了中學，因為當時中國大呼科學救國，所以極重數理，畢業後習理化，仍無出色；改習哲學，又無所得，乃攻心理學；未竟所學，為生活所迫，出外求生，當時因職業之故，臨時趕看社會科學基本書籍，但半路出家，到底不易；失業數載，買文為生，欲試寫文藝作品，不得不讀點文藝書，所以我現在實在不知道是說學什麼好。」

「有趣的孩子！」她笑了接著說：「你知道這是什麼海？」

「不是阿拉伯海嗎？」

「是的，這裡有一個海神你知道嗎？」

「海神？」我說：「但是我不很相信神。」

「不過這是一個很有趣的神話。」

「你願意講給我聽麼？」

「自然。」她指指前面接著說：「有一個極美的阿拉伯姑娘，她是一個純粹的回教徒，但是後來她懷疑起來，她從一個中國商人家裡聽到孔子的話，從基督教士手上讀到了聖經，又從一個印度的雲游僧悟會了佛理，弄得她不知所從，每天苦悶，後來她下了一個決心，自己弄一隻船到海外來求真主，但是漂流數年，一無所得，就此跳海自殺了；據說現在還時時出來，凡是經過這裡的船隻，會常常遇見她的足跡，在清晨或者在深夜，她會走到船上來，逢見聰明人就要問到底哪一個宗教的上帝是真的。」

「你是不是說，像我這樣的求學也要因苦悶而跳海的。」

「你知道就好了，但是我意思還不只此，我是想問你，假如這個美麗的女神來問你這個問題時，你將怎麼回答？」

「我想……？」我說：「假如如你所說的美麗，我會告訴她宗教的要求不過是性慾的昇華，我會告訴她戀愛才是青年人的上帝。」我說了有點後悔，我知阿拉伯人多是回教徒，不知這是否會使她不高興。

「你確是一個聰明孩子。」她可是並不生氣，於是我問她：

「你是回教徒嗎？」

「你怎麼知道我是回教徒。」

「阿拉伯人不都是回教徒麼？」

「這是書本上的話。你相信它的『都』字是這樣普遍有效嗎？難道連我一個人都沒有例外嗎？」

「不過我相信你以前一定是回教徒。」

「回教徒有什麼特徵呢？」

「回教徒有一種特別的美。」

「你從我這個老太婆的身上能發現回教徒的美嗎？」

「我在你身上，不，在你談話的風度中，感到一種香妃的骨氣。」

「香妃的骨氣？」

「是的，香妃有一種力的美，是中國任何女子，無論妲己、西施、貴妃都沒有過。——你都知道這些中國的美人麼？」

「自然知道。」她忽然笑了，這個五十幾歲老婦人的笑對我還有引誘力，我極不懂這個理由。她笑完了又說：「假如我年紀輕三十歲，也許我們會發生戀愛了。」

「那麼到底你是多少歲呢？」

「這是一個謎了。」她說完，很快就說：「啊，時間不早，我想我們可以回艙了。」她已經站起來，我看她絕不是一個上四十歲的人，我猜想她的什麼三十年流浪等等的話都是假的！

「明朝會。」她說一句很有風韻的上海話就上扶梯去了。上去是頭等艙，我所猜想的的確沒有錯。

「再會。」我還躺在椅上，看她影子消失了，我向海天望去，我感到黑色的偉大，黑色的美；我心頭感到一種沉重的壓力。我靜靜地躺著，直到天色發白，海色發藍，看那金黃的陽光掀起了閃耀的金波，像綉金的路氈一樣，從天邊直到船邊，我想像這就是預備阿拉伯海女神降臨似的。我沉沉的入睡了。

多半是有好奇的緣故，其他是對於她的健談與神祕性有點興味，剩下的理由還是因為船上夜半生活的無聊；別人都入睡了，臥艙的空氣不好，書既不能讀，事情又不能做，於是我時常關念到這位阿拉伯的巫女，尤其是夜裡，在甲板上，或者對著月，或者迎著風，無論我感到人的渺小，蒼天的偉大，世界的奇巧，萬物的囂擾，我總覺得這時的人生是需要這阿拉伯巫女來點化似的。

可是從此幾天都沒有見她，一直到有一夜，月光在海面瀉成了一條銀練，我伏在船欄上忽然有一個滑稽的想頭，疑心這個阿拉伯的巫女或許就是阿拉伯海的女神。那麼她不踏著陽光所鋪的金氈，也當踏那月光所鋪的銀氈來了。

「啊！又碰見你。」原來她在我後面，這巫女，要不是她聲音，我幾乎不認識了，她今天穿著一件白色的衣服，邊緣有灰紅的絲飾，或者這是阿拉伯裝束，頭上披著同樣的紗，風吹得極有風致。我從月光看過去，極其清楚，她眼睛像二顆寶石，睫毛像寶石的光芒，鼻子有鋒棱，但並不粗大，眉毛的清秀掩去她上次談話留我的世故，齒白得發光，那神祕的笑容是充滿了機智，這不過三十歲的婦女，怎麼上次我在黑夜中就被她騙弄成四十五十歲呢！

「這樣的深夜，一個人在欄邊，吟詩嗎？」

「你看，月光在海上鋪成一條銀路，我想如果真有阿拉伯海的女神，應當會踏著這條路來的。」

「把她未決定的問題來問你聰明的孩子嗎？」

「怎麼，自然是來問你。小……」我奇怪怎麼上次我會叫她老婆婆，今天我可想叫她小姐了。

「假如你不懷疑，讓我告訴你一個故事。這是的的確確我身受的故事，我懷疑我自己到現在，我不相信我那次的經驗，但是這個經驗是確實的，當時的日記還在我枕下，一點不能否認，也絕不是夢。」

「你的經驗在我總是有興趣的。」

「這不是科學，也不是藝術，也不是神話，這只是一個奇遇。」

「奇遇？」

「是的。大概二十年以前吧，那時候我還年輕，就從西方由這條航路上到東方去。記得是一個非常好的清晨，也好像是這樣的甲板上，因為海風把我頭髮吹亂了，我用鏡子在照，剛想用小梳時，忽然在鏡子中看到一個人影，我自然轉過身子來。她是一個少女，我說不出她的美，這美我想你也是想像不出的，一種沉靜而活潑的動作，流雲一樣的風度，到我的身邊來。她問我：

『你也是阿拉伯人嗎』這種突然觀察的問句，使我有一點驚愕，我說：

『難道你也是阿拉伯人嗎？』我想阿拉伯人絕沒有這樣美。她說：

『我現在是這阿拉伯海的海神。』

『海神？』我笑了，你想當時我也並不相信神怪事情的。

『是的，海神。但是我不知道我怎麼可以做神，也不知是誰的主權可以叫我做神，不知道是哪一個宗教所崇奉的上帝。』

『這是笑話，你神都不曉得，我怎麼曉得。』

『這正是人的問題，人應當曉得這些問題的。至於神，別的我不曉得，以我來說，我不過可以在這阿拉伯海區內自由罷了。我只要一想，就可到海底，可到天空，可在水面上走，不會冷，不會熱，不會餓。但是出了海洋及水天範圍外，我就沒有這個自由，我的意志就不發效力。我只可以在這範圍自由。』

『那麼，所有興風作浪都是你管的。』

『不，不，這不是自然律麼？我只是自己可以自由自在，不受一切物質的束縛，瞬息可以走遍這海天吧了。風不阻我，雨不濕我，冰雪不凍我，如此而已。』

『真的嗎？不過這個就算是神麼？難道不是鬼。』

『鬼，』她笑：『我見過，在海的底裡，有時我有一樣的能力，但一切不能隨自己的意志。他們想在空中飛，偏沉到了海底去，有時候想到海底去，偏偏浮到了水面；有時候想看看船隻，偏偏只看見了月亮；有時候望望月亮，又只見到了山。我初來的時候問鬼，鬼告訴我我就是神。』

『但是你怎麼做神的呢？』

『我本來是人，想知道哪一個是真帝，所以特地飄到海外訪問，沒有結果，苦悶發慌，就跳在這裡自殺。一跳下就變成神了，你說奇怪不？所以我一定要知道到底誰是上帝，是誰有這個叫我做神的權力。』

『你做了神，這樣自由自在，不凍不餓，問這些事情作什麼？』

『這在我做人時是一個苦悶的事情，現在只是娛樂的事情了。我現在一天不用憂愁，不受物質限制，隨便看見好玩的人，談談話這件事，不也是很有趣嗎？』

『但是我是一個凡人，我知道什麼呢？』我眩惑了。

她拍拍我肩頭笑了，笑得極其愉快而天真，於是她說：

『那麼再會吧，我看你還沒有睡醒。』

她踏著陽光所播的上之金路，飛一般的去了。一瞬間就看不見，但是這奇美的印象則永生永世使我忘不掉。我當時切切實實的記下，的確不是夢，——我也怕這會是夢。一直到現在，三年四年五年六年的過去，我年年來來往往在這條路上走，一半的目的全是為她，我只想再見她一次，我永遠有這個慾望，但是我沒有再見過她，我想，我生平什麼都沒有缺憾，唯一感到缺憾的就是這個。」

她是巫女，一個老練的巫女。我是意識著她的善謊的本領的，但是這謊語則是藝術的。平常的謊語要說得像真，越像真越有人愛信，藝術的謊語要說得越假越好，越虛空才越有人愛信；平常的謊語，容易使愚人相信，藝術的謊語則反而容易使聰明人接受的。希臘的神話不是很可愛嗎？在許多與其相仿的環境中，譬如深谷中聽到了echo，森林裡見到碎月，我就會想到神的出現的。安徒生的童話，莎士比亞的劇，都有神話，但是我們都肯當真的來聽它。因為這份藝術這時已塗去我的理智，吸住我的精神，於是我不知不覺的再不能在心裡有懷疑的餘地了。於是帶著三分假意三分真情地說：

「我想她會來的，她會來會你的。但是不要忘記，會見時請你告訴她，假如我還能時常經過阿拉伯海，我希望我能夠會見她一次，一次夠了。」

大家都靜寂了，默默地望著天，望著月，好像不約而同是在期待阿拉伯海的神降臨似的，夜就這樣消失了。

這使我更感到了這巫女的趣味。

第二夜，月兒仍圓，我一個人在甲板上散步，我想這巫女會下來的，假如她真的是誠意想會到那阿拉伯海的女神的話，銀氈不是仍舊鋪著海上嗎？

可是月兒亮上去，海上的銀光短起來，我還是一個人在藤椅上躺著，大概是我吸一支煙的時間吧，我聽到身後有一點微響，或者是我神經作怪，總之我回頭過去時，看見一個人在那邊船欄立著，我想一定是那個巫女，我就說：

「喂，阿拉伯海神來了麼？」

誰知回頭來的不是她。是一個一直沒有見過的少女，自閃光的眼睛下都蒙著黑紗。我那倒反有點不好意思起來，可是她愕然問：

「阿拉伯海神？」也是中國話，我有點驚奇，於是我說：

「對不住，小姐，我認錯人了。」

「阿拉伯海有神麼？」她走近來問我，我覺得她這樣的身材不過十七歲。美得有點希奇，我想難道阿拉伯女子都是美的麼？

「是的，她是一個美麗的女子，據說她因為在宗教上徬徨，於是跳海自殺，就做了神了。」

「宗教上徬徨？我也正在徬徨呢。先生，那麼這海神後來到底是相信什麼宗教？」這樣的問法，竟然使我感到這是一個刺探的技術之運用，我想，她難道就是阿拉伯海的神麼？於是我說：

「到底還不相信什麼宗教的神，可是自己到已經成神了。」

「那麼你以為什麼宗教是上帝所手授的呢？」她的動作，我注意著，是神聖的圓整的吸人的韻律，這問句是反證了我頭一個思想的真實，這種刺探技術運用之進展，似乎是她自己一句一句的在承認她就是阿拉伯海的海神了。

「你是阿拉伯人嗎？阿拉伯人都是相信回教的。那麼有什麼懷疑呢？」

「你也是人，那麼你也相信回教了。」

「我是中國人，中國人的宗教是有三個階段的。」

「宗教有三個階段？」

「是的，中國人，孩子時代父母是宗教，青年時代愛人是宗教，老年時代子孫是宗教。」

「這怎麼可以說是宗教？」她笑了，眼睛飛耀著靈光。

「為什麼不是?宗教是愛，是信仰，是犧牲，中國人的愛是這樣的，信仰是這樣的，犧牲也是這樣的。」

「女子也是這樣麼？」

「自然，女孩子在中國頸上掛著父母贈的項圈；長大了，像你這樣大的時候，項圈取消了，手指上就套上愛人的指環；老了，臂上就戴起兒子送來的手鐲。」

「但是我也戴著指環。」她把手伸出來，光一樣波動，似乎把我所有的意志都動搖了。她說：「不過這是我母親送我的。」

「……」我正在注意她的面幕。但那前額，那眉毛，那眼睛，是啟示我這付整個面孔的美是無限的，是無窮的，是神的，但是蒙著面幕！

「那麼你不也戴著指環麼？」

「啊，那我想只是同你頭上戴著紗一樣的是好玩吧了，」

「好玩？」她似乎想著，我於是脫給她看了。

「這是中國的出品麼？」

「自然。」

「啊，可不是好玩極了。」她好像極其愛好似的說。

「這可並不是有什麼價值的。說真話，這指環是多年前在北平宵市的舊貨攤上用一元錢買來的。不過是一點小趣味，沒有什麼價值的。」

「啊，可不是好玩極了。」

「小姐，那麼假如你以為好玩，就收起來好了。」

「送我麼？這算是什麼道理呢？」

「沒有什麼道理，這只是同一杯水一枝煙一樣，說不上有什麼道理。西洋人太認真，人與人間，朋友與朋友間，一個便士要算得清清楚楚，送一枝煙，請一杯咖啡都看作像一件事情似的，這在我們中國人看來是最難過的——是一種約束，是一種規律，是一種不自由。」

「那麼你不喜歡西洋人了。」

「或者是的，我現在感到西洋人是均衡的，其美，其聰明也互相差不多，東方人則是特出的，聰明的特出群外，愚笨的跟隨不著。中國的學校，同班的程度極為不齊，我想這也是一個道理。中國人性情像海像山，西洋人性情像一張白紙，但是我不知道阿拉伯人是怎麼樣。」

「阿拉伯人性情是有中國人與西洋人之強處的。」

「我相信你是對的。」我笑了，她也笑了。

「那麼你願意把戒指戴在我手上麼？」她把拿著戒指的手交我，我可有點發抖了。從這一握起，我有點迷惘，我們的手沒有放過。她一點不動，我也默默的忘了自己的存在，海的波動，月光的泛濫，以及世界的一切。

一陣風才把我們打醒，她驚覺似的說：

「怎麼……啊啊。」她帶著驚惶的笑：「晚了，我去了。」

「那麼……那麼，明天晚上也讓我在這裡等你可好？」我問。

「那麼現在我去了，不過你不要看我，看著海的那邊。」她說。

「為什麼？」

「對我忠實，照我做，不一定要有理由。」我服從著，望著海的盡頭想：

「難道真的遇到了海神了麼？」

第二夜，我們談到月落。第三夜，我們談到天白。以後的生活，大家都反常了，把白天用作睡覺，把夜間用作會敘，風大時我們躲在太平船的旁邊，小屋的背陰，坐在地上，靠在牆腳，我們有時就默默的望著天邊，手握著手，背靠著背，肩並著肩，日子悄悄的過去了。

好像我問過她的家世……等等不只一次，也問過她的目的地與她旅行的目的，但是她從來都沒說別的，總是：「以後你會曉得的。」一句帶感慨聲調的話。而其來去的蹤跡，我總是渺茫，沒有一次她允許我看她走的。

好像還不只七八次，我曾經要求她把面幕除下去，她都拒絕了。這拒絕好像有點宗教的保守意味似的，所以我也不再請求了。

可是，我的日子是在她黑幕裡消失去了。

有一夜，她比我早到，我去的時候她就把手交給我，在一握之間，我忽然發現她換上了一隻很大的指環，是銀的，上面鑲一塊象牙，象牙上有很細的雕刻。當我們步到船梢的燈下時，我拿來細看，覺得很古怪，上面刻著一點風景，野外許多人圍著一個女子與男子，男子縛在樹上，女子一隻手拿一本書，一隻手拿刀，很痛苦的立著。我問她：

「為什麼戒指上刻著這樣可怕的事情？這樣好的雕刻又為什麼要刻這樣可怕事情呢？」

「這是一個阿拉伯傳說的民間故事。」

「故事？那麼請你講給我聽聽。你知道這個故事麼？」

「在很久以前，有那麼一個地方，凡是女子同異教徒發生戀愛的，當地的人士對他們有兩種處置：一種是他們把這女子看作叛教的罪惡，將二人同時火毀或水葬；一種是如果女子肯用刀親自將異教的男子殺死，那麼大家可以唸經將男子超度；——這樣大家將認為這女子是征服了異教徒，在他們是一種光榮，並且大家都認為超度以後，在永生之中，這女的與男的倒可以結合的。這雕刻就是說一個女子在殺她愛人時之內心矛盾與痛苦的。」她講到這裡，忽然換了一種語調說：「我先不講這整個的故事，我要問你，假如你是這個女子將怎麼辦？」

「我就同那個男子同逃了。」

「這是不可能的，一定要被他們捉住。」

「假使捉住，就只好讓他們處死，至少同逃是一個可以自由的機會。」

「可是你要設想你自己是一個當地信教的女子，要設想你是一方面相信宗教，一方面你又要愛他的情形。叛教將沒有『永生』，同逃成功只剩一個『現世』——極短的現世；同逃失敗，『現世』與『永生』將都沒有；但是你殺了他，你雖失了『現世』，可有了『永生』。反正一切條件之中，絕沒有『現世』與『永生』並存的可能。而在篤信宗教的人看來，『永生』

自然比『現世』重要，所以以理智來說，殺這個男子是對的，但是到底是自己愛人，怎麼可以下這刀呢？而且男的死了以後，這個深切的可怕的印象會在心裡磨滅麼？而其剩餘的生命的痛苦又是如何呢？」

「這是一個難題，有趣的難題。」

「是的，但是我們故事中的女子將這個難題決了。」

「怎麼樣呢？」

「她一刀子殺了這個男子，一刀子就殺了自己。兩個受傷的垂死的身體，抱在一起同去見神，你看，這是多麼聰明，偉大與光榮。」

「啊！……」我驚奇了，半晌才說出話來：「第一他獲得了宗教上光榮的勝利，第二她抹去了以後餘生的痛苦。真聰明。」

「還有，你知道，她對於男子也盡了愛情上忠實，那異教的男子也會知道她的殺他不是一件殘忍而反是一件光榮的事情。」

「是的，而且，她們隨即擁抱了，他們也獲得了現在，雖然她們縮短了他們的現世。這女子真是聰明偉大而且光榮呀。」

「是的，這樣的情境中，你願意做她的愛人而死麼？」

「願意！這是一個光榮。」我拿出刀子給她：「就在這裡試試嗎？」

「……」她笑了。「但是故事還沒有完。」

「以後怎樣了呢？」

「以後，許多被發現同異教男子戀愛的女子都用了這個方法。所以不久這個可怕的習慣就取消了。」

「這是一個創造，是藝術的創造；是革命，是宗教，也是社會的革命。」

「是的，因為她以前的女子，不知道有多少都糊塗地痛苦地死去，更不知道有多少是心靈負著重創而熬受日月的循環。」

「這是藝術的創造，是一個戰士；我想所有的藝術家應該記載她的，以這故事配這指環上精美的雕刻，更顯得這個雕刻的美麗，也更顯得這指環的價值了。」我一面鑒賞著指環，一面說。

「假如你喜歡它，我可以送你。」她說著就把指環脫下來，接著就套在我的手指上了。

「你送我？」我有點受寵若驚起來。

「你看。」她伸出左手，無名指上是我那只蹩腳的中國戒指：「你看中國的藝術與我國的藝術溝通了。」

「這哪能算中國的藝術，我行李中有好的中國名畫，明天我送你一幅。」

「我要這個就夠了。但是你給我看看，我是歡喜的。」

那天以後的第三天，當我們同立在甲板上的時候，風帶著浪花飛進來，打濕了我的面部與胸襟，打濕了她整個的面幕。我說：

「假如這面幕也是有這樣宗教的意味。」我指指我指上的她送我的指環：

「那麼你有膽子把她揭去麼？你看，已經濕得這樣了。」對於面幕的揭除，為怕有宗教的禁忌，我是久久沒有提起了。現在我想起前夜有趣的故事，所以無心的重提起來。

「那麼你有膽子揭去它麼？」

「我？」我笑了，於是我輕輕地從她耳後脫下她的面幕。大家都是立著，面對面，眼對眼，忽然我看她眼睛發出銳利的光芒，磁針一般的不瞬不轉地注視著我。我不過是一塊鐵，我的確是被動的，我眼睛還沒有看到那面幕所啟示的面孔，就已經同她貼近了。手在她身後，眼在她眼上，嘴在她嘴上，十分鐘以後，我們才方覺悟過來。我忘了我手上她的面幕，一陣風，那黑色的面幕已經飛到海裡了。

「啊喲！」她失色了。

「怎麼？」

「這是一件重大的事情。你怎麼讓它吹去的？」她伏在船欄上尋無限黑海中的一葉黑紗。

「……」我傻了，我不知怎麼安慰她？

「……」她眼睛發著奇光，痴望著茫茫的黑夜，痴望著這茫茫的黑海，在探尋這微小的一片黑紗。

「為什麼呢，噯？事情的重大有超過你給我的戒指上故事的程度嗎？」

「不。」她頭回過來：「這是我的錯，不是你的。我怕我們間不可以有這樣的關係。好，我要去了，請你先下去。」

「為什麼呢？」

「我怕，我怕。」

「我可以安慰你嗎？」

「不，你去。」

「我不能。」

「你去就是安慰我。」

「那麼明夜……？」

「好的，再會了，你快去。」

我下來，心痛，頭暈，不能入睡。我看看指環，我想我那時的心境正是那故事中的風俗殺了愛人而自己仍活在世上，負著那可怕可憐悲慘的心，像等那渺茫空虛的永生一樣。

這一日一夜不知道怎樣打發過去的。

好容易等到夜，我跳著心，看看別人散盡了，看看月兒上來了，我的心像是碎，像是要從我嘴裡跳出來，又像是一隻中了箭的鹿在我胸中發狂，我終於嘔吐了。我吐盡了胃裡東西以後，才回過頭來。那時她正立在後面。可是等我定睛看時，啊，在我面前的竟不是她，而是那位我早已忘去的巫女。

「……」我不知不覺的吃一驚，啊，她的確是四十歲的模樣。

「是我。」這「我」字的聲音有點怪，還帶著一種尖酸的笑。

「……」我沒有說什麼，我用手帕揩我嘔吐過的嘴。

「好久不見了。」她說。

「是的。」我還在揩嘴。

「不舒服嗎？」

「是的，今天吃得不好，會有點暈船，剛剛我嘔吐了。」我把我手帕納到袋裡的。

「啊，那麼阿拉伯海的女神有等到沒有？」

「你說？」我鎮靜起來了。但我想，可是夢？一切的故事是不是都是這巫女所播弄的魔術？

「我，我永遠是失敗的，我想海神或者也是跟青年人走的，我是老了。」

她似乎知道我這些天的一切。

「我想不，海神是屬於你的。屬於我的，不過是你魔術的幻覺，藝術的空想而已。」我這時的確相信所有一切都是她在尋我開心，或者說她在玩弄我；所有天天會面的「海神」或者就都是她魔指的點劃。我在許多傳說的故事中，讀到過這種把人催眠到另外一個世界的事情，我想這次遇到的就是這個玩意。

「你似乎也知道了你所碰見的是假海神。」她說這句話的時候，面上的表情有點美，這美有幾分是屬於我的「海神」的。使我想到，這幾天中的故事或者不是她魔指的擺弄，而是她一個肉體的化裝與變幻。我不想示弱，勉強自壯地說：

「我不過是在探聽你魔術的能力與權威。」

「但是，我告訴你，你接觸的並不是我魔術的幻物，而是一個假海神。」

「是的，但是我願意，我願意追求一切藝術上的空想，因為它的美是真實的。」

「很可惜，你獲到的剛剛與你期望相反。你知道，你所碰見的偏偏不是創作，不是空想，而是一個實物，而其美則反而是虛偽的。」

「假如你的話是真的，那麼，也不過說我將一個實物上虛假的美誤當作創作上真實的美吧了。那麼這些問題有什麼關係呢？把實物上虛假的美當創作上真實的美是宗教的根據，是戀愛的根據，也是世間上最偉大的母愛的根據。要是人不能將實物虛偽的美當作創作上真實的美，誰肯至誠至意去撫育無靈而齷齪的嬰孩，誰肯捐巨款造雄大的廟宇與教堂去供奉一個偶像的神……這是人類的愚蠢，也是人類的聰明，沒有這一點，人類的文化不會進步到現在！」

「……」她發出陰森森的冷笑。這一陣冷笑，這嘴角發硬的笑紋，是藏著多少神祕的世故，五十歲是不差的，五十歲而模樣年輕的人不是很多的麼！何況她是一個巫女。我說：

「請你不要這樣，無論我所見的海神是神，或者是凡人；是真，或者是假；是你的魔術，或者甚至是你的化身；在我都沒有關係。是神不用說，是凡人我也覺得她有神性；是真不用說，是假我也覺得她有真的美；是你的魔術不用說，是你的化身，我永遠希望你有這樣的化身。有人在世上求真實的夢，我是在夢中求真實的人生的，我覺得世界上應該有這樣不同的兩種人。」

「這些都是空話。到底你是不是真愛她？假如她僅是一個平庸的凡人。」

「假如是凡人，我相信她也有些不可及的神性。」

「你錯了，我的孩子，愛情是盲目的。她，實在同你說，她只有一個隨時可老的肉體，包著一顆極其粗糙的靈魂。」

「這算什麼？你算是來侮辱她，還是侮辱我？假如她是你的化身或者是你的魔術，那麼你隨時可以收回你的幻物，而讓我幻滅與失戀；假如她不屬於你的，無論是神或者是凡人，這是我們的私事，請你不要管就是了。」

「她不是我魔術與化身，她是客觀存在的凡人。但這凡人是屬於我的。我不能拋掉，也不能收回，這是我的苦！」她說時，鋒利的語氣消盡了，眉梢與目光顯出感傷而衰頹，她的確是衰老了，這時候我深深地感到。她接著說：

「好的，你們去，你們去結婚，到目的地就去結婚吧，我永遠不願見你們！」

當一個笑我譏刺我的敵人衰頹時，正如在決鬥時或衝鋒時擊倒我的敵人一樣，對方的神情使我的心軟散了！我說：

「實在說，老婆婆，我一點不懂，到底怎麼回事？請你告訴我一切吧！」

「她是我的女兒，是我唯一的女兒，是我想將所有的衣鉢傳她的女兒。我教育她，攜帶她，她已經成熟了，她有我一般的技能，而甚至還有我以上的聰明，我是希望她承繼我的衣鉢，這次出來就是想叫她代替我的位子的，我是老了，我只想到東方隱居去。誰知道她靈魂還這樣粗糙！結婚，我是經驗過的，哼，她不相信我，好，現在你們去結婚吧。我不怪你，我只怪她靈魂的粗糙。現在好，你們去，結婚去，養孩子去，去！去！」她說到末了，感情衝動到極點，於是哭了。

「結婚，這是不會的；我可以不見她，永遠不再見她。你老了，只有一個女兒，她是你的宗教，我知道老年人的心的。她將永遠屬於你，她是你的。」

「不，不，她的心已經被你引誘了，她的心如果一定不許她屬於你，不久也是屬於別個男子的，她決不會屬於我，這個粗糙的靈魂。」

「你不要這樣看輕你的女兒，她是有無比的力量與聰明，她會愛你，照你的理想努力的。」

「這是一句安慰的空話。每個女孩子都是一樣，她也是一樣的！現在，我知道，為大家的幸福，只有一條路，你們結婚去好了。」

這一剎那，我忽然想起我是有我的故國我的家的，我是有我的妻，與我的孩子的，這算是怎麼一回事呢，我把這世界忘了這麼久？我說：

「老婆婆，結婚是不可能的，我現在記起我似乎在中國已經有了妻，而且有三個孩子了。」

「你結過婚，真的？那麼你有什麼資格揭她的面幕？」她凶厲得厲害。我怕，我像是六七歲時做錯了事低著頭立在母親的面前。

「面幕……」我囁嚅著說。

「是的，你還裝不知道，這是阿拉伯處女純潔的象徵。現在你自己說，你說怎麼辦？」她眼中有紅絲，我不敢正眼看她，她似乎有三分瘋了。

「怎麼辦？那麼怎麼辦呢？什麼都可以，聽憑你，聽憑她，聽憑阿拉伯任何的風俗處置就是了。」

大概大家沉默有十分鐘的工夫，她才換過氣來，平和地說：

「這不是愛，這是罪惡。你等著，我去叫她下來。」說完，她要上去了。

「且慢。」我阻止她說：「那麼問題是第一次為什麼你讓它來甲板上晤我呢？」

「這不是問題。禁止我女兒會見男子絕不是對她的造就，要她在無數的有聲有色的男子中，而能知道每個男子的嗜好，性情，以及一切的祕密，才是她的學習。」她聲音忽然低下來，又說：「但是她的靈魂太粗糙了，太世俗了，我完全失望了。即使不會見你，會見別人也是會有一樣的結果。」

「不，決不，她只為愛我，因為我們間有一種靈魂的感應，這所以使她忘了你，使我忘我的家，使我們忘了現實的世界。現在如果我去了，不再見她，她的心一定不會到別處的。不到別處去，那麼她的心將永遠是你的。為你的幸福，還是我不再見她好了，你不用去叫她，她下次來時，算我失信就是了。」

「這是十九世紀空想的戀愛觀！進一步說：如果一切照你的說法，她愛你是有這樣神祕的感應，你這樣一去，她的心也決不會同我在一起，她將永遠向著你，想你想你而至於死的；如果她的愛如我所想的，那麼也絕不是屬於我，不久，在威尼斯，或者在羅馬，她就會屬於別個男人的。我已經決定了，你等著，我去叫她來。」

她悄悄地拖著人生旅程上走倦的腳步上去了。

月兒掛在天上，黑海上有一條銀色的錦路，微風溫和地吹來，我一個人伏在欄上。這時候，我像是大病中熱度的消退，我像是夢中的清醒，我像是有冷水澆在我醉昏的頭頂，我想起我自己的一切，我不是有我的故國，有我的家麼？有我的妻與孩子麼？我記不起是從什麼時候起，把這些都忘掉了。到底，這算是怎麼一回事呢？

我一面抽著煙，一面開始在甲板上踱著，十分鐘以後，我看見她同她女兒下來了。這神一般的少女，臉上已沒有面幕。這就是我揭去的，在昨夜是的。一切還是神奇的美，然而神情太嚴肅了！我怕，我如最後審判日帶著罪會見上帝一樣。我低著頭，髮披在我額前，聽憑她們走近來。

「這是罪惡，你知道嗎？這是你，是我，是我女兒，是我們整個的生命的污點。你承認嗎？現在只有兩個辦法，你們自己決定：一個是你死，還有一個是我叫我女兒死。前面就是海。」

「這絕不是罪惡，這不過是一種錯覺吧了。但如果真的只有兩個辦法時那就讓我死吧。你女兒是美而且聰明。你老了，老年人的心境我知道的。她是你唯一的宗教。」

「不，這責任是我的。你有你的故國，你的家，你的妻與孩子。」這少女竟有這樣堅定的口氣來說。

「不，親愛的，這不是你給我的指環上同樣的故事了！我現在知道，阿拉伯人有同中國人一樣的心，你母親已經老了，只有你一個，她需要你。我已經有三個孩子，雖然有妻，但是三個孩子是足夠安慰他們的母親的。只要不是你親手動刀子殺我，在我在你，同指環上的故事都不同了。來，愛，吻我。」她已經抱住我了，給我深深的吻。我說：「別了，愛，一切都是我的罪，請你原諒我。放棄現世，求永生吧。」

我離開她大概有五步了，我再對她說：「請聽我一句話，閉上你的眼。」

「不，我要知道你怎麼去。」

「這只是一句我要你服從我的話而已，沒有理由的。」

她閉上了眼睛。我禁不住眼淚流在我的頰上，望著石像般的直立著的她，我不禁又過去吻她了。但我隨即回身，縱身一躍，我已到了海中，我什麼都糊塗起來。糊塗中我感到一個發光的身子也跳下來了。她說：

「愛，現在是我們的現世。」

我們抱住了。我低低的微喟：

「唉！阿拉伯海的女神！」我剛想吻她時，一個浪打在我的頭上，一陣黑……！

我醒了，原來是我一個人躺在甲板的帆布椅上，浪潑得我從頭到腳都濕了，哪兒有巫女？哪兒有海神？朦朧的月兒照在我的頭上，似乎有沁人肌骨的笑聲掛在光尾。

我一個人在地中海裡做夢。

是深夜。

一九三六年八月，地中海上。

幻覺

滔滔

一

從船上下來的客人，挑著擔，攜著筐向岸上跑去，上船的客人也都上船了。

小輪船拖長地叫了一聲。

小順哥趕快從船上跳到了碼頭，望著船出神。

小順嫂看她丈夫還站在碼頭上，她像出嫁時候離開娘家一樣，鼻子一陣酸，也不管今天穿的是一件新藍布褂，為避免旁人的注意，她拉起衣角就揩眼睛。她一時竟後悔離家了，她想跳上碼頭，跟著丈夫回家去。

但是小輪船又拖長地叫了一聲，船就離開了碼頭，她望著船埠向後退去，退去，她看到她丈夫也走了，於是她看到碼頭與岸景合而為一，只有一朵煙還停在江天上。她回過頭來，前面滾動著滔滔的江水，再前面是她渺茫的前途，她想家裡的一切，從廚房想到臥房，她想回家。

但是她必須出門。她是一直想出門的，如今已經出來，自然再回去的時候要同別人一樣，有一點面子。她是帶著乳汁出來，回去的時候一定要換回點幸福。

她今天二十一歲，嫁給小順哥才兩年，兩年來，夫妻一步都沒有離開過。小順哥是一個樸實勤儉的農夫，小順嫂則是刻苦能幹美麗的女子，她養在荒僻的農家，又嫁到荒僻的農家，她燒飯，洗衣，提水，不用說家裡的事情都是她一手處理，農忙的時節她還要下田野。夜裡常常還在一豆的燈下打草鞋，搓繩。二十一年來，在她記憶中只有一天般的，她過著千篇一律的生活，吃的是白薯，米飯，腌蘿蔔，鹹菜……偶爾有一點別人送來的鹹魚，以及過年時幾塊鮮魚鮮肉，在父母手裡是這樣，在丈夫身旁也是這樣。

但是她是強健的，愉快的，早晨的陽光，新鮮的空氣，勞作的鍛鍊使她成為一個壯健的女子，她沒有抱怨生活，沒有抱怨工作，她過著清苦簡單的生活。

可是，在她結婚一年半以後，她開始有了一個新的慾望。

是一個出門一年的鄰家女回來了，她在城裡一家人家做女傭，不過一年半，竟衣著一新，還帶來許許多多新奇的東西。

她開始知道了城裡。那個女傭告訴她，在城裡，燈一扳就會亮，路是廣闊的，有車子在上面跑，許多人，許多人，而許多人都是美麗的細巧的……連那班以前同她一樣的人，現在都細巧了，牙齒壞了的，變成了亮晶晶的金牙，衣服都是發亮的綢緞，連做鞋的料子都有光，鞋底都是皮的。那自己動手用布做鞋底，她們已經是不會了。那個女傭還告訴她前村裡的七姐，出去了五年，現在已經是發財了，後莊上的劉三嫂，出去了三年，回來就買了田。……這些人她本來從不去注意，現在她開始想去看看。

最後，她終於同丈夫說，她要進城去做女傭去賺錢，但是小順哥不贊成。他說，在城裡做女傭聽說十個有九個同主子有曖昧的事情，要不，怎麼個個回來都打扮這樣漂亮。

她雖然因此沒有出去，但是心開始不安，每聽到有人從城裡回來，她就要過去談談。她開始注意到她們的衣鞋同山村裡的不同，口音的異樣；她還嘗到她們從城裡帶回來的食物，各種新奇的味道。而據說，這些在她們主人家是天天吃得到的。而且每個人都勸她出去，人人都說，像她這樣聰敏的人，不出去真是可惜，她出去做一年要比小順哥十年，還可以多賺錢。

於是她又一次次同她丈夫說去；說每個女傭同主子有關係的事，不見得可靠；即便可靠，一半也在本身，如果去了不好，反正可以回來的。

小順哥覺得話雖那麼說，但似乎不能離開她。於是這件事又擱淺了。

接著是小順嫂有孕了。有孕的時候，許多親戚朋友都勸她生下了孩子到都市去做奶媽，奶媽是最得主人愛惜，而且最賺錢的事情。她們還舉出許多自己認識的人，在都市做奶媽是多麼幸福著。

這使小順哥的心也動了，小順嫂不用說，對於前途是起了許多幻想。

肚子一天一天膨脹起來，大家都高興而且期待著。他們都年輕，並不期待那肚裡的男孩或是女孩，期待的是乳房的乳汁，似乎那乳汁會奠定他們整個的幸福似的。

他們的快樂，他們的美夢，現在都在乳房裡的乳汁一同醞釀，他們是期待她有豐富的乳汁，濃而且多。

幸福同她生產的日期是近起來了。

事情是巧的，當小順嫂生了滿月時候，親戚裡一個在都市做女傭的回家來，談起主人家的一家親戚，正雇不定一個奶媽，而且，像她那樣的人，一定可以待久；於是先由那個女傭托人寫信去回，回信到時就可以一同上去。

於是小順嫂與小順哥都盼待著回信。

這樣他們第一步的夢實現了，小順嫂隨著那位親戚動身，小順哥送她們到小輪船，再三叮嚀多多托人寫信來。小順哥雖有點難過，但是小順嫂是帶著乳汁去，不久就要帶著幸福回來的。

二

小順嫂進的一家人家姓劉，家裡人不多，劉先生已經三十多歲，才生這一個男孩，但他們已有三個女孩，在讀書了。

第一是劉老爺人好，同太太很好，看中女僕的事情是沒有的，其實，馬路上的人個個都比她好看，就算老爺不好，也不會調戲她，她覺得小順哥的話是太不可靠了。她第一封信給小順哥就先告訴他這件事情，連寫信的測字先生也笑了。

一切是因為她的奶好，人又老實，被老爺太太所歡喜。跟著日子的過去，她同劉家熟稔起來，她同都市也熟稔起來了。

劉家，小順嫂以外還有兩個女傭。女傭們的一切起居與飲食在她看來已是夠好，但是不久，劉老爺與太太對於小順嫂待得比她們都更好了。

有人打牌了，他們叫小順嫂早睡；凡老爺與太太吃剩的雞、肉、以及補品等等，極力叫小順嫂吃。

小順嫂稍稍有點病，就叫她到醫生地方去。一切勞力的事情都不用做，只要她抱抱小孩。日子是在幸福中過去了。

劉老爺是在銀行裡做事，這個銀行的總行是在上海，總經理呢，姓陶，是劉老爺的親戚。那時，在小順嫂進來六個月後，陶經理需要一個奶媽，因為上海難找，於是就託劉老爺，劉老爺為要迅速妥當，決定將小順嫂割愛了。

小順嫂不肯離開這樣幸福的環境，但劉老爺告訴她上海的環境會更多幸福。

小順嫂覺得上海離家太遠；但上海究竟是上海，她在劉家三月，已經是聽到不少的次數，許多許多地方她曾聽得不相信起來，但如今她可以去上海了，她可以證實上海的一切。

小順嫂左思右想的，結果決定回家一趟同小順哥商量商量看。

小順嫂將這件事同太太商量，太太說這件事決定要快，要回家明天就回去，大後天就出來。

當天，小順嫂上街去，她上街已經有好些次，她知道洋貨店，她知道洋布店，她還知道糖食店。

她是年輕，聰敏，二個同事的女傭是她模仿的榜樣，太太又愛她，送了她一些不要的衣服：她現在也很知道鞋口應當加深二寸二，袖子應當少去一寸八，衣裳應當有短的長的二種。頭髮剪去已經兩個月了，皮膚已經白了許多，她被劉老爺太太所教導，為要伴小孩同睡的緣故，已經養成了用無敵牌牙粉，牙刷，以及常常洗澡習慣了。

她已經知道將床鋪疊得方方塊，已經練熟了電燈開關的用法。

然而現在她要回家，她要買一點東西回家。

她買一隻熱水瓶，買些衣料，買些日用的東西，以及自吃的同送人的食物。

她想念家，想念丈夫，還想念孩子；她愛她的家，她的家，在她去後，是由她丈夫迎他的姨母掌理著一切。她如今可以回家了，她帶回去這許多東西，她是光榮的，還有她穿的衣服與時新的打扮。

她興奮得夜裡都睡不著了。

三

天沒有亮就醒，看看天，看看屋頂，她再也不想睡著。起來，她收拾行李，她把昨天買來的東西檢點一番：熱水瓶，可以給小孩用，還有姨媽，老年人幼年人不都要在夜裡喝水的嗎？衣料，一包是給丈夫做衣裳的，一包是給小孩的，一包是給姨媽的，一包是送人的，還有零星的東西，食物，她點好了分好包好；再把空閑辰光縫好的自己孩子的衣履也放在一起，她於是把電燈關掉，天是亮了。她餵好奶，把尿布換好，將小孩交給劉太太，早餐後，她就坐洋車到了碼頭，於是嗚的一聲，她回鄉下去了。

江水滔滔的滾著，她心頭有按不下的一種快樂；她凝視江水，好像它與六月前的江水是完全兩個似的，無數的樹影雲影向後退去，終於船埠到了，於是她的驕傲在臉上浮出了輕笑。

劉太太是叫她就去就來，她也來不及寫信給她丈夫，船到碼頭的時候也沒有人來接，她還帶著許多東西，於是她坐了一頂轎子。

轎子一到家，許多人來看來，呵！原來是小順嫂。

許多人都傳開去，在外面工作的小順哥，也回來了。

這是半年，半年沒有會面，可是情形都有點不同了。

小順嫂坐在房間裡，發亮的衣裳。發亮的頭髮，絲襪，皮底鞋；而小順哥呢，土在他的頭上，泥在他的腳上。……

他在外面突然聽到小順嫂回來，他心裡一驚，他想她每半月有信來，每個月有錢來，現在突然回來，還坐轎，那不是在外面苦病了，還是怎的？他到門前就看見許多人，可是他沒有問一句就跑到了屋裡，他再也想不到小順嫂變成了這樣，他呆著，心裡說不出是高興還是悵惘？還是有幾分妒嫉？還是有幾分驚惶？他喘氣，可以說是外面趕回來的緣故，但心跳，這在他是一個太新的經驗。

「……」他說不出什麼，也不知什麼好。倒是小順嫂，一見他進來，立刻站起來說：

「呵！真是好久不見了。」她對誰都這麼說，但是對小順哥說的聲音有點不同。

無論是怎樣不同法，但在小順哥看來，小順嫂是什麼都同以前不同了。

於是他們間起了有一點隔膜，什麼話都引不出來，姨媽像客人一般的待小順嫂，什麼事情都不讓小順嫂做。小順嫂於是只好做自己事情，她把要送的東西送好了，把自己孩子的衣服鞋履上上下下都換了。

她抱著自己的小孩，餵奶吃，她確感到比別人的小孩要親切，可是當她的孩子熟睡了，她把他抱到床上去時，她厭憎這床，這被，這一切，她於是厭憎她的家，家裡的一切，她也看不慣她的丈夫，丈夫的一舉一動，以及丈夫的一切了。

可是天已經黑下來。鄉下人的晚飯是很早吃的，她到灶間去，姨媽正在忙，她拿出帶來的食物，是幾根從劉家拿來的香腸；她有點不知怎麼幫姨媽好。

這是一間以前許久許久整天在裡面忙的灶間，可是這一隔半年，現在真是疏遠了。她覺得屋子太低，洞窗太小。地下滿是雞屎，以前總是由她掃的，現在走路都感到髒了。洞窗刮進一陣風，把已吐到外面的炊煙從煙囪口打了進來，她眯起眼，背過身。

「……」姨媽望一望她笑了。

「阿德婆，我替你舀一桶水來吧。」她忽然想一件合適的事情去做，一方面也因為她有點不好意思，想借此躲開去。

她於是提著桶出了後門，走幾步就有一條河，這條河是全村的水源，洗衣，洗米，洗菜，都是用這條河裡的水的。

她於是從崎亂的石階走下去，石階是濕的，還有些爛菜葉黏著，她又穿著皮底鞋，一滑，幾乎倒了。她自己都不信，這是她以前一天跑十多次的地方。河原先是偉大的，美麗的，現在是卑屑與狹小了，她是今晨才坐著輪船回來，輪船在遼闊的江上足足走了好幾個鐘頭。

一隻手扶著石砌，把水提上來，三步一停到了家。

「我想你路上累了，去息息吧。」姨媽心裡在說：「你還是進去了好，我倒可以乾脆地工作。」

於是吃飯了。她吃不下飯，她也不知道是怎麼樣回答她丈夫許多的家常話的，她厭倦，她覺得他太不見世面，太土俗了。

她偶爾說到什麼東西還是夜裡買來的。她丈夫就說：

「夜裡還有這些東西買？」

她弄得什麼話都不能再說，於是坐著等小順哥吃飯。他真是能吃，她有半年來沒有遇見這樣能吃的人了，似乎覺得能吃也就是土俗之一種。

接著是小孩醒了，她餵他奶。

姨媽吃好飯就替他們去預備床鋪，於是慢慢就到睡的時候了，她要到上海做奶媽事始終沒有提出。

小順哥是愛她的，但現在他懷疑她。於是這一夜過得並不快活，因為不快活，小順嫂更決心去上海，因此也更決心不同小順哥商量了。

第二天她就離家了，可是這次離家同上次不同，上次她膽小，她戀戀不捨於家，她怕，她摸不著前途，可是現在她摸到了前途，望見前途的光明。

船埠不見了，江水滔滔滾著，同以前一樣，雖說她現在也是離家，可是她比回來時還快樂，昨天歸途中她還怕今天的別離，而今天，別離，在她可真是沒有一點感傷，她以前在外面總常常戀念家，可是現在，她滿心是輕快，好像她可以不想起家似的了。

到了劉家她像出了地獄一般，一口應承劉太太到上海去。

四

這樣就到了上海。

經過許多許多遼闊的馬路，在一家鐵門前停下來。於是新的生活又開始了。陶家上下傭人有十來個吧。她們領她到一間小房內，她同一二個人談幾句，就只聽見他們的談笑了。她就靜靜的坐著。

大概是十一點鐘，才有人說老爺起來了。又隔一個鐘頭，有一個女傭拿玻璃杯來叫她擠點奶，說是給醫生去檢查的。

一直到下午三點鐘才看見太太，第二天才抱到少爺。

抱到了少爺，她的地位就高過了所有的傭人；她比所有的傭人都吃得好，睡得早，什麼事情都不用做，只要抱住了小孩不讓他哭就是。

於是日子一天天的過去，她同其餘八個傭人也熟了，關於上海種種她也聽見了，她也好幾次抱著小孩跟太太去作客過了。

現在，同事間都看重她，尤其是汽車夫，每天當晚飯時候，他們就會見了，汽車夫總是對她笑，有時因為她抱著小孩，他就替她添飯，搬凳，男子替女子做事，在她是新鮮極的事情。

有一天，是少爺有點病，太太叫她抱著孩子坐汽車到某醫生地方去。

於是汽車裡就只有她同汽車夫了。

「你到上海這些天還沒有一個人去玩過吧？」

「可不是麼？」

「我們今天可以多繞一個彎，在熱鬧地方走一圈可好？」

「太太知道了，還不罵我。」

「伊又不是神仙，怎麼會知道呢？」

於是他隨地就告訴她新奇的地名與特色。忽然車子停住了。

「到了麼？」

「不，我買點香煙。」車夫於是買香煙去了，她覺得他能幹，覺得他知道的東西真是多，這些事情她早就碰到過，可是今天她是特別的意識到了。

車夫把香煙買來的時候，開後座的門叫她吸，她拒絕了，可是她不能拒絕車夫叫他到前座去，到前座，她不是更容易聽到車夫講許多新奇的事物麼？

「你以前什麼時候來過上海呢？」但是車夫的話不再指外面說了。

「沒有。」

「那麼你真是太聰敏了，你的鄉下話已經改進了呢。」

「……」她新奇，這樣話她真是不會回答，她覺得他才真是聰明，一面說話，一面開著車。

他一直問她的家，她不得不忠忠實實地告訴了他。於是他訴他的身世，他說他只有一個老母，他又說他有一個姐姐，非常像她的，現在已經死去了？……

好容易到了醫生地方，車停的一剎那，他握住了她的一雙手，把臉挨到她臉上去。她感到一種力，她不知怎麼好，於是嘴到她的嘴了。一剎那，她想到她丈夫，想到丈夫於新婚夜裡的粗笨動作，於是她隨他布置，他把她的手拿到他的背上。

歸途中，他約她明天早晨八點鐘，老爺太太正高臥時，他在車間裡等她，她沒有回答他。第二天早晨，她一早就醒了，可是她猶疑，猶疑到九點鐘她還在猶疑，結果她沒有去。

但是到下午，太太又叫她坐汽車抱少爺去看醫生，她怕，她怕他一定會說她，會責問她，會對她發怒。可是她又不能永遠不見他。

車開了，他一句話沒有說，可是車停了，她又坐到前座去，她怕著，但是什麼都出意料以外，他不但不怪她，還只說自己不好。她想不出他有什麼不好，到想到她丈夫從來不說什麼自己不好過。

接著又是一天，又是一天，第三天碰巧少爺在車上叫了，她於是餵他奶，可是車夫的手也跟著少爺到她的胸脯了。

這樣以後，就三天兩頭在廚房同車夫倆單獨相敘了，可是車夫要她到車間去，說是那邊可以尋更大的快樂。她怕。於是車夫叫她同前夫離婚了，說離婚以後就可以嫁給他。

「離婚。」這是一個新名詞，她在一月前才從陶太太地方聽到大小姐要離婚的事，可是現在車夫叫她同丈夫離婚，她說：「這難道也是窮人家可做的事麼？我又不是大小姐。」

「離婚是誰都可以辦到的。」

「可是，難道太太會幫我這個忙麼？大小姐要離婚她還罵她呢？」她以為陶太太對她是好到了這樣。

「用不著她幫忙。」

「可是她知道了，我們還能在這裡吃飯麼？」

話雖在這裡停頓，可是以後常常提起這個問題。每次提起後她就覺得對不起自己丈夫，可是一提起了，又覺得這是一件終身的問題。她時時想到她自己的家，尤其小孩，可是沒有辦法，她一難過的時候就寄點工錢回去，寄了工錢，她內心是平安了，內心一平安，她是更敵不住車夫的誘惑。這樣一天一天過去，於是，她終於跟他到車間去，從此春光中的車間再也關不住年輕力壯男女的春情了。

他們的私行，並不能瞞住別的傭人多久；可是她是只要太太相信她就好了。

陶太太對她可真好，你瞧，哪一次牛奶，或者雞汁吃剩的時候不是給她吃？哪一次笨重的工作不是阻止她做，她初來的時候，幫了幫同事的忙，太太不就說那些同事貪懶麼？哪一次太太們打夜牌不叫她先去睡？哪一次太太不再三叫人把好的飯菜先給她吃？還有她有了一點點傷風發熱，太太哪一次不是叫她立刻去看醫生？……這使她驕傲，使她作威福，使她看輕了其餘同事。她抱住了少爺不叫，她可以借少爺名義沾別人的便宜。別人也總得退讓三分的。

五

日子飛一般的過去，孩子的叫聲忽然多了起來，於是太太對她的責問聲也多了，終於，有一天，她看見太太把多餘的牛奶叫別人去吃了。她又聽見太太在背後對別人說到她的奶汁減少的事實了。

這可使她覺悟到太太對她好，完全為她的奶汁，也就是完全為自己的小孩，現在她奶汁沒有，太太已經不同他好，平常懷恨的同事可更給她難看了。她於是更不得不親近車夫。可是，車夫也變了，車夫再不談什麼離婚結婚的事，他總是約她早晨到車間。她怕車夫要不同她好，所以再也不失約，可是車夫因此更不必談到什麼離婚結婚了。

這樣的事情正是給懷恨的傭人的機會，風一樣容易地吹進了太太的耳朵。

奶媽原為機器，主人把雞腳，肥肉一類原料的東西叫她吃下去，等它成了奶就把它榨出來為孩子用，這是每個有錢的母親的用意，也就是陶太太的目的，現在奶汁既然減少了，外加那更奇怪的事情，於是有一天：

「小孩子也快斷奶，所以……這是你的工錢。」陶太太固然仍是說得很和氣。

「怎麼？……」可是小順嫂哭了。

「唉，奇怪，哭是為什麼呢？」陶太太以為她是為同車夫別離而哭的呢。

「太太一向待我好，現在要離開了，我怎麼不哭？」

「那麼你有便還可以來走走。」陶太太很客氣，可是在小順嫂遠未出門，就聽見陶太太說：「難道她還要在這裡過老麼？」

六

辭歇了的奶媽自然不會用汽車送的，她抱著行李坐黃包車去搭輪船，一個老傭人陪她，陶太太叫老傭人替她買好船票，這樣她的責任算是完了。

她一路關心全馬路的汽車。她希望陶老爺的汽車正走過，可是看看每一輛都像是老爺的，而每輛又都不是的。

於是進了輪船，經過了海；第二天在劉家轉一轉，雖然是拜托劉太太留意一個傭人的位子，可是傭人，她會什麼呢？不會縫紉，不會燒菜，學吧。但是現在她是只好回家了。回家怎麼辦呢？又是半年多，在上海，她嘴已經享受慣所有的上等菜，身已經享受慣軟的床好的被，眼睛已經看慣電燈，還有精神上她已慣有車夫的溫柔！她過去的耐勞辛苦：嘴，眼，手，身體，現在都在陶家退化了，可是她現在必需回家！

可是她必需回家。於是她上了小輪。

小輪在江裡走，江水還是依舊滔滔；她痴想過去，第一次出來，第二次出來，她痛恨，她想跳下江去，不止五六次，可是她又想到了家，想到自己的小孩，想到了丈夫：她覺得她對不起一切，她恨陶太太，她恨車夫，她恨劉太太，她恨上海那班傭人，她也恨自己，她哭，她哭，她要抱住她丈夫哭。她痴呆的遠看。於是回看過去，都市確已離遠了；她又回憶過去，過去確也遠了，同都市一樣朦朧，什麼都是夢，夢一般的過去了。她現在像惡夢中醒來，在現實的歸途中，她將脫下人造絲的衣服，脫下皮底鞋，她要在一絲燈光下搓繩，她要伴丈夫一同下田！她要在矮屋裡煮飯，她要一隻手抱小孩，一隻手提水桶到河裡去取水，她要，她願意，她要船快點走，她要飛！……

一九三五年一月十九日，新年試筆。

屬於夜

一

她先在，他後來。

他搬進後一星期，才知道前樓住的是一位晚出早歸的她，但他是住在亭子間裡面的。

很少見面，有一兩次，他進後門時，她正出去；也有一兩次。他在開房門時，她在鎖房門。

有時候早醒，聽見汽車響，接著是門聲，於是高跟鞋得得地上樓梯，在他門前轉彎，於是抽水馬桶聲，於是房門聲，於是關電燈聲，接著就萬籟俱寂。——這就是她。

她是傲慢的，從未對他注意過。因為他在亭子間，她在前樓；住在前樓的男子會注意亭子間裡的女子，住在前樓的女子是不會注意亭子間裡的男子。

房東是白俄，通話要用英語；英語，她比他好，他常常因為她在，他不願多與房東說話。然而她，她常常會故意的加響一點，讓他聽見。

她有一兩個朋友，常常來；他也有一兩個朋友，常常來。她的朋友不注意他，他的朋友常常注意她。她們談話不會談到他，但是他們的談話可是常常談到她的。

他是一個學生；她呢，是一個舞女。

他們倆住在一處不談話，朋友們慫恿他去認識她。要認識她不難，去跳幾次舞不就認識了麼？但是他不，他是一個用功的學生，星期日偶爾看看電影，平常總是讀書。

二

他是畢業了，現在，他進了一家報館工作。

於是他同她一樣，大家是屬於夜的人。

第二夜就巧。當報館的汽車送他到家時，另一輛汽車也接踵而到，這是她。汽車與車裡的男子，去了。

那是一個天未亮的早晨，空氣是冷的；兩個人差不多同時到門口，於是乎彼此注意了。是他？——這樣晚回，在她腦筋中以為除去了舞場是沒有這樣晚回的事情了。

他已將門打開，讓她先進去。

「你也從舞場回來嗎？」她進去時候問。的確缺少幾分客氣，假如這是對一個陌生的人說的第一句話。

「你以為是同你一樣嗎？」

她笑了。大家上樓進房睡覺，靜悄悄的。

第二天起就開始談話，本來大家是熟的，不過現在是用言語來表示了。

她先被邀到他房裡來，他房裡是兩個大書架，一隻床，同一只寫字檯。她對於這許多書籍發生新鮮的感覺，對於這個輕視了好幾年的男子，現在是發生了相反的情緒。於是他也進了她的房間了。

她的房間是兩隻大衣櫥，一隻大梳妝檯，上面全是女子的化妝什物，此外是圓桌沙發等無關緊要的東西。

於是談話開始了。

她知道了許多新鮮的事情，這一個陌生的鄰居同她成千的舞客是有這許多的不同。他同她談的是極其平凡的話，然而在她的生活中，這些話是離遠了，這些話，似乎是父母，姊妹，兄弟曾經聽到過的，但是在多年以前呀。

夜飯是他請客的，簡單得很；飯後大家離開，各人到各人該去的地方。

大家是天將亮時候回來，但是常常是有點參差，起初是參差了就等第二天再會面，後來是先到的一個等著，談一會再睡；再後來是偶然地大家喝一點茶吃一點點心，於是大家計畫著食物與糖果，預備第二天夜裡來敘談。這樣，慢慢地成了習慣，天大亮時候再睡覺竟變成毫不希奇了。

其實那時候有什麼話可以談？一個是腦筋倦了，一個是身體倦了，茶點後大家面對面，吸著各色各樣的紙煙，享受那夜的末尾，他們同是屬於夜的人。

於是沉默了一兩個鐘頭；直到厚窗簾的縫裡有陽光爬到地板上時，於是一個說了：

「天大亮，該去睡了！」於是大家睡到傍晚再一同出去。

他們都互相知道一切。

大家談不到什麼交情，但是也許交情就在談不到之中；習慣將他們倆每天同度那剩餘的夜。

下午，他起來以後是讀書或者寫社評與其他著作，有時候去看朋友。她總是比他晚起，起來以後是費時的打扮。接著是吃飯，上工，除了他出去訪友以外，常常是同伴的。

他有未婚妻，在別處高中讀書，她是知道的；他們倆的接近程度是可以談到一切，他們倆的距離是能夠談到一切。

他有時也問到她的終身問題，她總是混了過去，她沒有答案，這不是她沒有想到，而是怕想到。

三

光陰像駱駝一樣的走，毫不疲倦地把它的速度在堅忍方面表現出來。它是載走過許多許多的歷史，於是也載著這位新聞記者的時評與著作到影響輿論的地方，同時也載著這位舞女蒼老了。

他告訴她，他要結婚了。結婚以後當然要搬出，對於同那位十來年鄰居的分離，表示一種無限的悵惘。

結婚的時候，她是去吃喜酒的。她羡慕那位新娘，那新娘活如十年前的她，是的！她計算年齡，她比他長三歲，他比新娘是長五歲，這是他在她面前常說的。

婚後的他們住在不遠，他約她常去玩，但是她只去過三四趟。

有一天，一個陰沉的薄暮，他一個人偶爾走過舊居，順便去看看她。敲前樓的門，開了，一個白種青年在看報，問二房東，知她已搬到他住的亭子間了。

她在床邊坐著，他進去了，她很憔悴。他們的談話很少，但是往年等待天亮時候默坐的情趣也早已消失。他感到一點悲哀，兩支香煙以後，他告辭了。

接著是久久的睽隔。

那是他已經辭去新聞記者事情而執行律師事務以後，他又去看她，她正同一個收賬的人談話，他插進去問，知道是一筆六十多元的裁縫賬，於是他簽了一張支票將收賬的人打發走；他剛要同她說話，她已經伏在枕上哭了。他沒有話可以安慰她，他覺得她哭的一定是為錢，他簽一張一百元的支票給她，悄悄的走了。

第二天下午，她來訪他，一定要將那張支票還他。於是談話開始了。

……她只是哭。

他靜靜地分析她的環境，覺得最安全的解決還是結婚，而最安全的結婚是尋舞客以外的男子。

她要回去，他叫她帶走那張支票，於是她拿著去了，眼睛仍是紅紅的。

以後是久久的暌隔。

四

一月後，她從鄉下寄來一張結婚請帖，還有一百元的一張匯票。他預備星期三同他太太去吃喜酒去。

一九三四年三月十六日。

春

一

先是灰色的竹架子。

再有了幾塊白色木條。

於是他看見了黑色的泥巴與瓦片。

其次他看見了灰色的石灰，慢慢地乾成白色。

此後架上了白色的窗框與門板。

倒是一所合用的小屋。

窗框子沒有窗，正面望過去像是一個野獸派畫家的畫框。

於是他看見了掛在那面的臘燭；浮在上面的五個玻璃瓶，瓶裡有油氽花生米，有芝麻糖，有紙包的咖啡糖，有黃色的杏仁餅，還有一隻紙盒子，裡面大概是香煙。自然他也看見了人，

——像一幅畫。

是一個四十幾歲的中年婦人，穿著很乾淨的衣裳。

「華福賣多少錢？」他走近了問。

「三十八，先生。」她抬起頭來，是個很乾淨清秀的臉，眼睛凹進去，很大很有精神。額前眼下的皺紋表示人生的風霜，但也增加了長者的尊嚴。下頦很圓，嘴藏在裡面。她露一個慈愛的笑容，顯著白齊的齒列說：

「我們都同外面賣一樣價錢。」

他買了兩包。抬起頭，看到店裡架子上還放了許多東西，靠後面壁上，是一張床，放著很乾淨的被鋪。

「這倒方便。」他想：「以後買香煙不用跑出公路了。」

不但他這麼想，報館裡同人人人這樣想，起初大家只買香煙，慢慢看玻璃瓶裡的東西也很乾淨，大家也常常去買點心做小東道。

以後大家同那中年婦人都熟了，她姓董，家就住在不遠的牛沱灣。家裡有幾畝田，丈夫種田，兒子去前線打仗，家裡還有一個女兒。有一次，幾個同事一同去買香煙，隨便說說，小劉問她：

「這玻璃瓶現在一定賣得很貴了？」

「買不到。」她對這些先生們總是很和氣，笑著說：「我們還是戰前的。」

「戰前你們也有小鋪子麼？」

「比這個可大多啦。那時候我兒子在，沒有打仗，容易過活。我的女孩子也可以上學。」

「你小姐幾歲啦？」老沈問。

「十七歲。」

「可以嫁人羅。」老沈忽然開玩笑說：「這兩位都沒有結婚，你就挑一個女婿吧。」

「我們窮人家。」她知道老沈開玩笑，客氣地說：「高攀不上。」但忽然換了一音調說：「她雖是快十八歲啦，但還是一個小孩子。」

坡上去雖然有好幾個機關，但是這個報館離小店最近，所以編輯部幾位先生，她都認識了，她也知道他姓楊。

楊先生每天要工作到天亮，起來是下午二三時，那時候他還不想吃什麼東西，所以常常去買幾塊杏仁餅，買回報館，叫工友泡一杯茶，他翻閱昨天編出的報，看看信件。於是他進城去，訪幾個朋友，看一場電影，同朋友們坐坐咖啡店，有時候就一同找一家菜館吃飯。回去常是九點左右，坐完公共汽車，坐洋車，洋車停在公路上。從公路上坡到報館是四百三十六到四十一步，並不遠，但一個人走，還是寥落，他常常數著步數。

自從有了這家小店，他數到二百五十步的時候，就看到了它，雖然九點鐘時候，小店的窗框上已經放上木板，但裡面有時還亮著燈。

到了編輯部，同事大都都已回來了。他們雖是大家同時睡覺，但都比他早起，除了約好了，或者偶爾碰到外，白天很少同時上城去。而且同時上城時，也因各人有各人的事，各人有各人的朋友，也不常一同回來。可是因有回來的時間大家相仿，所以雖不同時出去，也常常在路上，在咖啡店裡，在公共汽車裡碰到，因而一同回來。總之，在工作時間，大家在電燈下，有時候等稿樣，電報，聚談的時候反而多。

編輯部到一點鐘的時候，有一餐夜餐，夜餐畢了，這時候常常大家想有香煙，但常常短少。可是唯一的小店已經放下窗板，沒有辦法，大家只好熬到天亮。

有一次，楊先生在買香煙，偶爾同董家母親談起，他說：

「你們晚上關得很早吧。昨天我九點鐘回來，你們已經關啦。」

「晚上這裡還是太冷靜，雖然這些機關裡都有一些衛兵，總不放心。」她微笑著說：「好在晚上生意總少。」可是她又換了一個口氣說：「如果你們先生們要香煙，關了也不要緊，你敲我窗板好了。十二點以前我雖是放下了窗板，總還沒有睡，有時候我常在縫補一點東西。」

說雖那麼說，但楊先生始終沒有去敲她窗壁。

二

陽光很暖和，坡上有綠意在樹林間浮起。他感到了春。

走到小店面前，楊先生忽然看到畫框裡的人物變了，是一個少女，低著頭斜坐著。剪短的頭髮垂掩了她的臉部。他站了一會，走近去；他並沒有存心買煙，但走近去當然是為買煙。

她抬起頭來，用手把頭髮掠到耳後。是一個圓圓的臉很像董家母親的臉龐，較少一點輪廓，眼睛大得有趣，黑眼珠似乎占滿了整個的眼框，下頦像一顆荔枝，嘴藏在挺直的鼻子與下頦間，在微笑著。

「華福麼？」她問，露出短小白亮的齒粒。

「是的。」他說著露一個禮貌的微笑，心裡想：「這麼好看的女兒！」

她從櫃板下拿了一包華福給他，他看到她微棕的結實的手臂。注意她手，手很長很茁壯，指甲凹在指肉裡，顯得透紅。

「有兩包麼？」他在她去取第二包時，注意到她的衣裳，是一件灰土布短袖旗袍，巧妙地裹著充實的身體。

她微笑地交給他第二包煙。

「你母親呢？」他一面取錢，一面問。他當然看出他是董家女兒了。

「家裡有事。」她似乎有點害羞，眼睛流動，烏眼珠閃著光。

他數錢交給她，望著她說：

「你母親真像你。」

「我像我母親。」她把「像」字說得很重，說完了笑得很甜。

「那不是一樣麼？」

他在暖和的陽光裡吸著煙，到城裡去。一直到上公共汽車，才忘了她。那天他很忙，回來一跳下洋車，又想起了她，他沒有數腳步，一直走到小店前，不知怎麼，心有點跳。小店的門板已經放下，裡面亮著跳著的燈光，他想敲，但縮了回來。

走進報館編輯部，沒有到寫字檯，小劉就問：

「你看見了麼？」

「什麼？」

「今天她小姐出現啦。」

「的確不錯。」老沈說。

「很好看。」楊說：「可不是？」

「也一點不俗氣。」

「不像小家碧玉。」老沈說。

「很大方。」

「看樣子很聰敏。」

「真像他的母親。」

「我早說啦，他母親年輕時候一定很美。」

「十七歲吧？」

「十八歲還是十七歲呢？」

「你們打聽這麼詳細幹嘛？」王在較遠的地方說：「你想做她們女婿麼？」

「做她們女婿也沒有什麼不好。」小劉說。

「她肯嫁給我，我真娶她。」楊說。

「你真要，我替你去做媒。」老沈說。

通訊社電稿到了，大家注意戰局，談話就停了。

一連三天，董家母親都沒有來。一連三天，編輯部都是談董小姐。

到第四天，窗框裡換了董家母親。大家去買東西，都對她誇讚她女兒。她很得意地對楊先生說：

「她同她哥哥從小就很好。這總算是運氣。不過她太要乾淨。」

「要乾淨有什麼不好？」

「你不知道現在肥皂多貴啊！窮人家哪有衣服三天兩頭洗的？」她忽然感慨地說：「要是她哥哥沒有去打仗，我們雖是很窮，家裡倒是很快樂。」

「他現在在哪裡？有信麼？」

「三個月以前來過一封信。」她說：「在什麼地方來著？——在……在……我也想不起來了。」

「他叫什麼名字？」

「董炳章。」她說著從牆角取出一頂破舊的雨傘給他看，柄上刻著她兒子的名字。她忽然黯淡地說：「先生，你知道仗什麼時候可以打完？」

「日本人已經快敗了。」楊說：「日本人一敗，你兒子也就可以回來啦。」

但是不知怎麼，董大嫂忽然低下眼睛，拿出手帕，悄悄地揩淚，最後竟啜泣起來。

楊先生沒有辦法，勸慰她幾句，就走開了。

夜裡在編輯部裡，楊把董大嫂今天對他談談兒子哭起來的事同同事談，大家都非常同情。他們天天編到戰場中健兒的死亡，雖然心裡常常不舒服，但沒有這一瞬間的異樣的感動。

接著以後，董大嫂同她女兒時常幾天一輪流的在主持小店，編輯部的同人似乎漸漸地心裡都對她們有點感情。

有一天，楊下午出去，心裡想著事，沒有想去買煙。但是董小姐在窗口裡忽然先招呼他：

「楊先生。」

「今天又是你來啦。」楊笑著招呼她。

「有幾包美國煙，你要麼？」她說。

「是什麼煙？」

她拿出一包給他看。是Chesterfield。

「多少錢一包？」

「三百五。」她說：「聽說外面賣三百八呢。」

「對啦，勝利飯店賣三百八。」

「你要麼。」她天真地問。

「啊，我沒有帶那麼些錢。」他笑著把煙還她。

「你晚幾天給我錢也不要緊。」她說。

他於是就拿了一包，付了兩百塊錢，告訴她明天再給她一百五。他抽起一支Chesterfield，走到公路去。忽然無意識地回望她一下，她似乎一直望著他，看他回頭看她，她嫣然一笑，回身到裡面去了。頭髮一披鬆之間，他覺得她真是可愛。

他出去以後，沒有把那包Chesterfield抽完，回到報館裡，他請了五支客。大家知道他是從董小姐地方買來的，於是第二天好幾個人每個人去買了一包。

大概一星期以後，小劉到前線去做隨軍記者了。

好幾天沒有看見，於是董小姐忽然問楊先生：

「劉先生呢？」

「他在前線做戰地記者了。」楊說：「啊，戰地記者……，戰地記者你懂麼？」

「我知道。」她笑著說：「他從前線寄消息到報上給我們看。」

「你真聰敏。」

「不，我小學總算畢業了。」

「你常看我們的報麼？」

「你們門口貼著，我天天早晨去看。」她笑得分外甜：「多看看我也多懂了一點。」

「我下回可以隨便找幾本書給你。」

可是楊說過就忘了。第三天她忽然問他要。他回來找找沒有什麼合適的書，於是出去買了兩本來給她，是初中二年級三年級的教科書，她拿到了非常高興，以後楊他們走過，總看她在抄寫著。後來楊又弄了幾本書給她，覺得她好像非常羨慕報館的編輯先生，很想能有他們一樣的能力似的。

三

初春的天氣忽冷忽熱，時雨時晴。有一天，楊稍稍有點傷風，沒有出去，下午忽然接到小劉的通訊稿，他很高興的拆開來讀。

小劉所記的是常德的戰役，裡面述及幾個忠勇戰士壯烈的戰績，其中有一段：「連長董炳章率所部偷襲敵後方，搶獲機關槍陣地，殺敵無數，最後，被敵所圍，支持數小時之久，卒以身殉。其部有一兵匿墳隙中，於我軍擊退敵人時，得生還，告我彼目觀董連長親殺敵兵凡二百數十人，方被敵所害。……」楊讀完吃了一驚，接著看見劉在括弧裡寫著下面的話：「（楊兄：按董為四川人，不知是你的大舅子否？一笑。）」。楊非常不安的讀完那篇通訊。他第一個念頭是想馬上把這個消息告訴董小姐，他已經把稿子收起，預備去報告她，但立刻想到這會像炸彈落到她家一樣，使她們家庭完全崩潰的。於是他重新坐下，拿出稿子再看，他開始懷疑這董炳章也許是另外一個人。世界上同名同姓的人很多，而這裡是連長，她哥哥是否也是連長？他沒聽他母親說。要是弄錯了，去報告她豈不是出岔子很大。所以他想暫時不管它了。他把那稿子收起。隨便拿一本書來看，但隨時還想起那篇稿子，忽然不知怎麼他記起董小姐說過每天在讀他們貼在牆上的報紙。那麼：如果她知道她哥哥在常德，自然會注意常德的通訊，這樣豈不是會馬上給她一個打擊？他覺得這比由他去報告她還厲害。他考慮許久，最後他又取出稿子，看了一會，於是拿起筆來把「炳章」兩個字改成「丙彰」。這才安心了許多。

夜裡，這篇稿子發排了，楊親自看了一次清樣，他很注意於「炳章」有否改作「丙彰」。第二天下午起來，他馬上想到去看董小姐，他走那面，看見董小姐很安靜的在讀他送給她的書，他放心許多。她看見他來了，笑笑，似乎準備要問他買什麼東西。他一時沒有話說，不禁開口問：

「你也看了今天的報了麼？」

「看了。」她說。

「劉先生的一篇文章，你看見沒有？」

「是不是那篇關於常德的？」她問：「他也是在常德麼？」

「是的。」他心裡似乎覺得她不應該對常德這個名字這樣熟。

「不知道他會不會同我哥哥在同一個常德？」

「你哥哥……？」他心裡一寒：「他也在常德麼？」

「他上次來信說要開去。」她流動的眼光一點不合羞的望著他，顯然她在想別的，又說：「是不是只有一個常德？」

「怎麼？」

「聽說那面打仗很激烈，」她說：「不知道……，啊，你可以叫劉先生打聽打聽我哥哥麼？他叫董炳章。炳是火字旁一個甲乙丙丁的丙，啊，你看這個吧。」

她說著回頭拿牆角上的紙傘，給楊先生看，傘柄上刻著她哥哥的名字，她似乎很珍貴似的，摸摸那名字天真地說：「這字是他自己刻的。」

「你們倆從小就很好麼？」楊非常感動，覺得死的一定是她哥哥無疑，愀然望著她，忽然問了那麼一句話。

「自然，自己的哥哥。」她說：「他只有一個妹妹，我只有一個哥哥。」

楊開始覺得非常為她難過，他不敢說什麼，買了一包煙，他不想出去，回到報館裡，重新讀今天報上的通訊。他忽然注意到裡面的：「……司令部已積極造冊，呈請政府褒獎陣亡的將士與撫恤戰士的遺族……」的話。他覺得他們既然免不了會知道；也許幾個月以後。那麼還是由我告訴她比較好些，或者可以以後不讓她母親知道。於是他鼓足了勇氣又去看她。他看見附近沒有人，他第一句話就說：

「我想告訴你一件事情。」

她很奇怪，張開漆黑的大眼望著楊。

「但是你可千萬不要告訴你母親。」楊說著避開她的眼光。

「什麼事？」

「我想，我想，那……那也許是你的哥哥。」

「我不懂。」她露出疑問的微笑，美麗的齒列像露中的花蕊。

楊只看她一眼，就低下頭。

「我是說那些勇敢戰士裡的一個名字。」

她似乎不很懂，但從楊的語氣與表情裡一瞬間似乎完全懂了，她漆黑的眼睛閃著驚駭與疑惶的光，害怕地問：

「你是說我哥哥已經打死了？」

點點頭。

「你沒有撒謊？」她問，但心裡自然相信他沒有撒謊。話還沒問完，她沒有等楊的答覆，已經伏在櫃板上哭了。

「世界上同名同姓的人很多，也許不是你哥哥也說不定。」楊一時不知所措，於是安慰她說：

但她已經不相信他的話了，剪短了的頭髮散在臂上，身體在抽噎。

「自然你只有一個哥哥，你難過。」楊又說：「但哭也沒有用。」

她還是在哭，沒有理他。

「世界上誰都要死，但是你哥哥可死得最偉大，最光榮啦。他是一個英雄，是一個為救中華民族的英雄。你想到這一點你應當為他驕傲，不應當多為他傷心了。」楊勉強找點話安慰她，他看她已開始在聽他的話，他於是繼續下去說：「你們有一個快活的家，你父母只有你同你哥哥。他死了，你想，你更要替你哥哥負起責任來，那你才是真正是個好妹妹。」楊說到這裡，忽然看到遠處有人走過來，他覺得這情景太容易使人誤會，所以他匆忙地說：

「有人來啦，快別哭。停住，暫時不要讓你母親知道了，她知道了一定會傷心得不想活的。」楊說完就匆匆地走了。

這以後一連好些天，楊看她始終很不快活。但是楊不再同她提起她哥哥，她也不再提起，但她們兩個人每次見面，似乎心裡都意識著這個只有她們兩個人知道祕密的，似乎只有她們兩個人分擔著一種傷心。

接著楊看不見她，但看到她母親還是同以前一樣，他知道她沒有告訴她母親，心裡很安慰。又隔好幾天，楊出去的時候，忽然看到她又幫了母親在小店裡，她似乎盼待著楊似的，遠遠地就看她望著。

「楊先生。」當楊走近一點，她叫了，露著可人的微笑，齒列如帶露的花蕊。

楊在她面前站定了。她忽然拿出一樣東西給他，是一張舊照相。她說：

「這是我哥哥同我，那時候我才十二歲。」

楊接過來看，果然是一個十七八歲的少年同一個十一二歲的姑娘，雖然死板板的站在那面，但那少年很壯健，小姑娘表情很有趣。兩個人手拉著手，但眼睛都望著前面，她的臉很圓，比她現在還圓，他望望她的臉同照片裡的人比較，覺得除了臉龐以外，其他都很像。眼睛與嘴簡直完全沒有變。頭髮可不同，照相裡的她是梳著兩個辮子好玩。她哥哥臉可是長的。嘴也是一樣，深藏在下頦與鼻峰的裡面。他看了還給她。

她接了過去，自己看看，忽然問：

「你看他像我麼？」

「你像他。」他說。

她似乎也想起第一次她們見面時「母親像她」「她像母親」的對白，笑了，她笑著又望望照相說：

「我可不像我現在，是不是？」

「很像很像。」楊說。

她把照相收起，望望楊，忽然笑了。眼光流動著，她說：

「你有點像我哥哥。」說完了她又覺得失言似的，視線避開了楊，忽然拿出她手邊的書說：

「這兩句話是怎麼意思？你告訴我好麼？」

四

天氣驟然熱起來，陽光下，坡上的熱意有點逼人。

是報館的一個紀念日，前線，又頻頻有勝利的消息，那天晚上，社長宴請報館的同人，楊多喝了幾杯酒。席散後，正要坐下工作的時候，楊發現香煙在席間已經用光，他就出去到小店裡去買去。小店的窗板已經放下，但裡面的燈火還跳著，不知怎麼，他的心跟著這燈火跳起來。

雖然董家的母親告訴過他十二點以前無妨敲窗買香煙，但他從來沒有試過，今天他出來時候沒有想到，看到窗板的時候想退回，但心跟著燈光一跳，他好奇地想試試。

他敲門板。

「誰呀？」她在裡面問。

「我，給我兩包香煙吧。」楊說。

窗板掀起一條縫，楊把預備好的鈔票送進去，不一會一雙茁壯健美的手推著兩包香煙伸出來，從樹葉篩下來路燈的光芒下他看到凹在指肉裡齊潔的指甲。不知怎麼他沒有去拿煙，握著了她的手；他感到一種奇怪的春天的溫暖；莫名其妙低下頭用嘴唇在她手背上碰了一下。裡面似乎沒有覺得特別，手很自然的縮回去，可是他可對於自己的動作吃了一驚。拿了煙，匆匆就走了，鼻子感到土製肥皂的氣味，心還在跳著。

「外面的月亮很好吧？」老沈問他。

他不知怎麼，不敢看老沈，淡淡的說：

「不錯。」坐下就假裝埋頭工作，但心裡遠是奇怪自己，怎麼我這麼荒唐！

但是兩天以後，楊看見她一點不覺得什麼，一切都是照舊，所以心裡也逐漸不覺得了。

又是幾天以後。

楊去參加一個以前中學裡同學，現在是醫生的婚禮，喜筵非常豐富，席間同桌都是老朋友，他的酒量不好，所以很有點醉意，但他矜持著自己從公共汽車下來，同同行的熟人分手，雇一輛洋車回來。下車以後，他上坡。地上很亮，他想到老沈問他外面月亮可好。他抬起頭來，但他沒有看月亮，只看見深密的樹葉閃著不同的光，他忘了尋月亮，開始數自己的腳步，從十五數起，十六，十七，十八，十九，二十，十七，十八，十七，十八，十七，十八……一百十七，一百十八，一百十七，一百十八……數到一百十八，他抬頭是那可愛的小屋。

「今天我腳步放大了。」他想。

小屋裡的燈光跳著。他推著門進去，他看見床，看見她……深密的綠色……漆黑的眼睛，透明的月亮，閃光的露珠，花蕊，蕊枝的下頦……土製肥皂的氣味……他失了知覺。

醒來發覺自己在床上，他還想翻身再睡，忽然感到不對，一振作推被起來，腳碰到皮鞋。房間雖是已無跳動的燈火，但窗板外面的亮光，使他看清小屋的內部。啊，她就在床前地上，抱著兩膝坐著。身上不知披著什麼，睜著兩眼望著他。他套進皮鞋，才感到一點冷，發現身上是一件襯衫，但馬上看到上衣在櫃板上，他搶著上衣，推門就走。

「怎麼這麼荒唐！」他心裡想。一看錶，是十二時半，但他不馬上回報館，他向公路走，他開始思索他怎麼樣走進去的？他想了半天，忽然有一個新的問題使他害怕了：「我究竟同她……幹了什麼沒有？」他抽起煙，幾次三番從公路複習著走上坡去，便始終想不起他推門以後是怎麼了。到一點半的時候，他回到報館。別人知道他去吃喜酒，以為他喝醉不回來了，所以他的工作已有別人在做。他就推作喝醉頭痛，拜托別人代一夜，自己就到床上去。但是他睡不著，他還是在思索那個問題。他百思不得其解，覺得第二天很難出去。也許會發生什麼事，如果別人知道他這樣到那裡去，他簡直以後無法做人，一直到天亮，編輯部的人到寢室來，他們一個個就寢，他方才入睡。

醒來已是下午兩時，他偷偷地起來，仔細觀察報館裡的空氣，外面有兩個工友在談話，他竊聽了許久，才照常的出來，他不敢出門，就坐在辦公桌上翻閱由外埠寄來的各地報紙，忽然在一張昆明出版的報上看到了下面的新聞：

少女自殺
大學生始亂終棄

新覺文具商行主人王某，其子現任第×軍第×團團長，有女曰映月，芳齡二九，頗具姿色，平時在店中兼理帳目，與某大學生戀愛已久，珠胎暗結。不意男子薄倖，月前轉學成都，與同學某小姐相愛，竟置前約於不顧，映月焦思成疾，函郵無覆，乃托人打聽。聞訊後，服毒自盡。幸發覺尚不遲，現已送××醫院！是否有生命之危，尚難確悉云云。

他的心驟然跳躍起來，他不知怎麼才好，他喝了熱茶，吸了紙煙，在室中漫步；最後決定出去看看對面小店裡有沒有變化，但忽然又覺得害怕不敢。他又想偷偷地繞路進城去，把這害怕不安的心境作一時遣散。但路上的小店是進城的必經之路，除非他穿著無路的石坡雜草繞著走，但這也許並沒有出路。他無論如何覺得再不能待在館裡，他想見見老沈老王，但問問工友，說都已出去。別人可不想見，說不定人家會從他臉上懷疑他。他徬徨許久，最後還是出門了。到門外，他又非常想偷偷地去看小屋有沒有變化。他想將來總有見面的一天，那麼還是早過這關才好。他故意低著頭，望著前面大方的走。快到小店的前面，他拿出香煙，點上了一根。好似自己想心事似的走過去，不去注意別的。

「楊先生。」忽然有人叫他，他吃了一驚，這聲音是她母親。但他不得不回頭，他想招呼一句就走。但他看見她母親同平常一樣微笑看看他。

「沒有出什麼事。」他心裡想，於是他也微笑著同她招呼說：「今天天氣很好啊。」

「不過早晨落了幾點雨，春天裡天氣很說不定。」她說：「你面色不很好，可要當心，我女兒今天病了。」

「病了？」他吃了一驚，急忙地問：「什麼病？」

「還不是年紀輕，晚上受了涼。」她說。

「那麼我真是同她……，但是她沒有告訴她母親。」他心裡想著，又感激又慚愧，心裡可寬了許多。

他離開董家的母親下坡，心裡害怕而又像懺悔似的黏著一個思想：「那麼我真是同她什麼了！」

他回來不晚，從上坡到報館桌子邊，一切都太平無事，他心裡很安適，做事也特別起勁，同同事談話也很有精神。但是公畢就寢，他在床上就對自己說：

「我難道真是……不要害了她才好。」

第二天，他看見的又是她母親，她說她女兒還不好。

第三天，他看見的還是她母親，說她女兒已經好了，但還是睡在床上，不肯出來。他有點不安。

第四第五天。他看見的仍是她母親，她說她女兒還是不肯出來，他開始有點害怕，於是接下去說：

「別是有什麼病痛，我有一個很好的朋友是醫生，我約他明天到這裡來，去看看她去。」

他心裡實在自己想去看她。

「謝謝楊先生。」她微笑著說：「但不知道要多少診費。」

「用不著，用不著。」他笑著說：「他是我的好朋友。」

楊進城以後，就去拜訪他那位結婚不久的中學朋友，他告訴他那是一個很好的女孩，家裡很可憐，所以想請他去施診一次。

約好了以後，第二天下午，張醫師到報館來看楊，楊就伴他到小店去找董家的母親，他袋裡帶著三天的報紙，預備給董小姐。

董家的母親今天也換了一件新的布衣裳，早已在那面等他們。他們一到，她就放下窗板出來，接著拉上門在加鎖。

「怎麼？」楊說：「這樣你就放心了麼？」

「這裡來往的人不少，你們那面就有衛兵。都很熟。」

「那麼晚上你們何必還住在這裡？」楊說：「不要客氣，你替我們帶路。」

「晚上自然不放心，天黑，有賊來了，誰也看不見。」她說著就走在前面。楊與張醫師跟在後面，楊看張醫生的皮包太重，他接過來替他提。

牛沱灣雖說不遠。董家的母親也曾經指給報館的朋友們看過。但越過公路，從一條下坡小路上穿過去，也不很近。幸虧是春天，天氣又好。田野地的綠色簡直就像貼在身體一樣，楊同張跟著走走，也覺得很有趣。

走到一條小河，過了木橋，穿過幾株楊柳。是一個小小的村落，兩個彎轉過，董家母親告訴他們那面房子就是了。

那房子前面一塊小園地，圍著疏朗短籬，園中種著幾行菜。她就帶他們穿過園地進去，楊就看見了廊前的小雞與零亂的農具。

房子雖是不新，但三間房間看來很整飭。她讓他們先進去；一個五十多歲的農夫穿得很乾淨的迎出來，董家的母親沒有說什麼，但他們知道是她的丈夫。磚地，擱几，兩張桌子，四把大木椅，三把竹椅。中間牆上掛著四幅正楷朱子家訓，紙色有點潮黃，但還不太破。

董家父親請他們坐在大木椅上，家具雖是古舊，這有點蛀壞，但很乾淨。董家的母親一剎時就不見了。他們坐下後，董家的父親拆開桌上放著一包華福煙敬他們，還為他們點火，接著董家的父親就在下面竹椅坐下，楊開始誇讚他們的地方好。

「你們在這裡住多少年啦？」張問。

「三代啦。」他開始注意他臉，不像他小姐，他想：「小姐不很像他，倒是兒子有點像他。」

董家的母親拿了三大杯泡茶出來。楊走得有點渴，想喝點，但是太燙，拿起茶杯接了三個吻就放下了。

張已在問董家父親關於他女兒的病了。接著張提著皮包站起來，董也站起來。董走在前面，打開左壁的布門簾，上面雖然有好幾塊新舊補釘，但很乾淨。張與楊就先後進去，楊感到自己的心跳。那間房間很亮，窗戶有幾塊玻璃，有幾塊糊著紙。是地板，雖不很平，可是很乾淨；窗前一張桌子，什麼東西都沒有；前面茶几上一個古舊的花瓶，插著一大束嫩黃的迎春花，零星點綴著碧綠的綠葉。幾旁兩邊是椅子。不遠的裡面就是床了。

在一條花被裡，坐著董小姐，她漆黑的眼睛望著楊，楊看她一眼，就故意同她父親說話，避開她了。他一逕走到几旁的椅子坐下，望著張在桌上打開皮包，拿著熱度表與聽筒到床邊去，她父親就站在張的後面。楊從迎春花縫裡，可以看到她的頭髮，挺秀的鼻子與荔枝般的下頦，還有是她含在嘴裡的熱度表，以及她穿在身上藍布的襟袖。

張診了以後，他說：

「有一點熱度，沒有什麼，大概是有點受冷。」

董家的父親一面聽張說話，一面就先到門口掀起門簾。張出去後，楊正想跟著出來。

「楊先生。」楊忽然聽見董小姐叫他，他吃了一驚，她說：「謝謝你帶醫生來看我。」

「啊，我把這幾天報紙帶來啦，也許你想看看。」楊猛然想到袋裡的報紙摸出來到床前去，回首望她父親，看他已經跟出去招呼張醫師，門簾在波動。

楊把報紙放在床邊椅子上，馬上想跑，但是她閃動漆黑的眼睛，盯著他眼睛說：

「楊先生……」

「你好好養幾天。」他大聲地說了，又抑低了聲音：「隔天你出來了，我們再談。」

「楊先生……」

「我知道，我知道。你現在好好養病要緊。」

「你……，謝謝你。」她似笑非笑地說。

他勉強笑了笑，就拔腳出去了，到門口，他忽然大聲說：

「你們這迎春花真好看。」他掀起門簾，就走出家。

張正開好了藥方，他過去接過藥方說：

「我想這還是交給我吧，我明天進城替你們買來好了。」

「哪有這事。」董家的父親要搶藥方：「楊先生，已經要你麻煩，哪有這事。」

「我有熟藥房，去方便。」楊說：「我買來你再給我錢好了。」

「那麼你一定要收我們錢啊。」董家的父親方才不客氣，但趕緊請他們坐下。楊很口渴，馬上喝了幾口茶。張說：

「我們走吧。」

「吃了點點心去，吃了點點心去。」董說：「她已經在做了。」

「不客氣了。」楊說著站起，但已經看見後面走進了董家母親，手裡搬了一大盤炒麵。沒有法子，又坐下了。

五

隔一天，他把藥交給董家母親，她一定問他多少錢，他說：

「沒有多少錢，不要客氣啦。」

但是她一定要給，楊沒有收，就逃了。但第二天楊去買煙，她給了他四包，也一定不肯收錢。楊只好把錢收回。他想問問她女兒，吃了藥以後的情形，但不知怎麼，好像有點說不出口。所以一時又不走開，又不說話，很不自然。最後她似乎已經看出楊要知道什麼，她說：

「她吃了藥，熱已經完全退了；她今天想出來，但我想讓她多休息兩天。」她笑著說。

「應該多讓她休息休息，應該多讓她休息休息。」楊不知怎麼，說得很不得巧。最後看了看錶，他說：「已經三時半了？我要趕快進城去看人，再見再見。」

此後第三天，楊一醒來就想到今天該要碰見她了。他設想她要說的是什麼，他又設想他要怎麼樣去應付她，最後他又想到：要是我那天真的什麼了她，而她這樣認真，那麼……但是她為什麼不同家裡的人說呢，她也許想到我，恐怕我不願意。……會不會她同她母親說了，她母親故意裝不知道。——這是不可能的。那天她在家裡叫我一聲，似乎我是的確什麼她了……他忽然覺得他這樣胡思亂想沒有用，還是趕快去看她，看她究竟要同我說什麼？

他這樣想著，就馬上起來，洗了臉，連報紙都沒有翻，就走出來。

天氣很暖和。有雲，陽光時濃時淡，坡上的綠色如煙，春風來時，綠意似乎吹進了他的衣隙。他深深地吸了一口氣，覺得無限的綠意已進了他的肺腑。

他感到很鎮靜，於是緩步走向小屋，他一直注視著它，但等他看到董小姐也早已注意他走過來，他又故意望在前面。最後快到小屋的時候，他才看她，於是馬上就說：

「啊，你已經完全好啦？」

但是她沒有回答他的話，望著他微笑，齒列如帶露的花蕊，但忽然她用發抖的聲音說：

「楊先生……」但沒有說下去，接著伏在櫃板上哭了。

他不知怎麼好，四周看了看。遠處似乎有三個人下坡走來，他趕緊說：

「現在我有事要進城去，九點鐘我回來來看你。」說著他就走了。

其實他進城並沒有什麼事，他找一個朋友，看了一場電影，坐一會茶館，在一個朋友家裡吃點飯，飯後他一直看錶，算算應該動身了，他就告辭出來。洋車停了，他上坡。他沒有數腳步，逕自到了小屋跟前，窗板早已放下，但板門竟半開著，有燈光在屋內，投射出她一個淡淡的人影，他一過去，門就推了開來。

「楊先生。」她輕輕的叫他。

楊前後一看，見並沒有人過來，就說：

「你把門鎖上了，到這邊來。」他說著就從小屋後面攀著小樹走上坡去，接著他聽見她也跟上來了。

他在幾株樹木中間停下來，一抬頭，他這可真看見月亮，月亮雖非正滿，但月光如銀，樹影在他身上隨著風幌搖。

「楊先生。」她到他的跟前，大概是她站在坡的高處，所以似乎還比他高一點。眼睛在月光下，亮得像兩顆明星，嘴唇在動，但不是哭，也沒有說什麼。

「你想說什麼，現在就說吧。」他說。

「楊先生……」她眼睛明星般發光，流動著，但沒有說下去。不知怎麼，突然一低頭，兩手扶住了樹幹，頭貼在她蛇一般的手臂，哭了。

「怎麼？」他有點著急，慌忙地說：「有什麼話快說，回頭別人過來看見了不好。」

「你……你不打算娶我了？」她帶著哭聲，顫抖地說。

楊一時不知所措，沒有話回答。

「我們家太窮。」說著她又哭起來，但盡力壓抑她的聲音。楊沒有看見她臉，但看見她頭髮倒垂著，散在蛇一般的手臂上，月光圍著她身軀，像是銀色的曲線，她背彎著，胸部下垂著，在起伏中顯得有無限的話在心中無法說出。她右腿在前微曲著，左腳支在後面，露出她修長勻稱的小腿。

「你真的願意嫁我麼？」楊果敢而堅定的問。

她不答，點點頭，楊只看到她頭髮在震動。

「我可是並沒有錢。」楊走近去一點低聲地說。

「我不是要你的錢。」她唏噓著含糊地說。

楊沒有再說什麼，走過去，把她從樹幹上扶起，她低著頭，就偎依在他身上了。她還在唏噓，楊感到她胸部的起伏正押著他自己的呼吸，他一隻手挽在她肩上，一雙手從她頦下舉起她的頭。楊的臉貼在她的臉上，他感到她頰上的淚漬，似涼似熱，這一種溫度，他覺得正是春天。她的眼睛閉著，月亮下，她淚漬閃著光，楊慢慢地移開他的臉，他把嘴放在她的嘴上。他吻她的淚，吻她的下頦。他覺得他已經是她的了，最後他在她耳邊說：

「你父親母親肯讓你嫁我麼？」他望她的臉，等她的回答。

「自然啦。」她還是閉著眼睛，但露出可人的笑容，月光下，她顆顆的齒列都像露珠，他吻她，深深地吻她，最後他說：

「明天我想法同你母親去說去。」

他擁著她，扶著她下坡，他說：

「我先回去了。」說著他又吻她說：「明後天最好你還在這裡，我託人到你家裡去。」

他走進報館，覺得今夜的世界好像變了許多。他開始工作，心裡時時籌劃著怎麼把這事情告訴老沈，他很少注意別人，他活在他自己的內心裡，開始對這件婚姻有一種興奮的前瞻。

他的工作先完畢，走到老沈的桌旁，他說：

「你還沒有完麼？」

「還有兩張大樣。」

「我幫你看。」他說：「我想同你談一件重要的事。」

他幫同老沈很快的把大樣看了。接著他就到老沈的寢室裡，他坐下。噴一口煙說：

「我預備結婚了，你說怎麼樣？」

「同誰了？」沈不以為奇的，坐在床邊上說。

「同一個你認得的人。」

沈知道楊有幾個女友，但楊對她們都不十分熱心，所以猜了好些人，都沒有猜中，最後楊認真地說：

「你可要為我保守祕密。」

「要結婚還要保守祕密？」沈笑著說。

「因為我要你幫忙。」

沈答應他不告訴別人，楊說：

「這是你萬想不到的事情，我要同她結婚的人就是那位董……」

「誰？」沈驚奇了：「是她？」

「一切愛情似乎都是命運。」楊說著把詳細的經過都告訴了沈。

「這真是千里姻緣一線牽。」沈聽完了笑起來：「那麼你真的不知道那天晚上走進她小屋以後怎麼樣？」

「我一點不知道。」楊說：「不過情形看起來，恐怕我真是什麼她了。」

「你叫我怎麼幫你忙？」

「請你做個媒人，下午同她母親去說媒去。」

沈對這件事情很高興，覺得很有趣。所以第二天下午沈同楊計畫了一下，沈就去了。楊在報館裡等著他，也並不想去找董小姐。

沈經過小屋的時候，仍舊裝著不知道，但發覺她有點難為情似的，不像平常一樣隨意。

董家的母親看見沈很驚惶，等沈告訴她的來意，她說：

「我今天一早起來就眼睛跳，想不到是這件事。」接著就沒有等她丈夫回來同他商量，就一口答應了。她又笑著說：「他們兩個人喜歡，自然誰都喜歡。只是我們鄉下人，什麼都不懂。一切事情要怎麼辦，楊先生同沈先生決定了，我們照辦就是。」

沈又坐了一會，不知道怎麼談到房子問題，她說：

「要是楊先生不嫌什麼。」她指著左壁房間說：「暫時就住在這裡好了，這裡離報館也不遠。」

沈回來已是四點多，楊聽見房子問題題也已經解決，似乎其他再沒有什麼。於是就同沈商量，要很簡單而儘早的完成婚禮。

六

以後小屋子裡就再沒有董小姐的影子，董家的母親則天天在那裡等老沈去接頭，報館的同事們也逐漸有點知道。

等老沈告訴她楊所定結婚的日子，並且說楊願意暫時住在她家裡，董家的母親可真是高興。接著這小屋就鎖了起來。

一切事情都是順利進行。楊想到要找一個泥水匠把那間新房粉刷一下。但老沈去了回來，說他的老丈人已親自為他在粉刷了。

於是楊在城裡買了一些新家具，托送報的汽車回來的時候帶到牛汔灣去一趟。

楊還買了六件衣料兩雙皮鞋托人送去，再沒有其他訂婚的手續。什麼都已經辦妥，但有一件事，楊心裡想說，而沒有法子開口。他覺待那家小店在他報館對面於他面子很不好，不知道是不是可以把它收盤。他把這意思同老沈談了，老沈於是便中問問董家，好像說她們人手少了，是不是還要開這個小鋪。但董家的母親說：

「這個，我們早已出盤了。」

沈把這消息告訴楊，四天以後楊就發現那家小鋪又開出來。窗框裡一切同以前差不多，不過坐著的人可不是董小姐也不是她母親，而是一個瓜子臉非常白晰的年輕的女孩子，眼睛很細長，鼻子很狹很挺，嘴很小，嘴唇像一顆丁香花似的開在那裡，笑起來嘴唇兩面一拉，露出兩顆酒窩。

「也很好看。」楊買了兩包煙以後，他想：「這大概是等小劉的了。」

什麼事情都算定了，離結婚還有三天。但有一件事情女方可怎麼也不答應，楊要女方一點不要紮彩掛燈，有什麼熱鬧。可是女方說，他們只有一個女兒，不能不熱鬧，老沈為這事跑了三趟，後來這是董小姐親自出來，幫老沈說服了她父母。

婚禮就在報館會議廳裡舉行，楊就請他們社長證婚，沒有請什麼客人，除了同事以外，他只告訴張醫生同他的太太。女方呢，說她們客人都是鄉下人，於楊先生面子不好，所以只約了四個至親的親戚，楊就備了三桌普通的酒席。

結婚是星期日下午三時，楊雇定了兩頂滑杆於兩點鐘去接董家父女，她母親說她要在家裡照料，不能夠來。婚禮完畢以後是喜酒。報館的同人對這事都非常高興，認為是報館歷史裡頂有趣的婚事。社長給楊兩星期的假，宴後同人們預備著八盞燈籠，大家伴他們走到新房去。

是春天，月光在綠茵上顯得是流動的，微風來時，起了深淺的漪漣，踏著泥路，酒後的大家都興奮；新郎與新娘走在燈籠行列的中間，她今天穿著新做的棕色呢旗袍，衣料就是楊送去的，非常合身。皮鞋也是楊送她的，在月光燈下還閃著光，臉上一直露著笑容，不時望望楊的面孔。

到牛沱灣，有幾隻狗前後叫起來，像是歡迎的樂隊，好些村人到小河邊來看新郎與新娘，大家都非常羨慕。

董家的父親打頭，大隊進了籬笆，越過菜園。董家的母親穿著黑色綢質的衣裳迎了出來。

到屋裡，楊發現中堂也已粉刷一新，上面朱柏盧的朱子家訓已蓋上一塊大紅喜幛，是報館的同事們合送的禮，擱幾上點著兩支大紅喜燭，亮亮的火焰把喜幛上大金喜字，照著閃亮，喜幛的兩邊是一副喜對，是社長送的，上聯是「月明風靜，萬世風流半夜回。」下聯好像是；「郎才女貌，千里姻緣一線牽。」楊知道是老沈開的玩笑。老沈以媒人資格，一定要楊與新娘向董家的母親跪拜，結果行了三鞠躬禮。

新房已換上簇新土布的門簾，裡面布置著楊購置新家具；窗上的紙已都換上玻璃，微黃的土布窗簾大概是董小姐自己縫的。兩盞新的高腳植物油燈，很亮，燈腰上還束著紅絨。房中一張小圓桌上，放著上次放著迎春花的有古董氣的花瓶，但裡面也換上紅白的月季。窗前書桌上放著六盤豐富的果盤。

同事們在新房裡鬧了一會，喝了茶點，吃了點糖果就走了。董家的父母叫小夫妻早點休息。

楊關了房門後。他看見她坐在花瓶的後面，從月季花縫裡望著楊，漆黑眼睛裡充滿含羞期待與疑問的光。楊繞著圓桌走過去，拉旁邊的椅子坐在她的左面，他拉她的手，她沒有縮回去，眼睛還是望著月季花。但等楊低下頭去吻她的手時，她的視線開始轉到楊身上，她聞到楊頭髮上一種迷茫的香。楊在吻她的手臂，他想重溫她皮膚上土製肥皂的氣息，但聞到的也只是迷茫的香。這香是屬於她皮膚的，楊沒有細究，但她知道那是棕欖皂與雪花膏的混合氣味。於是楊吻她臉，吻她的嘴唇。楊開始覺植物油燈點得太亮，他拈點一半，覺得這亮度有點像月下。

有許多新婚夫妻以為是新鮮的事情，實際上是人人都想得到的；但有許多新婚夫妻以為是平常的，到是人人都想不到的。

三更的時分。楊問她：

「那天我吃醉了，跑到你小屋裡，到底是怎麼回事？」

「你跑進來的時候，我在燈下讀書，我有好幾個地方不懂，想要是你在，我就可以問問你。正在那個時候，你闖了進來，我駭了一跳，但一看是你，我就不怕了。」她在他的唇上說。

「後來怎麼樣？」

「後來你拉著我的手吻我的手背，我縮了回來。你又來拉我，問我肯不肯嫁給你。你已經決定來同我結婚。」

「你怎麼說？」

「我又縮回手，沒有理你。」她說：「我知道你有點醉了。」

「後來呢？」

「後來你就脫去上衣，在窗板上一放，倒在床上，不一會就打起呼嚕來了，我就將你皮鞋脫下，替你蓋上被。」她說：「我一直沒有睡，守著你，哪裡曉得你睡醒了一句話不說，拿了衣裳就跑。你說我……」

「那麼我並沒有同你……」

「你要這樣，我還不叫起來。」

「那麼現在呢？」他說：「你也叫麼？」

「現在，現在我……我是，是你的，你的太太。」她露出羞澀而勇敢的笑。

……醒來發現自己枕在她蛇一般的臂上。她已經醒了許久似的，眼睛望在空中，心裡似乎在想什麼。她倒像被驚動了，她說：

「你醒了？」她從枕頭下抽出手臂說：「我只怕你醒，連動都不敢動。」

「你醒了好久？」

「有半個鐘頭了。」

「你在想什麼？」

「沒有什麼。」

「我知道你一定在想些什麼。」

「我想，我想我母親一定比我們還高興，我們現在把哥哥的消息告訴她，她一定不會太傷心了。」

他想了一想說：

「我想還是讓小劉告訴她比較自然一點，他就要回來了。」

「劉先生就要回來了？」

「不要叫劉先生，叫他小劉好了。他是我的老朋友，小弟弟。」

「那麼叫你呢？」

「叫我名字。」

「你還沒有告訴我你的名字。」

「同龍。」他說：「你看，你連丈夫的名字都不知道。」

「那麼你知道我的麼？」

「我常聽見你母親叫你二嫂，我還會不知道麼？」

「但是那不是我的名字。」

「那麼叫什麼？」

「我不告訴你。」

「告訴我。」

「慢慢告訴你。」

「那我可要叫你二媛了。」

「我告訴你。」她把嘴湊他的耳邊輕輕地說：「我叫小鳳。」

一九四五年十二月二十三日，晨兩時於紐約。

舊地

楓木村並不是一個漂亮的地名，但的確是一個漂亮可愛的地方。村後面是一條小河，村前面不遠是山，山上樹木雖不大，但不少，大部種的是竹子同楊梅樹，楊梅在夏天可以敞開兒吃，主人決不同你計較，但不許你帶走。可是我們從楓木村去的人，他們大都認識，臨走時總還要送你一握一筐的；村口有兩株大楓木，大的一株至少有五六圍，小的一株也有三四圍，不到秋深時，它永遠是滿樹綠葉，很容易爬到上面去玩，所以孩子們特別覺得它們可愛。走過那兩株楓木就可以看見穀場，穀場上一到割完稻，就曬滿了穀，曬完了穀就疊起草蓬。穀場前面是石板路，這是楓木村第二個出口，路口有好幾株柳樹。稻場的那一端彎過去是楓木村第三個出路，不遠的路邊有一所矮小的瓦亭，是厠所，下面埋著糞缸。由這條路一直進去，那就是楓木村的直路，兩旁都是住家，也夾著一二家小店。

我對於這村莊之所以這樣熟悉，因為我到那裡去過許多次。那時候我外祖母還在，我每年暑假寒假常到她那裡去住，我認識全村的孩子，從十八歲到六歲，少說說也總有十七八個。在夏天我們一同去捉蟹，釣魚，摸田螺，游泳，撐小船，捉螢火蟲，捕蟋蟀，這些都是很好玩的事，冬天，我們玩放風箏，捉迷藏，踢小球。還有過年的時候，家家做年糕，謝年，祭祖，我們總輪流著一家一家去印年糕，去吃送年酒。正月裡大家愛買焰火，小爆竹，在稻場上放。那些事沒有一件不是使我興奮得睡不著覺的。

我自己家住在城裡，地方小，鄰居孩子雖然也不少，但很少來往，也沒有玩的地方。稍微玩玩，大人們就要說把地方弄髒了，把東西弄壞了。所以我總是喜歡楓木村，沒有到放假，我就盼望著去。我有什麼不好，母親常常說：「你再不聽話，放假不給你到外祖母家去了。」

楓木村不過幾十戶人家，這幾十戶人家，多多少少都有點田，自己在種，或者自己的田不夠，另外找一點田，做別人家佃戶。那時候，現在想起來，大家雖不富有，但都很能夠過活。從村後那一條河，可以通到鎮頭，村上有二十幾家人家有船，常常運稻運菜運瓜到鎮上去。沒有船的人家也是一樣，只要一開口，總可以借到人家的船的。我們大家都喜歡這些船，只要一知道有船到鎮上去，我們總想搭著去玩，可是我最喜歡的還是汪生伯伯的趕鴨船。汪生伯伯每年總要養許多鴨子，有兩隻小船，專門作為趕鴨之用。他的兒子，我叫他大仲哥，他常常同他父親一同去趕鴨，站在小船上用一根竿子像武生耍槍一樣的，兩端一上一下兩面打著水，船走得比鴨子還快。我們知道他們不用的時候，就搶著去坐，兩個人坐在兩端，用樹枝撥撥船就動了。但是我不甘心這樣玩，我求汪伯伯教我正式駕駛。汪生伯伯叫大仲帶我去，他划一隻船，我划一隻船，我在前面，他在後面。開始的時候覺得不難，竹竿一撥船就動了，可是船一晃搖，兩隻腳就站不穩。大仲哥就教我用左右腳的曲直來平衡身體的重心，這一手就非常難學到家，法子知道了不夠，要熟方才能生巧。用竹竿撥水也難，要快、要直很不容易；轉彎的角度也很難把握，常常一轉就是一圈。我必須把兩腳蹲下去，而且要慢。一快，人馬上不可靠，船也就翻了。大仲哥是村裡游泳最好的人，我要去河裡游泳，我外祖母總是問大仲哥是否也去游，只要大仲哥在，她就放心了。我的游泳技術後來也不算壞，十四五個人當中，我也可以排第八九名。我學趕鴨船，可比學游泳苦，汪生伯伯知道我也會游泳，所以允許我去學，但學了好久，我還是不熟練，隨時要非常當心。很費勁，不用說，船朝天，人跌下水去，少說說也有十來次。可惜這兩隻船常常沒有空，我無法多練，而且那船很小，趕鴨的時候，一船決不能載兩個人，所以他們不能帶我。我不很愛釣魚，但沒有船坐，有時候也去釣，河中沒有大魚，小魚只好餵鴨子。捉蟹則要在雷雨以後，河塘邊到處是蟹，那蟹不大，但吃起來倒很有滋味。我們一聚七八個孩子，每個人一盞燈籠，一隻桶，與其說捉蟹，無寧說是拾蟹，只要彎下身去，馬上就可以拾到的。摸田螺並不難，可是腳要跨到泥田裡去，常常陷得很深，把衣裳弄髒，要麻煩外祖母家裡洗，所以比較少去。田螺，小魚，青蛙，都是鴨子愛吃的東西，吃起來很好玩，所以有時候我們去餵它。村中養鴨的人家很多，但普通不過幾隻，預備自己吃的，只有汪生伯伯年年養一大群，是預備養大了到鎮上去賣的。

養鴨子是本錢輕獲利厚的一樁行業，因為把鴨子養大，用不著什麼本錢，只要勤快地把小鴨子放到水田裡，大鴨子放到河裡去，他們自己會找小魚，小蛙，田螺一類東西來吃的。最怕是鴨子生瘟病，這一傳染很容易死去許多。但汪生伯伯養了許多年鴨子，倒沒有碰到這種不幸事情。

專養鴨子的人家，在村裡只有汪生伯伯，他的家就靠村後的河浜，後院籬笆一直伸到水裡，裡面就是鴨子的居處。普通農夫人家，喜歡養猪養羊養雞，猪吃糠，羊吃草，雞吃糠也吃小蛤蟆一類小動物，都化不了什麼本錢。養牛當然是村裡的最普通的事，但這完全是為耕田用的。孩子們都要做放牛放羊餵猪一類的工作。年紀小的，他們都會釣蛤蟆。釣蛤蟆是用蛤蟆腳到田塍去釣，比釣魚要容易許多，釣來蛤蟆就給雞吃。禾稻割了以後，雞放到禾田裡去，曬穀的時候，雞也放到稻場上去它們會拾落在禾田稻場上的穀粒。除了這些以外，好些人家也養狗養貓。還有一些狗沒有主，村裡叫野狗，它們倚靠著村莊吃飯，東面吃一點，西邊吃一點，也活得很肥的。有一個生人在村頭走過，它們也會叫得很熱鬧。

楓木村的田地大部分都種禾稻，但也種蔬菜，茄子，芋頭，番茄，以及瓜豆。一年到頭都有新鮮的東西吃。

外祖母家，除外祖母外，有舅舅，舅母，表哥同一個幫農叫做明發，種了四十畝地，養十來隻雞，一隻牛。舅父什麼嗜好都沒有，只愛喝點酒，每年自己總愛做兩缸酒。我住在他那裡，他每天叫我陪他喝酒，我總是不會喝，陪在旁邊專吃菜。除了吃飯的時間外，我同舅父很少見面；表哥比我大許多，他幫舅父做事，不同我們在一起；舅母整天忙家務；我總在外面東晃西晃。村裡的人相處都很和睦，我幾乎大部分都認識的。他們也都喜歡我，我常常幫人家做小小的事情，坐在水車旁邊，或者守瓜田的篷裡聽他們講故事。

汪生伯伯雖然待我很好，但是他是一個很莊嚴的人，不愛同孩子們玩笑。每年我來楓木村，母親總叫我帶些城裡的東西送村裡的人。村裡的人們許多都是我母親未嫁前的熟伴，汪生伯伯也是其中之一，所以我總是要專誠去拜訪他一趟。等我快回家去的時候，汪生伯伯也總到外祖母家來看我一趟，把兩隻很大的鴨子繫在籃裡叫我帶給母親。除這兩次以外，很少坐下來談天，他大半時期要趕鴨出去，在家裡也是忙這樣那樣的。偶爾見到，他總是問我回家的日子，有時候送我幾隻鴨蛋，他就閃到別處去了。

有兩個非常有趣的人物是我記得最清楚的。一個是裁縫馬二，一個是篾竹阿寶。裁縫馬二會唱千千萬萬的小調，會說千千萬萬的故事，他一坐在縫板上就哼起小調，遇到有人同他談天，他才停止哼唱。我們叫他講故事，他總先要擺架子，擺了許久，等你再三央求他，他才給你講，等到講了一個，他就很自然的一個一個的講下去，一直要等你聽倦了為止。篾竹阿寶呢，是一個矮胖子，談話聲音像女人，做人一團和氣，沒有一點脾氣，但是做活可非常偷懶，所謂偷懶，並不是不愛做活，而是愛打岔。他常常被請到村裡人家去做簸箕籮筐等農具，但當鄰居婦女們同他談談天，要他修些零碎小筐小籃，或是我們孩子們懇求他做一些小竹龍、小竹鳥、小竹弓，他馬上會把正經的事情放下來熱心地來替你做，所以似乎他的工作一定要人坐在旁邊守著他，否則他就會忘去似的。其實，我現在想起來，大概他對於這些千篇一律簸箕籮筐等農具的製造，並不感什麼興趣，他是一個很有工藝機智的人，會很巧妙的修理各色各樣的竹器，也會很出色地製作玩具。許多他所編製的竹蟲，竹鳥，竹龍等東西，我雖然喜歡，但不貪玩，我只想收藏起來，帶到城裡去送人，喜歡聽別人誇讚篾竹阿寶的本領，好像這也是我的光榮一樣。我喜歡他替我做水槍，竹弓與彈槍，這些東西他可以做得很快，我們孩子們幾乎大家都得過他恩賜，拿了這些東西，我們可以會聚著玩許多玩意。那時候我們沒有一個人讀偵探小說，我們中間最多只讀過《三國演義》、《七俠五義》一類東西，此外就是社戲裡看到的黃忠趙雲等的想像。以及從裁縫馬二嘴裡聽到的對於武俠一類的描寫。所以我們不會玩上海的孩子們從美國電影裡學來的偵探與強盜的那一套，那一套似乎很適宜於小弄堂垃圾桶卡車縫裡轉彎抹角的環境，而我們所玩的則正合於農村的環境，墳堆是我們的山，稻場是我們的平原，草篷是我們營寨。我們偶爾也將放在外面的牛羊做我們的配角，但這總是大人們不許的。

要說村裡有趣的人物，我還可以想出很多。常見的有一個叫阿陀的，他是一個終年在村裡打雜的人，一家忙完了忙另一家，他自己沒有家，但家家是他的家，凡是農村裡的活，他樣樣都可以幫助著摸摸，但都不能當正手。做事情倒很勤快，但既沒有分寸也沒有秩序，所以一定要人家守著他，只借重他一分力氣。他說話也是一樣，沒有記憶，沒有推理，前後矛盾，胡說八道，但倒也從不因此闖禍，這因為他膽子小，心地良善。說來說去總是上海什麼店什麼銀樓要請他去做經理，而他因為要幫村裡哪一家的忙，所以沒有去。人家常常有意同他開玩笑，勸他去上海做經理，他總是說：「我已經答應張大嫂了。人家忙了要我去幫忙，到時候不去，不是要對不住人。」要是人家說他吹牛，他總是說：「信還在那裡，哪一天我可以拿給你看。」

與阿陀相反的有一個叫做跛子阿德。阿陀是一個很呆的人，但是什麼事情都做，跛子阿德則人人說他是一個絕頂聰敏的人，但是什麼事情都懶做。他不願做用力的事，也不屑做用心的事。他瞧不起一切，好像別人會做的事情他都覺得不難。鄉下有時鐘壞了，只有他一個人會修；有什麼鋪要開，有什麼小機關要修補，別人想不出的時候，他一動腦筋，總可以想出一點辦法。他會種花，諸凡珠蘭，月季，梅花，茶花等等，他會剪，會插，會分盆，但是他不養花；村中有人養花，他可樂於去幫忙。他不生產，不謀利，一切工作都為自己的興趣。他幫人家忙，不計較人家的報酬，但是給他吃，給他住，他可不拒絕。他所賴以為生的並不是他這些機巧，而是賭博。村中沒有什麼娛樂，一切婚喪喜慶，賓至客留，總是用賭博作為款客餘興，他總是一個最好的招待員。他熱心於做一切招待上的小差使，坐下打麻將，挖花，打撲克，他都有把握。一到正月，村中常常有外人來做莊推牌九，這時候愛玩賭的人都要看重他。他站在旁邊瞧，瞧準了路數來押，十分之八總是有把握的，因此好些人都想跟著他押。據說有一次有一個莊家賄賂他，叫他故意往輸方面賭，讓大家跟著他輸，他在暗地裡再與莊家分贓，他不幹；他說如果莊家給他頭錢，他可以不賭，但不能「私通賣友」。這件事情很得村中稱頌。所以他雖是懶，大家還是喜歡他，要他待在村裡。

農夫裡面給我印象最深的是大森叔。他每年要種許多瓜、甜瓜、西瓜、蜜凍瓜，總是又大又甜，城裡買不到的東西。他在瓜熟的時候，總常在守瓜所裡，我們一去，他總是請我們吃瓜。他同汪生伯伯都是母親的族兄，幼年時他們來往得親，所以每當我回家的時候，他總是叫我帶許多瓜給母親。

我們男孩子們都在一起玩，姑娘們可都躲在家裡，她們要幫著做家裡的事情。可是做姐姐的都有很大的權威責備弟弟，年齡相仿的妹妹也是，許多孩子不怕他們的父母，倒怕他們的姊妹。男孩子常常玩得闖禍，這時候受大人們責備還好受，但是受姊妹們責備真不好受。有時候責備得過分也使孩子們發火反抗，可是男孩子一發火就得罪了姊妹，她們反而一句不響哭起來，不吃飯，最後還是由兄弟們去陪小心。村中有一種野果叫做「烏梅」的，一到夏天就熟成烏黑，它大都長在墳堆荊棘裡，我們都愛去採，但常常把衣服皮膚弄破，這時候就要央求姊妹們來縫。我們愛採這種「烏梅」，一半固然愛吃，但一半遠是好勝，採來了我們總分給姊妹們吃。在這些姊妹們裡面，我頂想得起來的是劉三姆的女兒曉英，她拖一根烏黑的辮子，夏天裡穿一件月白夏布衫，那時候袖子時行倒大，她穿著似乎特別合身，下身總是穿一條玄色的褲子，說起話來很輕，但很確定，看起人來眼睛張得很大，發出一種有威儀的光芒。她很少笑，也不同人爭長短，偶而在孩子群裡不合意，她張大了眼睛看一眼就不同你們玩，獨自回家了。我沒有同她爭過什麼，但有一次我在路上碰見她，她叫我到她家去，她拿出許多藕，切好了給我吃，最後她說我初來的時候很好，現在嘴裡常常帶著罵人的口頭禪，勸我以後要隨時注意。不要把難聽話帶到城裡去。

自從那天以後，我慢慢的當她就是我姐姐一樣，不時到她家去，她也對我特別關切，後來大概因為我病了一場，不能夠到外面同男孩子們玩，所以有好些天都是她伴我。那時整天跟著她的有一個鄰居叫做秀菊的女孩，那時候才六歲，梳著兩角辮子。圓胖胖的臉龐，配著小小的嘴，笑起來舌尖舐著口角；玲瓏的眼睛裡飽含著漆黑的眼珠，是一個非常聰敏討人喜歡的孩子，只是脾氣太壞，一暴發的時候非常不容易收拾，連她母親都沒有辦法。可是曉英對她有特別的魔力，輕輕的幾句話，就可以把她帶出爭吵或是非場合，到別處去玩去，這點使我很佩服曉英。因為曉英的關係，秀菊也慢慢同我親近，有時候曉英因為家務忙，她就愛跟我在一起，她頂喜歡跟我去放風箏，我雖然覺得她跟著我有點麻煩，但因為喜歡她，並且常常是曉英的囑托，也就不覺得討厭。我病好以後，雖然又常常出去玩得很野，可是心裡常惦念著曉英。傍晚時候，曉英做完了事情，帶著秀菊，常在門外等我，我如果帶回一點野果野花，小魚小蝦，總可以博得她們許多時候的高興。有曉英在一起，我同秀菊似乎都不會感到寂寞，她會找花瓶出來教我們插花，找魚缸出來叫我養魚，找食物出來餵魚，叫我們瞧著好玩。冬天在夜裡，我們常常坐在灶下講笑話。曉英會想辦法，常常把裁縫馬二找來，由秀菊同我嚷他講故事。秀菊很愛聽故事，但我覺得嚷裁縫馬二講故事更有趣，他總愛擺架子，要三長四短的推托拉扯才肯講，常常等他講的時候，已經不早，講起來又是又長又多。秀菊經過了一陣笑鬧以後，再靜下來聽故事，所以常常聽不多久就打瞌睡，想把她叫醒回家去，她就偏振作著不肯回去，好在灶下很暖和，我們就讓她靠著曉英或者靠著我睡著。我喜歡她睡在我臂上，她睡著了真是像基督教聖畫裡小天使一樣的純潔美麗，面孔總是被灶火逼得又熱又紅，像剛熟透的蘋果一樣有趣，鼻子輕微地掀動著呼吸，小辮披垂下來，散成了隨便你撫理的蓬鬆。還有那小小的胖手，安放在我的手裡，像一朵玉蘭花一樣的柔馴。這使我一直到現在常常愛拿玉蘭花在手裡重溫這記憶。

這是兩個我最記得清楚的女孩。此外還有一個叫做美珍的女孩子，她家離我外婆家最近，她弟弟是我們男孩子中運用竹弓瞄準最準的人。據村上人說，美珍的女紅最好，我們可只從她在冬至節做的香囊上知道的。她會做各色各樣美麗的香囊，有的是童孩，是老翁，有的是虎，狗，象，有的是魚蝦昆蟲，她運用雜色的舊綢舊布，配成了新鮮的色澤，每雙香囊下面垂著可愛的蘇絡。我並不十分喜歡香囊，可是自從曉英提醒我，可以要幾隻到城裡送送人，我也就每次要了幾隻。秀菊是頂喜歡香囊的，她每次總是衣內掛一隻，衣外掛一隻，記得有一年美珍拿出許多叫她挑，她每個都喜歡，怎麼也決不定挑哪一個好，最後還是我替她挑了一個，掛到她脖子上。她看我說好，她才非常高興地決定了。

在楓木村，人情是溫暖的，生命是愉快的，每次到那裡，你遠遠的就可看見人影三三四四在移動，看羊的放牛的牧童散在左近，認識你的馬上會跑上來歡迎你，不認識的會臉上浮起問句的笑容。村頭的狗會對你虛吠，一看你是熟人，它會跑過來對你搖尾招呼，於是你會看見肥壯的雞群在稻場上啄食，一到小河邊，如果在夏天，你馬上可以看到兩岸牛車邊的人，立著的，站著的，在談在笑，在講故事。沙岸上，總可以看到有村女們在洗衣洗米，有的穿紅花衣，有的穿綠邊褲，烏油的辮子垂在頸前，笑容可掬的一邊工作一邊談笑。在清晨，在黃昏，有許多村頭的孩子從一里外的一個小學校來去，他們在路上彼此打鬧，你都可以看到。春天裡，稻場上常常飛著風箏。孩子們也玩踢毽子，拍皮球，大都散在稻場上。夏天的晚間，村頭的人們都會在門外乘涼。孩子們撲螢。大人們談天，女孩子們浴後都帶著芭蕉扇提著竹椅出來，她們坐在一起，玩許多你不懂我不愛玩的玩意。你如果在這時候來，大家會停止一切閑談與娛樂來歡迎你，馬上給你茶，問你飯，問你許多話，好幾家人家來招待你去住。你如果坐下，你馬上可以發現圍著一大圈的，一定有裁縫馬二在講他講不完的故事，有阿陀在講傻話，有跛子阿德在出謎語。除非你在三更時分來，才碰不見人，只碰見狗叫，一到五更就又有人影出現了，農夫們正一個個摸出來到田野去。這是楓木村的風光。你可有到過那裡？這是世界中最溫暖的一角。

這一角世界在我的記憶中是最美的，最安詳的，最溫暖的世界，我長大了以後，無論是求學做事，每當我疲倦煩惱的時候，我總是想到那溫暖的一角，它好像同我母親的懷抱一樣，永遠為我留著溫情與安慰。而每次我可以去訪留的時候，我總是要去多玩些時，而一到那面，我就會年輕許多似的，我會去玩一切我童年玩過的玩意，我會同許多後一代的孩子們去嬉戲，而他們都是他們的父兄母姊的模型。

但是時光還是無情的，我們上一輩的都慢慢老了，我們的一輩都大了。汪生伯伯最先辭世，大仲哥承繼他父親的事業，同他父親一樣的勤儉。舅父雖是老，但還是很健，不過大部分事情於表哥結婚後，已經交給表哥去管了。表嫂是一個很美麗賢惠的女人，舅母也很喜歡她，她已經有了兩個孩子，慢慢地會說話了。裁縫馬二自己有了一家鋪子，她的太太同孩子都會做活，他自己大部分時間還在接貨送貨收賬上面忙，還是整天說故事。篾竹阿寶已經過世，他的徒弟代替了他的位置。阿陀老了，已經不能到處打雜，在洪家看門。跛子阿德在一家有花園的陸家看花。

曉英早就出嫁了，嫁給十里外一個在外面學五金的孩子，家裡有幾十畝田，她幫同她翁婆住在鄉下，有時候還時常帶著一個非常可愛的孩子回來。秀菊長大得非常標緻，始終為大家所喜歡。美珍嫁到附近的村莊，隨著丈夫到上海去了。男孩們都大了，成家的成家，出門的出門，但大多數都是承繼他們父親的事業辛勤愉快地活在鄉下，而出門的孩子，我應當也算是其中之一，也半載三月逢年逢節會回來，回來的時候碰在一起，總感到非常溫暖快樂。

但這些還是抗戰以前的事，抗戰兩年後，楓木村就淪陷了，抗戰八年中我都在自由區，我所聽到的只有楓木村大概遭了一個劫，但除此以外，我再無從打聽較詳細的消息了。

這次，我一回到江南，就擺脫一切到楓木村去。

去楓木村要先到落霞鎮，以前到落霞鎮去，從城裡要坐火車，現在因為鐵路在抗戰時拆去了，所以只有坐船，到了落霞鎮，要走二十多里路。

落霞鎮對於我本來也不是很生疏的地方，但是經過八年的分隔，鎮上的人們也都不認識我了，我不知怎麼，有點怕羞地不敢瞧人，為要急於趕路，我匆匆地就走出了鎮頭，出了鎮頭。我才感到落霞鎮似乎遠比以前寒傖而蕭條了。

展開前面是田野，循著石板路前進，看我前面的山就有一種說不出的親切，好像它們時時在對我招呼似的。我跨著輕鬆的腳步向著山走，似乎山也展開著懷抱向我迎來。我不但沒有累，反而感到非常興奮的慢慢地跨進山去了，跨進了山，翻一個小嶺，循著山路走，不過一小時辰光就可以到楓木村。

這是深秋的時節，沒有楊梅可以讓我摘食，樹葉也都已枯黃。我登上了山嶺，望望楓木村，看到了隱隱約約的輪廓與兩株龐大的楓木，我幾乎想叫出來，叫喚村頭每一個人來看我回鄉。但是這是不可能的，自然，路還隔著十幾里呢。於是我匆匆下嶺，循著山路走過去，山景與以前完全不同了，竹林顯得很少，樹木更是衰減，斷株殘枝中，都是斧痕火跡，我用我最快的速度走這十幾里的路程。

我一心惦念著楓木村，沒有注意四周的田野，但田野的四周使我感到完全不是當年的景色，不該綠的綠著，不該黃的黃著，一種冷靜孤獨蒼涼之感暗襲到我的心頭，但因此我更期望早到楓木村，可以有一溫暖與愉快來洗我心頭蒼涼的感覺。

但是越近楓木村，這份蒼涼的感覺越加濃了，等我可以看到楓木村的時候，我幾乎不相信這是我以前曾經來過，住過，玩過的楓木村。

我加緊了腳步，向著那兩株楓樹奔去。

一株較小的已經被砍去一半，零亂的樹枝掛著稀少的黃葉伸在右角，顯得殘破的缺憾。一株大的樹幹上被火燒成一個焦黑的缺口，樹上的枝葉都已砍光，幾丈高的大樹現在看起來像一椿大木樁。我憑吊了好一會，才往前走過去。我想到了小河邊，總可以看見一個熟人，但是我不但沒有看見人影，連水影都沒有看見，河面伸出闊葉如劍的青草，岸邊本來整齊的石階倒成零亂殘缺，我一步一步小心地踏下去，濘滑的青苔與腐草以及崎翹的石板使我步步都想到過去在這裡洗衣洗菜姑娘們的腳痕。突然我聽見撲通一聲，我才看到浮萍破處的水紋是一隻青蛙從岸上跳下水去，我馬上想到汪生伯伯，不知大仲哥是不是還養著許多鴨子？太陽已經斜下來，四周沒有人語聲，狗吠聲，我感到寂寞，我拾起一塊瓦礫向水上拋去，我聽見撲通一聲，但隨即我聽見鴟鴟兩聲烏鴉的叫聲，我抬頭看去，它已經掠過小河飛到楓樹上去了。

我匆匆上岸，向著稻場走去，但竟碰不到一個人，也沒有一隻狗迎出來，更看不到一隻牛，一隻羊，一隻雞。稻場上現在都是雜草，臨近人家之處還有方塊的隙地，活像是禿頂的頭蓋。前面牆垣已經倒了，那就是陸家的房子，我知道，跛子阿德就在那家看花園的。我跨了進去踏著瓦礫，從旁邊洞穿的殘壁，踏過倒下的窗臺，到了所謂花園的園地。其實那本是很小的地方，並沒有亭臺樓閣。但是主人喜歡養花，所以當初有不少的花壇花架花盆，現在是什麼都沒有了，只有東面的角上有一株桂花正開著很香，而竟沒有人來理它。北面角上堆著破花盆，我聽到蟋蟀的琴聲。我喊了一聲，沒有人應，又喊了一聲，也沒有人應，於是我一直穿過去，那面牆半斜著，牆頭已經倒了，門板似已被拿去，石門框還在。我穿出石門框，到了石板路，我看到兩個襤褸的孩子在不遠地方玩搭房子。於是我匆匆過去同他們搭話，但是他們只是望望我，一半驚奇一半害怕似的不理我。最後一個較大的說：「不管他，我們玩我們的。」

我無精打采的走開去，一直順著石路往前走，無意識地我轉到小巷裡，那是去汪生伯伯家的路，也是去我外祖母家的路，但是這一帶房子，幾乎沒有一個屋尖還是完全的。我繞到汪生伯伯的屋後，看不到一個人，也看不到一隻鴨子。本來伸到河面的籬笆現在也沒有了，但還有一二根竹片，爛在水草叢中。應當有一隻破爛的趕鴨船吧，但是沒有！

我的舅父母在抗戰期中前後過世，這是我早就知道，我還知道表哥與表嫂到外埠去了，但怎麼也打聽不到他們的地址。現在一看到他們圮塌的房子，我不敢再到瓦礫中去尋我童年的歡樂。我由右面繞出去，低著頭往村口走。我一直沒有碰見人，更沒有碰見熟人，我心裡什麼也有想，像真空一樣的空虛，忽然我聽見了一點聲音，我以為是什麼人來，也許是熟人，我有驚喜的情緒來迎這個聲音，但我只見到一隻嶙瘦漆黑的黑貓嘴裡咬著一隻蛤蟆從瓦礫中跳出來，敏捷而又膽小地掠過我穿到殘垣裡去了。

我繼續地往前走，我沒有目的，但眼瞧著已經走到村口。那面就是矮小的瓦亭。但我走近那裡，我發現那瓦亭的三壁都已倒了。木架殘敗，糞缸露在外面。但那未倒的一壁，像是紀念碑似的立在那裡，我繞過去，看到灰黃色壁面上的黑字：

殺盡姦殺我們父母姊妹的日本鬼子！

抗戰到底！

我楞了許久，失神了許久，有輕寒提醒我天色已暗下來，我想到我應急於尋一個地方住宿。我折回來，向村裡走，我想從新尋到剛才所見到的兩個襤褸的孩子，問他們幾個熟人的下落。

我怕他們已經離開那裡，我加緊了腳步，到剛才見到他們的地方，但他們已經不在，我於是只得往前走，尋比較完整的房屋，看是否有人住著。

忽然在一個轉彎的地方，我看到一所小屋有一點火光，我敲門。

敲了許久，一個老嫗來應門，她一面嚷著問：

「是童三娘麼？」

「是我。」我說時，她已經開了門。

她發出驚奇的眼光看我，我想我應當認識她的，但怎麼也想不出她像當年的誰，我告訴她我是這裡的孩子，出門多年現在才回來，問她現在這村裡還有誰住著。說了半天，她還是不懂，後來知道她已經完全聾了，她不耐煩的最後指指遠處的燈光，意思大概是叫我到那面去問去。我也就不再麻煩她，向著那面燈光走過去。

到了那燈光的面前，我就聽見剛才在路上玩的孩子的聲音。

我敲門。

「誰？」就是那個較長的孩子的聲音。

「是我。」我說。

「你是誰？」

「有什麼事麼？」一個女人的聲音。

「我來尋人的。」

門開了，我先看到那個大孩子，那個小的拉著那位婦女的衣角。

那個女人，穿著破舊灰布的棉襖，蓬著頭，用驚奇的眼光看我。那對眼睛是美麗的，眉毛，鼻子，嘴，天色很暗，我只看到一個輪廓，她很瘦，微微彎著背。我於是非常和氣地把我同老嫗說的話用鄉音同她講。突然，她張大了眼睛，笑了，眼淚掛在她的眼角。

這笑容我是認識的，但我沒有叫出她是誰，她先叫了：

「你難道是眉山哥？」

「是的，你是秀菊。」我說著跨進門去。

「你還認識我？」她說，在較亮的油燈光下，我看到她臉紅了，眼睛裡閃出含羞的光芒。

「怎麼樣我都會認識你的。」我說。

這房子以前屬於誰的，我記不清楚，但我記得我是來過的。小天井裡堆滿雜物，跨過天井，檐下是一張板桌，板桌上放著油燈。秀菊拿了那盞燈，就邀我進雙扇開著的板門，她就隨著我後面進來，那個小的孩子還是拉著她的衣角，大孩子跟在後面。

那是一間堆滿雜草亂柴的廚房，我還沒細看，秀菊指旁邊的門叫我進去，我從廚房的泥地跨到裡面的地板。

裡面的一間有兩張床，都掛著補過的灰黯色的帳子，一張暗舊的黃漆的方桌放在窗口，一張半桌放在左面，許多零星的雜物堆在床前床後。

秀菊讓我坐下。一瞬間我有許多話擁到喉頭，但是好像有許多人擠在門口反面擠不出去一樣，我怎麼也說不出來。

秀菊看我楞在那裡，她說：

「你還沒有吃過飯吧？」

「是的，但是我不餓。」

「那麼我去燒點東西給你吃。」

「不要客氣，我只想同你談些……」

「我也沒有什麼請你吃，但你沒有吃過，不吃是你的客氣了。」

「回頭再說，好不好？」

「不，不，」她說：「我同你燒去，你也到廚房來坐，我們還是可以談。」

她就走了出來，兩個小孩子跟著她，我也跟到了廚房。

她在灶下發火，叫我也坐在灶下。等她火發好了，她說：

「你還會燒火麼？你管著，我替你燒點菜飯吃。」

說著她到前灶去，我拉一個大孩子坐在我的旁邊，我隔著灶問秀菊：

「這兩個是你的孩子麼？」

「是的。」

「那麼他們的爸爸呢？」

「爸爸打東洋人去了。」大孩子說。

「沒有回來？」我辛酸地問，問了我就後悔了，我覺得我是不該這樣問他的。

「他不回來了。」大孩子說。

「你叫什麼名字。」

「我叫佳勝，我弟弟叫佳利。」

我拉著那孩子的手，一瞬間我回憶到過去拉秀菊的手的日子。我問秀菊：

「你還知道曉英姐的消息麼？」

「死了！日本人來了，要強……，啊，她殺死了一個日本兵，就自殺了。」

半晌我沒有話說。秀菊叫我停止燒火，一會兒她拿一粗碗菜炒飯邀我到裡面去，我說：

「就讓我在這裡吃吧，你也來坐著，我們同小的時候一樣，大家談談。」

她於是把一碗菜飯交我，又拿了一雙筷子給我，最後她燉上了一壺水，於是坐到灶下來。她走進去坐到裡面，因為那面是燉水的小灶洞。佳利一句話都沒有，跟著她進去。秀菊坐在我的旁邊，佳利坐在頂裡面，他似乎已經很困了。秀菊在小灶洞裡發起火來，我就在旁邊吃飯，火光融融，照紅了佳利的臉，他怠倦地倒在秀菊懷裡。秀菊的臉在火光反映中紅得使我想到她童年的面頰。佳勝的臉也被照得通紅，他的手始終在我的手裡。在我吃飯的時候，它放在我膝上。他像已經同我很熟似的，不時用他潮濕和暖的手撫摸我的膝蓋，身子也慢慢的靠到我的身上。等我吃完了飯，他很勤快的接過碗拿到灶頭去，回來又把他和暖的小手交我，我用右臂挽到他的肩胛。秀菊似乎很動容似的露出可愛的笑容望望我們，我驟然發現了秀菊童年時出眾的美麗仍舊在她的臉上。

「你一直在這楓木村麼？」我開始問。

「你不知道我嫁到天塽村童家麼？他是壯丁，打仗去了。後來天塽村淪陷，游擊隊抵抗了一陣，日本人把天塽村都燒了，我同家裡人失散，帶著孩子回娘家來，那裡曉得娘家也一個人都找不到，房子也燒盡了，所以就在阿龍家裡弄兩間房子待了下來。」

「這裡難道就沒有一個我們以前的熟人了麼？」

「死的死，逃的逃，我也想打聽，但打聽不出來，只有箴竹阿寶的娘，還住在這裡，可惜她聾得什麼都聽不見了。」

「啊，就住在不遠，是不是？」

「是的。」

「那麼箴竹阿寶呢？」

「也打仗去了。」秀菊說。

我們間暫時靜默。灶火融融，萬籟俱寂，佳利倒在秀菊懷裡睡覺了，佳勝也在我旁邊打呵欠。突然秀菊說水已經開了，叫佳勝去泡兩杯茶。我正阻止他時，佳勝已經勤快地站起來，回頭拿了兩杯茶來。

我看剛才的談話使我們倆都感到說不出的悲涼，所以我喝起茶就同她談這幾年來我的經歷。佳勝慢慢地也在我懷裡熟睡，灶火已經熄盡漆黑，我們一直不想站起，最後我看油燈都快滅了，我說：

「秀菊，你去睡吧。」

「你呢？」

「我就在這裡打個瞌睡好了。」

她不響，沉吟了半晌，她說：

「讓我抱孩子們去睡，我來陪你在這裡談一晚。」

於是我抱了佳勝，秀菊抱了佳利，又拿了油燈到臥房去。這一次，在床上，我看到一個掛在那裡的黯舊的香囊，我認識是美珍的作品，但是美珍呢，我想問而沒有問。我看她熟練地把睡熟的孩子安頓好。又伴著她到灶下來。

我於早晨七點鐘離開楓木村，偷偷地把我可留的錢，留在廚房的一口小竹櫥裡，我精神非常煥發。

「楓木村還是我最溫暖最美麗的世界。」我堅信著。

等我走到山嶺上回望時，我看到楓木村的將來。

「以後我抽空就要回來，我會常常的回來。」

我發了這個願望以後，我才走下嶺去。

一九四七年二月二十五日，下午。

幻覺

一

天是陰的。灰藍色的雲，濃濃淡淡的一層一層，一片一片的從南向北飛去。淡月遺留在天空，星星都已零落，風很大，我把手電筒插在衣袋裡，拉著帽邊，豎起衣領，望著白亮的東方，費勁地走向觀日臺去。

觀日臺下是凌亂的石岩，在那塊平頂的大石下，我又看見了那個和尚，他還穿著灰色的博大的僧衣，戴一頂黑絨線的僧帽。就在我快走近那些石岩的時候，他忽然轉身跨到下面的石岩。見了我，毫不驚奇而非常客氣地說：

「您早。」

「早。」我喘著氣說。

「今天又看不到日出了。」他說著似乎叫我不要多費事的上去了，他很敏捷地從石岩一級一級的跨下來。

「是麼？」我淡淡地說著還是走上去，回頭望他，他已經毫不理我逕自下去了。

我住在南嶽上封寺凡五天，從第三天起，天天一早就到觀日臺來觀日出。我天天都看不到日出，但我天天都碰見那個和尚。從上封寺到觀日臺有一里之遙，我去觀日臺一天比一天都早，今天我出寺門時還用手電筒照路，但是那個和尚竟天天比我早來。

第一天我是在路下碰見他的，我們有幾句寒暄，我知道他也是上封寺的和尚，那天天已很亮，所以我得看清楚他的面目。他長得眉清目秀，談話時嘴唇露出白齊的稚齒，眼睛閃耀熱情的光芒。笑容似乎永遠掛在眼梢下，好像很懂得情趣似的，但沒有淡泊超脫的味道。如果他是一個大學生，騎師，球員或者空軍，我一定很喜歡他，但是他竟穿一件灰色的僧衣，領間露著潔白的僧衫，頭上戴著烏黑絨繩的僧帽，腳下穿著挺直潔白的僧襪及灰色無瑕的僧鞋。我不喜歡年輕的和尚，對這樣風流瀟灑的和尚我尤其感到膩俗，而且第一天他就是說那句掃我興的話：

「今天是看不到日出了。」

第二天他又說了一遍，今天他仍是說這句話，我心裡更感到不舒服，我決心下一天要比他先來。等他下來時，我也同樣說一句去掃他的興。

我存著這樣的心，於第二天早晨，天沒有亮就登上了觀日臺。

風很大，滿山都是煙霧，雲山雲海在我四周上下馳騁，疏星與殘月，在天際時隱時現。

他果然還沒有來。附近四周都沒有樹木，沒有一個其他的生物，偌大的宇宙中只有我衣袂與雲瓣的飛揚，我像是古代的名將占領了山崗，在灰黑的煙霧中，默然體驗到天地的悠悠。

突然有電閃飛來，劃破了雲層與山谷，接著是一陣黝黑，於是又是一個電閃。星星點點零落，灰雲藍雲層中，東方啟示了一條銀白光亮。

我開始意識到那位應當來的和尚，回頭來望，果然看見一個黑影正要從石岩上來。我於是回身從石岩跨下來，大聲地說：

「您早。」

「早。」他似乎並沒有注意到我傲慢的聲氣，態度泰然地說。

「今天怕又看不到日出了。」我說。

「今天一定可以看到的。」他肯定地說，就又一步的跨上來。石岩的堆積是凌亂的，級層的距離高低很大，但是他跨得毫不費力。

他的話很出我意外，我一時竟無話可答，自然也不想下去，於是假作迎他上來似的等他，待他上來了同他一同跨到臺頂去。

東方天空的那條銀白的光亮像背後有電火在燃燒一樣，白光一縷一縷的跳出來。四周的雲天滲成灰白又慢慢地變成了白亮，而那白亮的條縫已裂成了銀渠，銀渠逐漸地寬闊起來，中間有金光跳出、流出、瀉出、奔出，於是雲天泛出無數的金波，金波淹沒了銀渠。接著金波凝聚成紅練，一角紅球從地平線上浮蕩起來，一跳一躍，時浮時沉，半吞半吐，忽縱忽斂像含羞納嬌似的伸出來。

我目不轉瞬地望著天際，已忘忽了我身旁的和尚。這時我才注意到他早已不在我的身邊，他遠在觀日臺石岩平面的右端，離我約有二十步之遙，用打坐的姿勢坐在那裡，凝神注睛在天日之中。

太陽已經整個的浮上來，四周的雲彩從金紅金黃淡開去，月白淺紫，淡灰銀藍，散聚在條紋斑斕的天空。於是我望見遼闊的煙霧籠罩著的幽綠灰棕的山野，越過山野是一個青葱鬱鬱的山峰，看來是低於我們所據的峰巒，但太陽這時候正從它的後面湧上來。一縷一縷的金光照出那葱蘢的翠叢，閃著點滴斑斕的反光，浮起一層層縹緲變幻的水氣。

天已經亮了，風小下來。我深深地呼吸著，開始注意周圍的環境，漫步到右端去。

那和尚在那面打坐，嚴肅端莊，極目於葱鬱的小山。凝神處眼睛灼爍，銳利如劍鋒，但沉著深邃，完全似發於心底，具有信仰與至誠的激動。面上一無表情，但似乎很用力，像起了微微的痙攣。兩手屈在腿膝間，握著念珠，但並未在數撥，嘴唇堅閉，也並未念動。

我本想同他說話，但一看他這樣虔誠的坐在那裡，我精神為之一變，一瞬間我對他有一種說不出崇敬的情感，我不敢打擾他，在稍遠的地方注視他面部與眼睛的變化，他面部的肌肉似乎有一種蠕動，本來平正的前額有好些小塊聳起，兩頰發紅暈，似乎瘦削許多，好像他在一瞬間老大了多年。忽然他眼睛閃出奇光，潤濕的光暈凝聚著，有淚從他的眼眶浮出來。

我對他崇敬的情感，已變成了驚懼。我不覺叫出：

「師父，你……」

他似乎一點沒有聽見，身體漸漸前斜，眼睛張得可怕的圓大，嘴唇微微顫動。我瞻望他所注視的前面，見太陽已經穿著雲層上去，萬條金練投在葱蘢的小山峰頂，天空碧藍，紅霞銀雲駛游著如輕裘浮錦。我凝視這無限的景色許久，看太陽逐漸升高，幽綠灰棕的山野慢慢清澈起來，才再注意到我右面的和尚。

他這時似乎已經由激動回到了平靜，端坐得比較安詳，前額的小塊已經平復，兩頰也豐潤起來。眼睛閉著，嘴唇微顫著似念些什麼，兩手數撥著念珠。

我看他像在那裡入定，自然更不敢擾他，只站在較遠的地方望著他，我對他一時有許多好奇的疑問，但尋不出較好的解釋。

現在太陽已經很高，兩山間的山野更見清澈，田隴阡陌，人煙村落，隱約可見，而對面葱鬱的小山，也似乎離得更近。天色碧藍，雲瓣淡遠。和風輕拂，也全無日出前之厲急。突然，我右面的和尚霍然站起，深深地呼吸了兩下，意態瀟灑地回過身來。他似乎到那時候才意識到我的存在，但並不驚奇。活潑和藹，眼梢掛著微笑地說：

「先生，你看到日出了。」

「是的，師父。」我說時驟感到我自己的淺俗渺小，於是接下去說：「自然我所見的只是浮淺的現象。」

「你是說現象的下面還有什麼神祕的實在麼？」

「我想一定是的，像你所見到一定不是我們這種凡人可見到的。」

「這個你怎麼知道呢？」

「我想這同書法家看字，畫家看畫一樣，同常人所見到的不同。」我說著又覺得這個比喻不十分精確，又說：「自然這只是技術的觀摩，而自然界是貫通宗教情感的。」

「宗教情感……」他低下頭，笨拙地自語著：「也許是的。」

於是又恢復瀟灑和藹的態度。大概是看我要下去的樣子，他也就從觀日臺跨到下面的石岩去，我就在他的左面。

「是不是你因為由此可以悟道參禪呢？」

「悟道，參禪……」他自語著，浮起了一種痴笑，這種笑法在他是少有的表情，而我竟喜歡他這個痴笑。可是他忽然抬起頭來，恢復了舊態，露出了白齊的稚齒說：「先生，還預備住幾天麼？」

「我想再住兩天。」

「這裡幾處名勝都玩過了麼？」

「是的。」我說：「而上封寺竟是這樣清靜，多住幾天也很有意思。」

「……」他不響。

「一共有多少和尚？」

「三百個。」他心不在焉地說。

「似乎都很年輕。」
「不見得。」他似乎不喜歡我囉嗦。
「至少你比我年輕。」
「不見得。」
這時候我們已走回了石岩，往山坡下去。我說：
「你出了家很久了麼？」
「四年。」
「讀過大學？」
「是的。」他不理會似的說。
「厭世麼？」
「哼……」他一聲痴笑。
「失戀？」
「哼……」又一聲痴笑。
「看破紅塵？」
「哼……」又一聲痴笑。
走下那山坡，就到了回上封寺的山路。他似乎不耐煩我的囉嗦，我也就不說什麼了。
到了上封寺，他又用他常露的笑容同我告辭，從此一天中就沒有再會見他，而我的心裡竟整天忘不了他。

第二天早晨我又到觀日臺去。天色這是朦朧糊塗，但是我一上石岩，就看到他在臺上散步。我用手電筒照看他說：

「你早。」

「你早。」他說：「今天又看不到日出了。」

他雖然那麼說，但並不下來，還是在臺上散步。我上了臺，望望煙靄彌漫的四周，看已白的東方天色，彼此沒有說什麼。那天風雖不大，而陰雲時聚時散，看來他的話是對的了。我於是開始問他：

「看不到日出，你也就不打坐了。」

「是的。」他站住了說：「看不到日出，我也看不到什麼了？」

「看不到什麼？」我好奇地問：「難道你所看到的神祕是依賴日出的一瞬間的啟示麼？」

「也許。」他說。

我看他不願意我問他這些。我就另外尋話同他談起來，不知怎麼，這一談就談得很投機。在天色大亮，相偕回寺的途中，我們談到了茶，他告訴我這山上並不出什麼茶葉，可是他自己是一個講究吃茶的人，他藏有很講究的茶葉，叫我夜裡九十點鐘的時候到他的房間去品茶。

回到寺裡，他告訴我他房間的所在，就匆匆的走開了。

一天中我沒有見他，到夜裡，我尋到了他的房間，我先從玻璃窗看到燈光，於是我輕輕敲他的門。他像是有準備似的來應門，接著就殷勤地邀我進去。
他的房間並不大，但是整潔萬分，一塵不染。桌上的煤油燈在他的房內似乎倍增了光亮。家具都是金漆的，閃耀著反光。但靠左面放著一張未漆的板桌，似乎是剛搬進來的，桌上放著黃泥炭風爐，上面煮著水，旁邊是精緻的茶具，放在一隻黑色福建的漆盤上。
我被邀坐在一把金漆有黃色墊子的椅子上，我就座的時候，看到一副對聯，我沒有記那上面的聯語，但我注意到寫著「墨龍和尚法正」字樣，我坐下的時候，他又去注意風爐，我看到我對面牆上一張油畫，畫的是江南鄉村的風景——田野，小河，短橋，綠樹，水車，就在最近的水車地方，樹蔭下坐著一個女孩子，面目不清楚，手裡拿一根閑草，嚙在嘴上。我雖是望著那幅油畫，心裡可惦記著他的名字。所以在他回身來招呼我的時候，我問：
「墨龍是你的法名麼？」
「不。」他眼梢掛著笑容說：「是我的別號，我的法名叫大空。但不知怎麼，人們反只知道我的別號似的。」
「是因為你畫龍麼？」
「也許就是因為那個緣故。」他說著，一見泥爐上的水正開，就去泡茶。是一把紫沙茶壺，很小，他倒了一杯給我，他說：「您先嘗嘗這個，回頭我還有別的茶葉。」
「我對於喝茶是外行。」我說著接了茶，心裡可想到我在寺中客室裡所見的淡墨行龍等畫圖，我想一定是他的手筆。我喝了一口茶，又注意到對面牆上的那幅風景油畫，我問：

「您可是畫中國畫？」

「自然。」他說著，看我在注意牆上的油畫，又笑著說：「那是十多年前的玩意兒了。」

「那也是你畫的？」我問著站起來仔細去看那畫。

「不成畫。」他說：「不過過去的作品只剩了這一張，所以留著。沒有什麼道理。」

不知怎麼，我忽然看出那幅畫上有一點心理的錯覺，在那幅畫面上，主題自然是最近的樹蔭與水車以及水車旁的女孩子，但是畫家似乎有過份在那個女孩子身上尋求什麼似的。這現在想起來該是一種因緣，我把這些感覺同那天與他的對白與痴笑聯想起來，我很想問問那個女孩子是誰，但恐怕觸惱了他。措辭了半天才說：

「這個女孩子真幸運，可以在你的畫中，在這個名山名寺中長存著。」

「幸運？」他露出意外的痴笑，用不平衡的語氣說，但隨即平靜下來，轉身到我座位旁几上為我斟茶：「這茶葉還喜歡麼？」

「好極了。」我說著回座。大家半晌沒有說話，細味著手中的名茶。他微顰著，目光望著空虛，若有所思。我說：

「這茶真好。我是好久沒有這樣清靜的享受了，在這樣的環境裡，四周萬籟無聲，能夠同你一同喝這樣的茶，這是再美麗不過了，將使我在以後勞碌的生命永遠記得今天的夜裡。我希望我們可以盡情地談一夜，比方說，你那天告訴我你出家才四年，但是你沒有告訴我為什麼要出家？我相信，在世俗中忙碌的人，一旦到這樣的高山古寺裡，很容易動出家的念頭，比方我在這幾天中也時常想削髮為僧，但是一想到父母妻子，朋友社會，就很難下這個決心。你年紀似乎很輕，怎麼能獨有這個因緣？可是宿根比較清淨嗎？」

「緣，是的，一切都是緣。」他說：「我是學藝術的，我是崇拜美的人，出了家以後，我才獲到了美的正果。」

「但是藝術與宗教似乎並不是依賴同一種宿慧可以體驗的。」

「但是佛法無邊，它是超宗教的，它只是一個境界，這個境界可以容納一切，諸凡宗教、藝術、哲學、科學的極境，任何人的體驗就自然而然進了這個境界。」

「可是佛教的理論同科學總有矛盾的地方。」

「其實佛法並沒有理論，任何的理論都是佛的理論。它是一種人的體驗上的境界，研究一切純學問的人，到了最高的體驗境界就進於佛了。」他和藹而安詳地說。

「這是我第一次聽見的新鮮的理論，似乎同許多高僧所說的都有出入。」我說。

「這不過我個人的體驗，而別人自然有別人的體驗，這些體驗都不成為理論。總之人人不同的體驗都可進於佛，這也就是因為佛法是無邊的。」

「那麼你可以告訴我你的從藝術到佛的經過麼？這一定是非常有益於我體驗的。」我說。

「我從小愛藝術，愛好美，我追求美，陶醉於美，但結果我反而墮入於最醜惡的虛幻中，我不安於痛苦，但不能自拔，一直到我出家了，我靈魂才平靜安詳起來。」他忽然露著淡淡痴笑說：「這是很平常的經歷，但人人接近佛的經過實質上都與我相仿的。」

「你以前沒有家庭？」

「沒有。」

「沒有結過婚？」

「沒有。」

「戀愛過麼？」

「是的。」他說：「但是真正愛情的美麗，我在出家後方才體驗到。」

「這個我可不懂了。」我說：「出家人難道還以色為非空麼？」

「這因為空即是色，一切純美的東西原在大空之中。」他笑著站起來，又到風爐邊去弄茶，於是他說：「我現在給你嘗另外一種茶。」

窗外有竹，遇風蕭蕭，這是初秋的夜晚，凄切的蟲聲喈喈可聞，更顯得這世界的清靜，他沏了茶，這一次他用的是一隻圓形的碧綠的瓷壺，沏好了，倒到茶杯又倒回去，反復地倒了好幾次，最後倒了一杯給我，茶杯也是碧綠的，但杯裡則是潔白如玉，我淺淺地喝了一口，這是我平生最欣賞的一杯茶，它不但像洗淨了我一切胃裡的污濁，還像洗淨了我腦裡的雜念。

「我倒並不是怕告訴你我過去與現在的體驗。」他也同樣的拿了一杯，坐下來說：「而是在我覺得很平常的體驗，在別人以為是神奇的，荒誕的。所以還是不說為好。」

「許多宗教上的體念，我雖是不信，但我向來是尊敬的。比方基督教裡就有見上帝或聖母的傳說，我想信仰所到，這也許可能的。且不管他是幻覺或是實體。」

「其實幻覺與實在也很難分，實在是多數共同的幻覺，幻覺則是個人的實在。」

「這也許是真理。」我說。

「那麼請你不要驚奇，我來告訴你這幅畫，那畫在你是一幅平常的畫，在我則是我的過去。我可以隨時從那畫框裡進去，向那田塍走過去到每個水車的旁邊，我馬上可以聞到那田野的氣息，摸到那樹，那草，聽到水車的聲音，看到那牛犢遲緩的步伐，看到那個女孩子，她叫我：

「墨哥，墨哥！」

二

「墨哥，墨哥！」這是誰叫他呢？一個女孩子的聲音，這樣早。

他猛然想起來那是地美，一定是地美，是他約她一同去繪畫的。

那是二十年前的事情，李墨龍剛剛從美術學校出來，到他的姑母家裡去過夏。

這是一個僻靜的鄉村，村後三里地左右是山丘，村前是一條小河，河外是一片禾田，沿河有許多水車，安置在樹叢下面。

當墨龍走到這小河的石橋上，正當夕陽西墜的時候，河面閃出粼粼的金光。他回頭望去，聽到水車軋軋的聲音，覺得那樹葉叢下的幽暗處，有一種神祕恬靜的意境，使他想到荷蘭風景畫中的磨坊。

——那麼我明天早晨就先從這裡下筆吧。

第二天早晨，墨龍就在橋上展開畫幅，那時水車軋軋作響，河面金波閃耀如錦，一眼望去，沿著河岸，有四五部水車可收入眼簾，在橋端一架最近水車上，樹叢裡藏著神祕的恬靜，耕牛一隱一現的在轉動。就在這神秘的恬靜之中，他驟然看到樹蔭下坐著一個姑娘。坐在那面，從他們的距離，很難看清她的面部。但是她的存在，的確把這幅畫點染出一種色彩，而她這種凝思的態度，正是墨龍所要表現的這田園的靈魂。

墨龍幾乎跳出繪畫的心緒，他覺得和這個凝思的姑娘對這農村的風景的反應，竟是完全一致的。他很想過去同她談話，但是他……雅不願打破她恬美的凝思，於是他就動筆繪這幅難得的畫景，無形之中他已經把這個姑娘做主要的對象，整個的田園好像是她的陪襯了。她穿一雙布鞋，赤著腳，黑褲的褲腳縮在膝上，藍色的上衣，短的衣袖還卷起著，小肘正支在膝上，手中似乎拿著一根草或者一根樹枝，一端正在嘴裡啃著。頭髮不長，但還束成兩個小髻在她的耳後。眼睛凝視河面的金光，一直痴坐著。

地美於是就這樣留在墨龍的畫裡。

後來墨龍知道這個姑娘叫地美，是他姑媽的鄰居，但是他總沒有機會去同她談話，雖然有幾次她到他姑媽家來，但一見墨龍，她就走開了。

一直到有一天，因為十幾里外有一個廟會，墨龍的姑媽雇一隻船，陪墨龍到那裡去玩去，同去的人中，一個就是地美。於是他們有第一次的談話。也是第一次墨龍真正看到地美的面容。她有一雙靈活的眼睛，開朗的眉毛，美麗的嘴唇與如珠的牙齒。鼻子雖然很直，但似乎欠高一點，不過在她圓形的臉中，反顯得無限的天真與純潔，在一個會繪畫的眼光中，像墨龍這樣的性格，很容易聯想起「面如秋月」古舊的形容，在這次同船的機會中，他知道她曾在附近小學畢業，此後教育她的只是三天到一次的報紙。她現在還只有十八歲，這是一個還不知道人生中年齡大一年痛苦多一年的時代。

太陽時隱時現，也有點風；蟬聲的噪鬧更顯得山路的寂靜；四周的樹林閃著可愛的翠綠，似乎減少了夏天的熟光。地美拿著一頂小傘，在前面走著，墨龍時而走在她的旁邊，時而走在她的後面。這鄉村風光是墨龍的新天地，而地美的靈魂尤其使墨龍驚奇。她竟知道這裡每條路，認識每一種植物，她知道它們的存在，生長，什麼時候開花，什麼時候結實，她還告訴他氣候的變化，土地的性質，以及風雨的脾氣。當墨龍攀折附近的樹枝時。她說：

「當秋深的時候，這個山上什麼樹都凋零了，只有它還肯綠著。」

「那麼秋天這裡是很沒有意思了？」

「為什麼？我們大家來砍柴。」地美說了，忽然她很自然地把傘交給了墨龍，過去俯身去折一種嫩綠的植物，她說：

「你知道這是什麼？」

「……」墨龍還沒有回答，地美接下去說：

「這是野蕻可以吃的。」說著她摘了好幾根站起來，一面走，一面剝一根野蕻的外皮，最後她摘了一段，給墨龍說：

「你可以嘗嘗看。」

墨龍有一點猶豫，但是她自管自吃起來，墨龍笑笑也開始吃了。她說：

「怎樣？」說著臉上浮起問語的笑容。

翻過那座小嶺，是一個小湖，她們走到湖濱，濃郁的樹蔭覆著碧綠的草地，四周沒有一個人影，蟲噪鳥鳴倍增了這宇宙的寂靜。

「我們在這裡歇歇罷。」就在那個樹蔭下，墨龍坐下來。

地美沒有說話，自管自剝另一根野蕻，很自然的坐在墨龍的對面，接著遞了一根未剝的野蕻給墨龍說：

「你倒剝剝看。」她說著自己咬一根已剝的野蕻，並沒有望墨龍。但墨龍接過野蕻，可並沒有剝，只是微笑地望著地美。

「你笑什麼？」

「我笑你坐著的姿勢。」他說：「你知道當我到這裡的第二天，你不是也這樣的坐在牛車邊麼？」

「你看見我？」

「不但看見你，我還把你畫在我畫裡了。」

「你把我畫在畫裡？」

「怎麼！你不高興麼？」

「但是，你為什麼不給我看？」地美說著，看墨龍不剝手裡的野蒜，她就摘在手裡的一根交給墨龍。

「回家就可以給你看，但是你只能看出姿勢，看不清你的面貌。」墨龍咬著野蒜說。

「那還好，不然太難看了。」她含羞地笑了。

「怎麼，你不肯讓我好好為你畫張畫麼？」

「你不說已經畫過了。」

「那我是畫風景，你不過是風景的點綴。現在我想在這裡替你畫張肖像。」

「畫好了給我。」

「那麼我替你畫兩張，一張給你，一張我帶走。」

「好，那麼明天就畫好了。」地美爽快地說。

「但是這至少要一禮拜工夫，每天讓我畫一個鐘頭。」

「一禮拜工夫？」

「怎麼？」

「也好。」地美笑了，閃一下烏亮的眼珠，就低下頭去。

三

「墨哥！墨哥！」這是誰在叫他呢？一個女孩子的聲音，這樣早。

他猛然想起來那是地美，一定是地美，是他約她今天一同去繪畫的。墨龍正在整理畫箱，非常高興的答應著出去，他看到地美今天打扮得特別整潔，換上了一件白底粉花的上衣，還穿上一雙粉色的紗襪，她臉上表露著鄉下人進城去照相的情趣，墨龍感到很可笑，但也覺得很有趣，他於是匆匆帶了一點午餐，就同地美到小嶺後的湖濱來，墨龍為地美選擇了一個地位，又展開畫具。

地美的態度竟出了墨龍意外的自然，她坐在那裡像是同樹林芳草一樣的，從地下長出了似的，她同大自然竟無法分開，好像沒有地美，這世界也就沒有這小湖，這樹林，這芳草一樣。墨龍抱著這樣的感覺，開始想像他的顏色。

墨龍起初動筆的時候，心情很舒展，但不知怎麼像忽然遺失了所找到的東西，越畫越不得勁兒，兩個鐘頭以後，墨龍感到熱燥非凡，他知道地美一定也已經累了。

「歇一會吧。」墨龍說著放下了畫具。他抹去額上的汗珠。那時太陽已經高升起來，是初夏的天氣，墨龍脫去了畫衣，坐倒在地上，吸起一支煙，他眼睛還是不斷的望著地美。

地美閃著烏亮的眼珠，手掠著烏黑的頭髮，似乎並沒有感到疲倦，只是很愉快的笑著。她站起來，走過來望望畫面，忽然笑了。

這笑聲劃破了寂靜。地美並不懂畫，這笑聲是天真的原始的自然的，沒有諷刺也沒有輕蔑的成份，但是墨龍可聽出裡面含有「畫得不像」的意義。他沒有說一句話，低下頭把紙煙在草地上劃。

沒有風，沒有聲音，陽光透過樹林與芳草，各種的顏色在四周閃耀，整個的宇宙似乎都是只有光──樹林是光，湖面是光，點點的青草都是光，而地美……

「你餓了麼？」地美烏亮的眼睛在看墨龍，在墨龍抬頭望她時，她問。

墨龍沒有說什麼，他打開帶來的午餐，地美幫同著過來擺布。

下午墨龍又繼續努力畫下去，但越畫離他的意像越遠，最後他覺得實在無法與畫面爭鬥了，他決定明天重新畫過。

但是接連好幾天，墨龍都遭同樣的失敗。總是開始的時候很能夠發揮自如，接著就一點不能控制畫面，畫筆與顏色似乎都在同他作對，這是他過去從來沒有過的經驗。他意識到，他也從來沒有對一個對象有這樣大的慾望，想畫成一幅傑作過。他同地美談話越來越少，而他想發掘地美的東西也越來越多。

每當精疲力盡，提著畫具，背著夕陽回家的途中，一隻烏鴉的叫聲，一聲田蛙的晚歌，以及一片雲的飛揚，一陣風的輕掠，他就感到都來自地美的肉體。以前他感到地美不過是大自然的一部，現在他忽然感到大自然是地美的一部。而地美一切沒有改變──她美麗，她自然，對墨龍無邪的親熱每天在增加，可是墨龍對這些似乎都沒有感覺。

大概是在第五天的晚上，他們從湖濱翻過山嶺回來，那時夕陽已經西墜，天邊閃出無數的金霞，在碧綠的田野中，墨龍走在地美的後面，他注意她每一個手的動律，腳的步伐。他從她為黑的頭髮看到她完美的小腿。在地美從田塍轉彎過去的時候，忽然有太陽光透過她的衣衫的色澤，一種莫名其妙的慾望浮到他的腦際，他想假如她可以裸體地坐在那湖濱的草地上讓他來繪畫。這一個念頭使他覺到他幾天來失敗就因為地美沒有裸體——但是怎麼可以呢？在鄉下，在田野間……他自然沒有說，也沒有要求，他默默地回到家中，但這以後，他心中似乎永遠跳著這個慾望，他不知道用什麼來逃避這不可能的需要。

第二天有雨，他們沒有出去，墨龍想在想像中加一點什麼在畫幅上，但是一點都無法著筆，他始終被昨天的慾望占據著，一直到下一天早晨，墨龍一早就醒來去探看是否是晴天，他無意識地踱出門外。

地上的宿雨正濕，天際只有幾層紅暈，河面非常平靜，水車都靜在那邊，宇宙中沒有一絲聲響，只有一兩聲從遼遠傳來的鵲啼，啟示今天天氣的美好，他走到橋上，不自覺的伏在板橋的木欄上，他不想什麼，但無意識的慾望始終在使他不安，他視線從水面自己的影子，轉到他初到時入畫的水車。

出他意外的，是那個熟識的特有的姿態，靠在水車邊的樹幹上凝想，手上拿著一根柳絲，在嘴裡咬著。

這使墨龍驚異了，地美竟會這樣早在這裡。

「這樣早就起來了？」墨龍一面過橋一面說。

「啊，是你。你呢，這樣早？」地美微微的一驚，接著抬起頭來，笑了。

「今天可晴了！」墨龍說。

「是的，今天天氣一定很好。」地美說著站起來。

墨龍走過橋去，走到地美身邊，對她說：

「那麼今天讓我們早點出發吧。」

「好的。」說著她就同墨龍往家裡走去。

墨龍回到家裡，吃了一點東西，拿著畫具，地美已經來了。他們精神煥發地到湖濱去。在路上，墨龍心上一直浮蕩著那天的慾望。但是他沒有想到這慾望實現的可能，他沒有說話，走在地美的後面。到小嶺上，墨龍自動的采了許多野蒜。到了目的地，墨龍就叫地美坐在地上，叫她手裡拿一根野蒜放在嘴裡，墨龍展開了畫具，看了好一會，很快的把顏色抹到畫幅上去。他覺得今天很有把握，但不到一刻鐘工夫，他舊有的慾望又浮起來，接著越來越強，好像他的慾望是從地美衣領間袖管裡小腿上揮發出來一樣，他不能自主，畫了一身汗，但越畫越不滿意，最後他嘆了一口氣，拋去畫筆，坐倒在地上了，他說：

「我畫不下去了。休息一會吧。」接著他兩手抱著頭，一聲不響的坐在那裡。

地美看他似乎很累，跑過來說：

「怎麼？你不舒服麼？」

墨龍沒有回答，他躺倒在草地上，勉強擠出笑容說：

「畫不好，畫不好，我想今天不畫了。」

「那麼就休息一會，早點回去。」地美說。

墨龍現在覺得除了他有勇氣請地美肯裸體給他繪畫，他只有壓抑自己的慾望，平心靜氣的畫地美今天的姿態。一下午墨龍都想鼓起勇氣來開口，但總是不敢，因為他知道這結果地美可以認為他發瘋，也可以認為他不存好心，告訴她的家裡，他不但不能再繼續畫地美，而且也不能再住在這裡，於是他用各種方法壓抑自己的慾望。等他似乎已經驅逐了慾望，他想可以再畫地美剛才姿勢時，但望見地美烏黑的眼睛，褐色的皮膚，游蛇一樣的曲線，那個心裡的慾望怦然復活，帶著野獸的姿態在激撞。他覺得濃綠的樹林，碧藍的湖面，泛蕩著白雲的青天與地美的完美結實的肉體完全是一致的。地美像是樹林中的一株樹，從地面出來，向著天，影蔭覆蓋著草地與湖面，而地美的衣著等於是將她從大自然分割的一種魔障，一種人為的屏藩，使兩者的統一完全分離，他有滿腔的慾望需要把它撕去，但是他竟沒有勇氣，紅著臉，垂下頭，用畫筆敲著草地。

「那麼我們回去，你明天再畫吧。」

但是一連好幾天，墨龍始終在這樣的情緒之中，他用最大的努力在壓抑自己的奇怪的慾念，好容易自己以為可以不受這慾念所支配，準備來畫地美的時候，但拿起畫筆，一望地美，那慾念馬上就衝破他平靜的心境，他又不能自主地拋去了畫筆。

回到家裡，他對誰都不說一句話。無論在什麼場合，他眼前所見的還是地美與大自然的景象以及橫隔著兩者中間的屏藩。它們在他心裡激撞衝突。他幾乎整天在掙扎之中，人瘦了，性情也更加陰沉，對地美則變成越來越懦弱，除了預備繪畫的時候，他根本不敢正眼看她一眼。

墨龍的姑母以及一切其他的親戚，都為他擔憂。不知道墨龍在這些日子裡有些什麼變化。要說他愛了地美，那麼他天天同地美在一起，這樣的情形，也不是情人的心理，而且地美的家裡允許地美同墨龍在一起，是早存著有把地美許與墨龍之心，原因是墨龍的身世與他姑母的家庭都比地美家裡優越，而墨龍又是一個很討人喜歡的人。他姑母雖然有各種猜想，也將各種猜想去探詢墨龍，但似乎都不對。她無法瞭解墨龍的心理，而墨龍也不想有人瞭解他，除了地美。他還是同地美每天到那湖濱去，他已經熟識了從家裡到湖濱的每一段路，每一種顏色。每一個聲音，但是最熟識的還是他心底的那個無人瞭解的慾望。一到湖濱，幾乎周圍的每種印象都可以喚醒他的慾望，無論淡淡的雲層，靜靜的湖面，濃綠的樹葉翻著陽光，淺青的芳草閃著露水，都會挑動他心底的那個慾望，這慾望使他面熱心焦，使他抽搐，使他拋下畫筆，坐倒在草地上捧著頭沉默。

不知是不是墨龍這種病態使地美憐憫，還是地美知道他的受苦是因為她的緣故，她用她最素樸的純粹的女性的溫情去安慰他。但因為並不能解除他的苦難，地美感到自己的溫情不足而不斷添增，這樣，一直到了有一天，當墨龍開始坐倒在草地上，雙手捧著頭沉默時，地美放下原來的姿態，跑過去坐在他的身旁說：「墨哥，到底是什麼緣故，又要這樣呢？」

「我畫不好。」

「那麼就不畫好了，我們到別處去走走。」

「但是我知道我畫得好的，而且一定是我的傑作。」墨龍說時連頭都沒有回過來。

經過了多少天的相伴，地美也知道，所謂「傑作」的意義，她說：

「那麼是不是因為我的姿態不對？」

「你的姿態是十全十美的，但是，地美……」墨龍說著突然轉過身來。

「你是說……」地美有點楞了，這因為墨龍一反往日的態度，他用他的手臂挽住了地美的上身，他說：

「我要……」地美感到是力的壓迫，倒在墨龍時身上，多少天墨龍病態的沉默與矜持，這個力變成是地美所期待的反應，地美閉著眼，沒有動。墨龍非常迅速，成為粗暴般的去解地美的衣鈕，地美的呼吸同海水的起伏一樣。但墨龍手指接觸了地美胸脯的體溫，正像是踏在火山的腹部，一瞬間墨龍恨自己是一個畫家，不是一個雕刻家。他觸覺的感覺竟比視覺靈敏而迅速，等到他視線接觸以後，他驟然感到生命的偉大，任何山川的起伏，竟不值她胸脯與肩胛的美妙，他想馬上站起來去繪畫，但是地美的重量在他的身上，他剛想移動，而地美已經拉她的衣襟要去扣上。墨龍再度把它拉開，但是這一次墨龍已經沒有畫家的距離，他像宗教信徒一樣去吻地美的胸脯。這時候，地美突然彎起身來。墨龍一隻手挽住她，把伏在她胸脯的頭抬起來，他禁不住抱住她把嘴唇蓋在她的嘴上。這時候墨龍已經忘了畫，忘了藝術，他不是一個畫家，他不是一個宗教的信徒，他是一個男子，一個青年的男子，一個具有獸性的男子。

生命在那一瞬間是求生意志最強的一瞬間，與其說肉體阻礙著心靈的解放，無寧說心靈協助著肉體的解放，每一種光所提示的、色所提示的，竟不是生命的寧靜，而是生命的激動，每一個線條的曲折竟不是安詳的存在而是暴躁的尋覓。每一粒肌肉的起伏竟不是和諧的自滿的組織，而是殘缺的外求的機構。

但是生命在發展之中所獲得也可能不是生命在寧靜之中所需要的，肉體固然破壞心靈的美感，但心靈也破壞肉體的美感。一切習慣與道德的傳統是一種束縛，也是一種慰藉。

「墨哥，你一定要娶我。」地美烏黑的眼珠噙著淚，像花蕾含著露珠似的說。

「自然。」

「你不嫌我……」

「我會好好教你帶你。」

在墨龍同地美回家的途中，兩個人的感覺同以前已經完全不同，墨龍不但遺失了他多少日子來的那個慾念，而且也意識不到他繪畫的要求。地美依靠著墨龍，像是完全是她權利一樣。她一破以前寧靜沉默的慣例，似乎毫沒有意識到寧靜的陽光照著安詳的田野，也沒有聽到四周的蛙聲與樹上的鵲鳴，她談到婚事，問他家庭，又問到都市的生活，以及婚後日常的碎瑣。墨龍唯唯地答應著，但心靈的幻覺像夕陽一樣淡下來，淡下來，淡到家門，天色已經黑了。

墨龍依舊是沉默，用完飯，很早就就寢，但是他在床上無法睡看。他雖然在美術學校已經畢業，但在他覺得正是藝術生命的開始。他父親是一個中國畫家，但不贊成墨龍以繪畫為事業，這原因是中國士大夫傳統的觀念，認為藝術不過是功名事業餘暇的消遣，墨龍曾經經過很大的掙扎才獲得了自由，他一直自信他自己藝術生命的前途，他從來還沒有想到過結婚成家，他根本不知道自己將在哪裡住下，將到何處流浪？他所夢見所想到的只是他的藝術成熟的憧憬。他是一個聰明瀟灑的青年，在學校裡有多少男女的交往，他不但未及於亂，也未及於愛。今夜他也沒有理由來承認愛上了地美。在藝術上可以喚起美感的對象，與生活上的距離是很遠的，這是他自己的理論。他很早在看到山林雪景中茅屋裡讀書的圖畫，就發生過這類疑問，後來在美學上讀到了美的距離的學說就肯定了自己的信仰。他從一個肉體上所解脫的心靈，無法設想再受那個肉體的桎梏。不過，這些想法與他傳統上道德良心是不一致的。他並不允許自己有負於地美，但是地美對他的幻想雖然並不奢侈，是一種普通女人對丈夫極普通的要求，而在他則是簡直是一個桎梏。因此，一種自私自利的解釋在他思考上發生，以為與其使地美將來結婚後失望受罪，還不如現在痛苦一陣，一星期最多一個月吧了。墨龍經過了這樣的考慮，於第二天早晨，就同他姑母告辭，沒有給地美留一句話就離開了那個鄉下。

四

我望外面碧綠裡面玉白的茶杯，我看淺綠色的茶漸漸濃起來，染綠了我茶杯裡的白色。我已經不知道這故事是我聽到的還是看到的，或者只是茶杯裡綠色的茶像巫女的水晶球一般蕩漾出來的。沒有工夫允許我開口，我必須一見地美以後的生命的開展。

於是我抬頭望牆上的畫。

那是江南鄉村的風景，小河靜靜地流著，西岸樹蔭下許多水車軋軋作聲，一條短木橋邊，河面泛出粼粼的金光，橋端的水車最近，樹蔭下坐著的，拿著樹枝在嘴裡含著的就是地美。

她怎麼樣呢？

她坐在那裡。

她怎麼樣呢？

她永遠坐在那裡。

她不說不響坐在那裡。

早晨的陽光從樹葉間篩下斑斑的光輝，晚上從水面泛出點點的金波，她坐在那裡；蕭蕭的風雨淋在她的髮上，霜露從樹草的葉上濕了她的衣履，她不管，她坐在那裡。星光燦爛，月色淒白，綠草接天，黃葉鋪地，她都沒有看見；蛙聲如雷，蟲聲如織，雀兒噪晨，鷓鴣催夜，她都沒有聽見；她坐在那裡。含著柳絲，吮著桑枝，或者無論是野蕻，是蘆葦，在她不過是維持那個姿態，她拈著，吻著，獨自坐在那裡。有人拉她去吃飯，也許她去吃，吃了又坐在那裡；有人催她去睡覺，也許她去睡，醒來又坐在那裡。

她沒有說一句話，沒有責備一個人，沒有對誰有一句怨訴，沒有提到一聲墨龍的名字，她整天坐在那裡。

村頭村尾的人都說她瘋了。

「瘋子！瘋子！」凡是看見她坐在那裡的人都這樣叫她，一隻從河岸走過的狗也這樣叫她。

像是苦澀的茶從我眼眶滲出來，我已經看不見畫幅裡的地美，我想尋她。

大概就在這個要求之中，我手上那只綠色的茶杯跌在地上，碎了！於是我看見了墨龍，他穿著僧衣在我身邊，眼睛還注視那畫，我一把拉住他問：

「她怎樣了？她就這樣死了麼？」

「她跟著一個從那裡過路的遊方尼姑走了。」

「你怎麼知道的？」

「我於我姑母死了那年回去過，聽人那麼說。」

「就此不知所終了麼？」

「我流浪，我各地打聽，我想追尋她，最後我知道她就在這裡對山的一個庵裡出家了。」

「那麼……？」

「等我找到那庵的時候，庵已經被火燒光，人人都說是因為一個瘋尼姑而失火的。」

「那麼那個瘋尼姑呢？」

「她就沒有出來過。」

「燒死在庵裡？」

「……」他點點頭，沒有作聲。

「於是你就在這裡為僧了？」

「是的，先生。」他坦然站起來說：「那是我唯一的歸宿了，自從我削髮一天起，我開始逃避了我良心的責罰。」

「……」我心裡有萬種的抑鬱，但是我沒有話說。

「讓我們看日出去罷，這已經是時候了。」他到牆角拿起了手杖，去開門去。

我沒有說話，站起來，跟著他走出去。

一直到寺門外，山風才提醒我自己的存在，我呼吸看清新的空氣，望見稀星淡月無限的天空，晨霧如煙般圍卷著我的身軀，一團一簇從身後湧推著我，走在我前面的和尚忽隱忽現的在雲霧中帶引著我，我們間沒有說一句話。

從磊磊的石岩上去，到了那塊平頂的大石，我望見東方的天際已經微白，墨龍漫步著，伸展著身軀，深深地呼吸著，他停止下來，眼睛望著微白的東方，他說：

「她沒有死！」

「你是說她的庵堂就在那前面的小山上麼？」

「是的。她永遠活著。」

「真的還在那裡？」

「一切最美的都留在大空之中。」

「我希望如此。」

「這因為佛法是無邊的。」

「你相信？」

「我看見。」

「你看見她麼？」

「每天。」他始終望著東方的天際說。那時天邊已經透出了微紅，白色滲開了四周，他又說：「每天，在日出的時候，我看見她盤桓於大空之中——永遠年輕，永遠美麗。」

「真的麼？」我問。

「自然，但只有我能看見。」他沒有再說一句話，就虔誠地如禮佛一般的打坐下去。

那天天際千變萬化，紅霞推動白雲，白雲推動灰雲。藍天白起來，疏星隱下去，紅流金波泛動跳躍，變成了一縷一縷光芒，紅日卻從紅潮裡浮出來。

我看到墨龍極目於對面葱鬱的小山，面部浮起痙攣，兩頰泛著紅暈，似乎瘦削下去；突兀的小塊在他前額聳起；眼睛閃著奇光，漸漸地奇光凝成淚珠，從眼眶中跳出來。

突然我心中像是中了魔一般的，一切悲憫、苦悶、好像都沉了下來。我凝視著前面那個青葱的山峰，不自知地打坐下來。

那時候，太陽正從那山身後面升上來，縷縷的金光在葱蘢的翠葉上掀動，時聚時散的反光從碧綠中跳出來，混同著縹緲變幻的水氣，盤旋於綠茵的樹梢上面。

於是我聽到平靜的水流。浮動的綠蔭下，一團團雲霧，一層層散開去，淡下來，我隱約地看到了一個打坐在那裡的人影，這人影慢慢地清楚起來，大起來。我看到她站起，拖著博大的灰色的長袍，袍尾露出修長的腳指。披著像頭紗一樣的長髮，冉冉地上升，上升。臉龐像一輪明月，烏黑的眼睛凝視著大地，微笑的嘴角蓄著言語，眉梢間透露著神祕的智慧。她遲緩地上升、上升，在無數金光之中淡下來淡下來，像從金色的簾幃間退進去了。

突然我看見了太陽，我眼睛再無法睜開，我像夢中醒來一般的意識到我的世界。我看到前面葱蘢的山峰，我看到隱約的田野，我看到我身邊的大石。於是我注意我身邊的和尚。

他已經恢復了安詳的端坐，前額的小塊也已平；兩頰的紅暈已退，也似乎豐滿起來。眼睛閉著，嘴層顫動著在念經，兩手放在身上，手指握著念珠撥動著。最後他霍然站起來，深深地呼吸著，我自動地追隨著模仿他，於是我好像才發覺了他是偶然在那裡似的，好像我並沒有同他過一夜一樣。他在活潑和藹的眼梢上掛著微笑說：

「先生，你看到日出了？」

「不，我也看見了她。」

「你也看見了她？」他說著露出不信的微笑。

「她可是穿著博大的灰色的長袍，披著頭紗一般的頭髮……？」

「是的，是的，這是緣！你聽到我的故事，你看到她的永生。自然，你也聽到她的話語。」

「話語？」我驚奇了。我問：「她同你說話了？」

「是的，每次。」

「她說些什麼呢？」

「我們每次有幾句話的。」

「那麼今天你同她談些什麼？」

「沒有什麼，沒有什麼……」

五

我同墨龍和尚從觀日臺走下來，我們的談話再沒有提及那個故事與那故事裡的人物，他也再沒有招待我到他房間去。我也曾偶然去探訪他，他不是不在，就是已睡。但從那天起，在我居住上封寺的那些日子之中，沒有一天早晨我不在觀日臺上會見他的，我每天用虔誠的態度打坐凝視，可是我再沒有機緣看到那個美麗的奇跡。

這也許只是幻覺，但是一個奇美的幻覺，那麼它何妨存在呢？

一個無法再見的奇跡，我無法相信它存在。但因為我的確見過一次，所以我不得不相信墨龍所見的是一種實在，而也無法不相信他是天天在與奇跡相遇。

我住了兩星期下山，那天早晨在寺門前同他告別，他送我一幅淡墨雲龍。

那幅畫不大，但龍在風雨雷霆之中運行，其動律神韻，竟像是在浩瀚的天空之中一樣。

「難道你在風雨雷霆的天空之中，也常見到龍嗎？」

「這不過是家傳的小技。」他活潑和藹的眼梢掛著微笑說：「相傳家父曾經有這個幻覺。」

我謝了他下山，心中感到難言的空虛。

天空之中存著至美。愛與信仰，天才與靈感難道只是幻覺的凝結？

當我把這個故事用平庸草率的文字說完以後，我幾乎要懷疑整個的南嶽不過是幻覺的存在，那麼有人說根本這故事是我自己的幻覺，我承認。正如我要說，墨龍所見的人與其父親所見的龍，是因為他們情愛所鍾而生的個人幻覺罷了。

然而，也許，「實在是多數共同的幻覺，幻覺則是個人的實在。」

一九四七年二月。

煙圈

猶太的慧星

當我醒來的時候，圓窗外都是海。

我立刻想到她。——「病了還是怎的？這樣大的計畫會作罷論？」可是當我起身拿香煙時，看見了兩件生疏的行李。再看看洗臉盆邊多了些化妝的洗盥的用具，我知道她一定已經上船了。可是我還不能十分相信，因為我入睡時已是三點鐘，船是四點鐘啟行的，她上船難道就在這個短短的時間？為解決這些疑問，我的腳已經拖上了鞋。上鋪並沒有她的人，可是被鋪是亂的。——「那麼她難道已經起來了？」

不錯，她的確已經起來，因為她洗盥的用具是濕的。啊，還有，臉盆邊有兩根棕色的頭髮。棕色的頭髮，是的，我想不起她頭髮的棕色，是黑色，是黃色，不過，這頭髮，是她的一定無疑。

已經快十點鐘，我匆匆盥洗完就走出來，自然我是到餐室去吃早點的。我想她也許已經用完早點到甲板去了。

餐室裡疏疏散散有些人，我還未跨進門檻去觀察她是不是在餐室時，忽然在西首的桌上一個穿藍灰色的女人對我招手了。其實我的確不認得這就是她，但是既然是一個西洋女子而向我招手，那一定是她無疑了。

我走近她時，她很親密的同我拉拉手，好像十分熟稔似的。我在她對面坐下。她問我昨夜睡得好不好，問我昨夜什麼時候上船的，問我……我本來是一個不會說話的人，被她東問西問，使我只有回答她的能力，而有沒反問她的餘地。一直到她用完了早餐，拿香煙來抽時，我拿火替她點的一會兒，才找到一個機會問她：

「你上船恐怕已經快四點鐘了吧？」

「是的。」她把第一口煙吐得非常急，說：「因為我想，我早上船一定於你很不便，一個東方人到西方去正如我們西方人到東方來，這樣遠途的旅行，一定有許多親友來送你。看見一個異國女子同你同艙，不是很不方便嗎？」

「小姐，不過我想……」

「你不要這樣叫我，我們已經是夫妻，夫妻，照中國與西洋規矩都不能這樣稱呼的，是不是？你最好叫我名字，我的名字叫凱撒琳。」

「……」我臉有點紅，三十多歲了，結過婚，離過婚，生過兩個女兒，一個兒子的我，對她，一個二十幾歲的女孩子，我會臉紅！

這時候，我心裡開始有點難過，我有後悔，我後悔不應當答應她來做我太太的，像這樣算是怎麼一回事呢？

那是三個月以前的事。當教育部派我到歐洲考察職業教育案發表後，我到上海安頓安頓家務，置辦一點行裝，我是向來不穿西裝的人，所以凡是襯衫領帶一概都要重新購置。就在那個時候，我在霞飛路上發現一家價格比較公道的鋪子，這家店很小，老闆、賬房、夥計、店員都由一個人包辦，所以我買了幾次東西以後，就同他這個叫做舍而可斯的混熟了。他說他是挪威人，其實是猶太人，矮而胖，有一點鬍髭，大概是四十多歲模樣。他說他走過不少地方，會說好幾國語言。我是預備先到法國去，可是我法語說不好，借他作一點練習機會，因此，有時碰到他沒有什麼買賣的時候，（他常常不忙，買賣非常少，或者一半也因為是盛夏的緣故。）我買了一點點東西，就同他談一兩鐘頭的天。

他頗健談，但總是嘆年頭不好，世界不景氣；窮，窮，什麼行業都不好，什麼地方都不好。由這些話出發，我就打聽他西歐的風俗人情，他的經歷，也談到一點主張之類，自然我也告訴他我要去歐洲等等了。

有一個星期日，我去咖啡店等一個朋友，一進門就碰到這位舍而可斯，他一個人拿一份報紙坐在偏僻處，一個電扇的下面，桌上放著是一瓶啤酒，他一見我就拉我過去。我也就叫了一杯冰淇淋在他對面坐下了。

「天氣真熱！」他從肚底裡吐了一口氣，笑著說。

「熱，是的。你這樣胖，自然更怕熱。」我接著又問他：「你常常來這裡坐嗎？」

「是的。我常常來。我在法國時候坐慣咖啡店了。」

「常常是一個人？」

「可是一到，這裡總可以會見朋友的。」

「那……」我想說「那麼你大概想不到會碰見我吧」的話時，他的視線忽然看到我的身後去了，我無意中也回過頭來：

——裡面出來兩個女的。我再回頭看舍而可斯時，他已經站起來非常熟稔地向她們招呼。我又看那兩個女的，她們也笑著在向他招呼。等我再看舍而可斯，他已經走出座位去同她們談話了。我自然不好意思多看她們，回過頭來，拿舍而可斯的報紙讀。可是我甚至沒有看出這是俄文報，英文報，還是中文報，我只是在想這兩個女的與他的關係，自然也是這咖啡店的老主顧是不成問題的。

沒有一會，他就回座了，我眼看著她們倆出去，我覺得這個穿嫩黃衣裳的姑娘實在美。

「這也是你們猶太女子嗎？這樣美！」

「美麼？我剛才該替你介紹。不過說到美，我以為中國人比隨便哪裡的人都美。」

……

話就這樣講開去了，我所等的朋友始終沒有來，起初我非常盼急，後來想他一定不會再來，也就把他忘了。他忽然說：

「我要請請你。」隨即叫了許多洋點心啤酒，這樣一直到五點方才走散。分別時他好像做了我的老友，叫我可以常常到那咖啡店裡去坐。

我自然不會常去那家咖啡店，不過陌生生的吃他好些東西，很過意不去，所以隔幾天我就約他到廣東飯店吃了一次中國菜。他那天酒喝得不少，借這一點酒，談了許多他過去的經歷，縱論國際政治經濟的種種。他非常恨戰爭。咒罵世界各國擴張軍備的現狀，他說：

「歐戰時候，我們打仗，打仗，為什麼？有什麼收穫？有什麼代價？毀壞多少建設，死了多少人？我算算我親手殺死的人也不在一千以下。我為什麼要殺人？無冤無仇的！……」我看他太興奮了，插問一句：

「你參加過歐戰？」

「哪一個人不參加？那時候十六歲的孩子都得參加！四年歐戰，我有三年在戰壕裡。半年在醫院裡。成千成萬人都在發瘋！」

「那你的運氣真不錯，倒沒有死。」

「沒有死，為什麼沒有死是運氣，難道還要我看下一次大戰？人生經歷過這樣長的戰場生涯，活的也是什麼都單調空虛了，你想想，所有老朋友們都死了，我親眼看見他們在我身邊一個個倒下去，倒下去，從此就再也不見他們起來。我的家是戰爭毀的，我的母親妻子與兒女也是因戰爭死的，你想我活著有什麼意思？你那天咖啡店裡看見的那位穿黃衣裳的小姐，她的父親是我的好朋友，從小的朋友，但是死了，死得莫名其妙。要是不死，他一定是一個大音樂家，他對於音樂實在有天才，又肯努力，在戰壕裡他都不肯放棄他的小提琴。那麼，這還說什麼，無緣無故把這樣的天才犧牲了，而且這自然還不止他一個。這些犧牲算是為什麼呢？殺死他的人又是為什麼呢？殺死他的人也就是我一樣的人，我殺死的千把個人當中，自然也有不少的科學的藝術的天才，自然也會有個音樂家。我是最愛音樂的人，那麼假如其中一個不被我殺死，成了音樂家，他就是我的朋友，就是我們的文化。你說我為什麼要犯這個罪，我不相信我沒有罪，平常為了愛情殺一個人都有罪，我無緣無故殺死千把個人為什麼沒有罪？我本來是虔誠的基督徒，但等神父們說我是為光榮為什麼因而沒有罪的時候，我再也不相信宗教了。」他說完了還要喝酒，我看他太興奮了，勸阻了他。出來的時候，我叫一輛汽車送他回去，也許是吃了點水果關係，他似乎還清醒，他說：

「我沒有醉，沒有醉，不過酒一喝，興奮一點，說話就……很對不起。」

我回家的時候，覺得這個人的確不是一個普通的猶太商人，倒是一個可愛的有自己良心的人。因此無聊時有便時就更常常他店裡去談天了。有時也帶些親友到他那裡去買東西。

有一天，我同我一個親戚去買游泳衣，一進門他就說：

「徐先生，你怎麼好幾天不來？我正有件事同你商量。」

「什麼事？」

「我們明天談，明天下午七點鐘，到我家吃便飯，好不好？」

「到你家？」

「……」他拿出一張片子。

「你不是說你的全家都被歐戰毀了嗎？」我裝作不正經的笑笑說。

「啊！這裡的家是我到中國以後，重新建立起來的。」他用手指指片子上的地址。實在說，我一半是為好奇心所動，因此接了他的名片，也接受了他的飯約。不過我心裡有一點局促不安，他要同我商量的，到底是什麼事情呢？當時因為有別的主顧進來，我也就不好意思再問，就出來了。

我推測不出他要同我商量的是什麼事，後來我想他也許沒有什麼事情，只是一句空話，不過當我是朋友，要我到他家去玩玩就是了。

第二天下午六點鐘，我按照他名片上的地名去找他。

這是一個apartment，他住在第三層，右邊。他有三間房子，兩間較大的是寢室，對面一間較小的是吃飯間也是會客室，還有一間更小的是廚房，旁邊是浴室。

我一敲門，他就來開了，接著就向他的太太介紹，他太太大概快上四十歲了，或者年輕時候也很美過，態度很柔和，有點像中國人的風度。

他太太到廚房去了，我同他在那間客室沙發上談話。

他沒有提起他所說的要同我商量的事情，起初只是說些上海住家房錢一類的空話。

後來我看見牆上兩張照相，其中一張好像是家庭相片，他是很年輕的在裡面中間立著。我就問他：

「這是你以前的家庭了？」

「是的，那是我父親，母親，妻子，兒女。」

「這張呢？」我指另外一張說。

「啊，這是我，像我不像？那就是我的朋友，很有音樂天才的，就是你所看見的那天穿黃衣裳小姐的父親。」他說完了，看我對於他的經歷生活很有興趣，他就在幾下捧出一大本照相出來。

他一面給我看，一面講給我聽；裡面有不少他的那位有音樂天才的好友的照相，還有許多那位黃衣小姐年幼時的照相，一歲的，二歲的，三歲的……八歲的，差不多年年都有——同著她的母親的，抱著她的洋娃娃的，坐在他父親鋼琴邊的，捧著小提琴的，同她別的親友在一起的……這引起了我對她的深刻的同情，一個無父的女兒，現在流落在異國。

他太太把晚餐布置好，他方才把照相收起。吃飯時我同他太太談談日常生活方面的話，他可一直沒有提起他要和我商量的事情。

一直到飯後，他太太收拾著碗碟出去了，他招待我坐在沙發上。咖啡在我們每個人手上，香煙在我們嘴唇上，他開始說：

「你到歐洲是不是預備坐義大利船？」

「是的，大概是×××號。」

「啊，那好極了。假如你可以答應的話，她倒可以跟你去。」

「誰？」

「就是那位穿黃衣裳的女孩子。」

「她也要到歐洲去？」

「是的，因為她的姑母死了，她要去承繼一份遺產。」

「啊！一同去那有什麼不可以。」可是他好像不注意我的話，說：

「她姑母是非常愛她的，她父母死後從小就同姑母在一起，後來她姑丈死了，她姑母又嫁了一個人。她就由她的叔叔同嬸母帶到中國來。啊，那天咖啡店同她在一起就是她的嬸母，她嬸母在這裡開鮮花店，她就在那裡幫忙。後來她姑母死了，遺囑裡說動產之一半由她承繼，但是必須在她結婚以後。這事情現在已經兩年了，因為她沒有結婚，所以沒有去。」

「那麼她結婚以後去好了。」

「可是她一時是很難嫁人的，所以想現在去承繼去。這就是我要同你商量的事情，因為實在尋不出第二個人再比你合適。」

「我不懂你的意思。」

「我的意思非常簡單，就是請你把她當作你名義上的太太，一直等她承繼到遺產後，你再走你的路。」

「不過你曉得，我是結過婚而且有孩子的人。」

「這有什麼關係。這完全是名義上一點事情，她在護照上用徐太太一個名義，到了那面，你同她到律師那面去一趟就完事了。」

「不過這總要讓我細細考慮一下。」

「你儘管去考慮，但是你的考慮，千萬不要以為我有什麼用意，我只是幫她的忙而已，因為她父親是我的朋友。其實上海也有認識的西洋人去歐洲的，不過都不合適，有許多說出去大家都曉得，有許多都是無知識的商人流氓，人格都很難靠，說不定要……」他借抽煙沒有說下去，但是我是知道他的含義的。

「……」我在考慮？其實我心裡已經是答應了，第一是我同情那個女孩，第二是我有點好奇心想滿足，第三是我相信舍而可斯不是會怎麼陷害我利用我的人，我又同他們無冤無仇。

「我很希望你現在考慮一下，就回答我。啊，還有一樣，你船票可以同她一道去買，或者就托她去買，因為她姑母有一個親戚在那裡任職，可以打六折優待。」他說了又恐怕我多心，接著說：「錢倒不是問題，不過總可以方便些，位子或者也可以好一點。還有，你義大利語不會，地方不熟，她可以陪你玩玩。」

這時候，或者我的心又加上了一個六折船票的利的引誘，可是，說是因為我想認識那位小姐，也是一個賴不掉的實情。我說：

「假如我的責任只是如你所說的這樣簡單，我就擔任這件事情好了。不過我是坐三等艙的。」

「三等艙，是的，她也坐三等艙，坐二等艙才是傻子，都是相仿的地方與相仿的設備。」他說著同我拉拉手。又要我一個住址與電話號碼，我那時住在親戚家裡，我就抄了給他。他說：

「等票子接洽好了，我找你一同去買去。」

後來我回了鄉下一趟，出來到上海頭一天就知道他已經打電話來過，我跑去看他，他立刻同我到船公司去，票子早就替我預備好了，我付了六折的錢，就買了來。出門時，他忽然問我：

「你願意到船上去看看你的艙位嗎？」在我，自然是想看看的，因此沒有異議就上了電車。六十一號是雙人房間，上下鋪，光線極好，我的票子是寫明B鋪，這就是下鋪。我說：

「兩個人一間？」

「是的，旁邊一間就是四個人了。」他的意思好像是說兩個人一間是比四個人一間好許多的。

「那麼上鋪……」

「上鋪就是她的。」

「她的，為什麼要買在一間房間？」我的意思是我不過是她承受遺產時一個招牌，輪船上何必同房。

「啊，那是她定的，大概事前什麼都沒有指定，公司以為你們既是夫妻，好一點房艙當然是兩個人一間的了。」他毫不以為奇地說。

「……」我心裡很不舒服，自然也露在面上。

「這有什麼關係。」他笑著說：「你也太……況且你早結過婚。」

「沒有什麼關係，不過總不方便。」我勉強地笑。

「不方便，上船的時候我叫她遲點上船好了，省得你太太看了……」

「太太倒是沒有的。」

「你不是結過婚，連小孩都有了嗎？」他好奇地問。

「但是我離婚已經三年了。」

「小孩呢？」

「都在我老家母親那裡。」

「啊！那更沒有關係。」他說了放懷地笑。

這時候我們早上了碼頭。船票已經買好，自然不會再去換。我們就在電車站上分了手。動身前兩天舍而可斯有電話給我，我沒有在家。因為連日忙於應酬，我到動身前夜才去看他，對他致歉，並且對他道別。他說他於星期四曾經給我兩個電話，我都不在家；星期五晚上他請那位黃衣小姐吃飯，想同時邀我，可以讓我們先談談，但找不到我，說完了並且問我明天中午有沒有空？我謝謝他的好意，因為我實在再分不出工夫來了，於是他說你們就在船上自認識吧，接著還開一句玩笑：

「一對蜜月旅行的夫妻。」這樣我就做了這個不相識的黃衣小姐的丈夫。這就是今天這個穿綠灰衣裳的女子。

我臉紅，但是所有後悔都來不及了。我心地不安，這樣不安恐怕要忍耐一個月了，我有點怕！

她真活潑，不到一天工夫把船上差不多的人都交際到了，在甲板上，她交際一個，不一會就來同我介紹：

「這是某某先生，某某太太，這是我的丈夫。」這些某某某某的名字，我一個也記不清楚。我本來生性不很會交際，所以她同我介紹以後，我總是隨便敷衍幾句就不說話了，她們說得很起勁，有一個義大利青年同她只是說個不了，她一面同他說，一面看看我，好像故意要我起一點妒嫉或者是好勝的心理。她這種態度，對於一個中年人像我這樣是不發生效用的，第一是我見過不少這種女子，第二是我心裡有許多不安，第三在我意識中我是她父執的朋友，而且舍而可斯家中她的童年的照相，使我對她的印象更加年幼一點。所以我在感情方面是非常平靜，至少也同當時的海一樣平靜；為怕我萬一有一點不平靜浮在我面上，我所以找了在不遠的一個老頭兒，談起話來。

這或者有點使她不舒服了，她過來找我，說她要到艙裡去拿望遠鏡，要我同她一道去。這在事實上我不能拒絕她的，但是我答應一聲就只顧一個人往前走，她在我後面，但隨即追上來把手臂挽在我的臂上，用眼睛望那正在看她的義大利青年。

到了艙內，她就說：

「你現在是我丈夫，應當要像一個女子的丈夫。」

「但是我只是名義上的。」

「那麼什麼叫名義上呢？至少外表上你要做我丈夫的樣子。是不是？」

「假如我可以做女子丈夫的樣子，我也是中國式的丈夫。是不是？」

「中國式的丈夫，對妻子，假如說外表上負責比西洋式少，可是其心理上的負責是比西洋式為重的，可是你……」

「我，實在說，我不是孩子了。我腦筋，我思想是有許多人事與別的心事占據著。」

「那麼你以為我還是孩子嗎？」

「自然了，你有許多童年的照相在舍而可斯的家裡我都看見過。」實在，這話只是反映我自己的心理，不是能來證明她是小孩子的。可是她並不正面反駁，她只是笑笑說：

「可是我現在是你的妻子了。」

日子一天一天的過去，我生活得同我一個人出門時一樣，看看書，同別人談談，下下棋。對她，她要同我談，我就同她談，她要同我在一起，就在一起，否則我就不管她；自然有時候好幾個鐘頭不見她，我也感到難過，不過我始終矜持著。每天早晨醒來，我總感到我不當負起這個責任，因此我更不願再生是非。可是夜裡，有時候我先下艙去，她總是跟著下來；有時候她先想下艙，她總來叫我，有時候我在坐起間，她要在甲板上與別人（多半是有那位義大利青年在內的）去玩時，她總對我預先說叫我進艙時去叫她。但是在我，我是怕，假如我去叫她時，她正在同別人講戀愛，我這似丈夫而非丈夫，似不吃醋而有時候不免要難過的男子，就會有點窘，所以在這個場合上，我總在坐起間等她，有時看書，有時寫信，假如有人，我也就同他們下下棋。

回到房間裡，她一定要同我談許多話才睡覺。她告訴我同船的許多人的事情，她告訴我這義大利人是法西斯蒂者，但是她說，法西斯蒂這樣浪漫要同她講戀愛。我說，戀愛是年輕人的事情，與法西斯蒂，共產主義有什麼關係？

不知從哪一天起，她先睡在下鋪，叫我坐在她旁邊同她談話，以後就常常這樣做。夜裡，我總要醒幾次的，有時她沒有蓋東西，我總替她蓋蓋好。

日子一多，我也成了習慣。有一次夜裡她又講起義大利人了。我說：

「他也許真在愛你，我想你也會愛他的。」

「我，我倒有點愛你，但沒有愛他。」

「愛我？……」我笑笑，或者是想掩飾我自己心裡的感情，這感情，不掩飾地說，有七分是受寵若驚的感覺，但過後就浮起三分感覺，覺得這只是這種典型女子的口頭禪。

「我想你也有點愛我的。」她說時眼睛看在別處。

我不知怎麼回答好，笑笑，但接著我說：

「你以為一個人愛一個人，自己在當時一定明顯地意識到的嗎？」

「那麼你只是偷偷地在愛我吧，所以不敢明白地說。」

「什麼叫做偷偷地，我愛你難道要怕什麼？」

「無意識的有東西在怕，我知道許多大學教授愛他的女學生，許多富家主人愛他的僕婦，許多上輩愛下輩都是這樣偷偷地的。這種愛，只有大詩人大藝術家敢明白地說，哥德八十歲時還愛人家小姑娘，其實誰沒這愛，不過只是不敢說吧了。」

「你以為我們這樣短的時期在一起，就可以形成愛嗎？」

「愛是一剎時的事情，有時候常常有十年的友誼沒有愛，忽然一瞬間發生了愛；但是這愛同一見傾心所發生一樣，所以愛與時間並沒有關係。」

「……」我回答不出來，從她的床沿站起來去洗手去。洗完手，我拿刀切一隻橘子，把一半給她。她忽然，好像有幾分開玩笑地說：

「你想我們倆要是真的結婚了是幸福嗎？」

「我沒有想過。你以為同中國人結婚是幸福的嗎？」

「難道種族不同結婚不好嗎？」

「這是法西斯蒂者的理論，我並不是這個意思。」我借此把話拉遠了。

我睡下去，但沒有睡著，我發現她的確是在愛我，但是她怎麼會曉得我在愛她呢？——這連我自己都不曉得，假如她不提醒我的話。

這是前兩天的事情，海上風浪很大，她暈船了，躺在艙裡。平常我總是不常管她，故意矜持著讓她同別人去玩，可是她一病，我不自覺地在艙內整整伴她兩天，她在這兩天中完全被我所占有，我無法掩飾我臉上所表現的心頭的快樂。我沒有矜持。我只想到她同別人在一起時我要矜持，但沒有想到她同我在一起時我也要矜持。現在是一個焦點，一個人在愛一個人時，自己不知道時還可以裝作不愛她，自己知道時已經不能夠；自己知道了，而那個也在愛他的對方不說穿時也還可以矜持，對方一說穿就更難了。現在倒是怎麼樣呢？對她承認呢還是不？追求她呢還是不？追求她又怎麼樣？帶她一同走一同回去呢，還是怎的？問題是我有一個農村的老家，我的父母是樸素的農民，我動身那一天，母親就說，千萬不要娶外國太太。是的，因為這是件絕對不能調和的事情，但是我腳沒有到外國，已經娶了一位外國太太，這倒算是什麼回事呢？左思右忖，我想反正快到歐洲了，早一點把她事情弄好，如果感情上都平安無事，那麼更好，否則，什麼都只好聽命運了。

她在下鋪也沒有睡著，一次二次翻身，但我不知道她在想些什麼。

她的目的地是那不勒斯，那不勒斯終於到了。

她會說義大利話，所以一切很方便，第一先找了一家旅館。因要像是夫妻，自然要在一間房裡。她接著就說去找律師，她說找到了問清楚以後，再同我一起去，可是她回來時候說，那位律師到羅馬去了，五天後方才能夠回來。

「五天？」我實不想待這麼久的。

「沒有辦法，只請你犧牲一點了，反正你也可以借此玩一玩。」

第二天。

可是她並不陪我玩；她告訴我一些地方的交通路線，就一個人出去了。

我玩了一天，回來的時候她還沒有回來；我在旅館裡一個人吃飯，她還沒有回來；飯後許多工夫，她還沒有同來；十二點，一點，二點，三點鐘的時候，她回來了。我自然沒有睡，她一進來就大聲笑，我知道她酒喝得很多，坐到沙發上就抽煙；這笑，這坐，這抽煙，完全不是輪船上的她，變了，為什麼忽然變得這樣呢？

「凱撒琳。」我很莊嚴地叫她。

「你今天玩得怎麼樣？」她問我。

「我正想問你呢？」

「我，被朋友拉去，跳了一夜舞。我們睡吧，明天我早起還有事情。」

第三天。

她又告訴我一些地方的交通路線，她自己又出去了。

我玩了一天，回來的時候，她還沒有回來；我在旅館裡一個人吃飯，她還沒有回來；飯後許多工夫，她還沒有回來；我知道又是同昨天一樣了，我就先睡下，但是怎麼也睡不著；我聽教堂的鐘聲十二點，一點，兩點……大概是兩點多的時候睡著的，她來我沒有醒，一直到她盥洗完畢，換好了睡衣叫我。我不知道她是為什麼，突然會跳進了我的被窩。我驚醒了，我不知怎麼樣好，我說不出當時是什麼心理，或有點光榮，但大部是不安。她唇上滿是酒香，我說不出一句話，最後，我不知自己的用意是什麼，我說：

「這算是幹麼？為什麼要這樣呢？」

「……」她不說話，微微嘆一口氣，這不是憂鬱，只是疲倦。她的手腳很冷，我握著她的兩隻手：

「凱撒琳……」

「假如我們大家認為是相愛的話，今夜我們應當真的結婚了。」

「我們不等於早結婚了麼，假如我們大家承認是相愛的話。」

「但是……」她說著把身子貼我很緊，手抱著我。

「凱撒琳，我想這是東方與西方不同之點。」我說。

「你這句話是什麼意思？」她說。

「我是說中國人愛情，是把肉體的關係，當作愛情之始點的，而西洋人則是把它當作終點的。」

「這話怎麼講呢？」

「那就是說，比方我現在同你發生了關係，在我是將更加愛你，別開了將更加想你，而你，你是西洋人，發生了一次關係，好像愛情已經有了結果，就可以立刻把我忘掉。中國有一句俗話，所謂一夜夫妻百夜恩，就是指中國人愛情的特徵的。我們不久要分別了，今夜一夜以後，在你是可以永遠把我忘掉，而我將永遠日甚一日的想你起來了。」

「不過……」

「我們不要這樣，假使我們可以結合，我們將來真正結婚就是。我現在要知道的，是你這兩天生活，到底是怎麼回事？」

「你以後會曉得的。我今夜……但是也好，不過請你真正告訴我你是不是真的愛我呢？」

「我不愛你，那麼我為什麼不同你隨興玩玩，明天各走各的；因為愛你，因為我看重我們的愛。……」

「……」她不響了，熱烈地吻我，鐘聲的搭的搭在響，她脉搏也像的搭的搭在跳，最後她在我臂上睡著了，我在她柔和的呼吸中浮起我滿心的不安與疑問，以及一種說不出的壓迫。

事實上，到現在，這份愛是必須用結婚才能結束了，叫我怎麼再來猶疑與矜持呢？但是對於她，兩天來，我是比在船上更加不瞭解她起來，這兩天生活她到底是怎麼過的？她為什麼忽然要過這樣的生活呢？在這裡，她有朋友自然是可能的，但一定要這樣晚回來，一定要喝這許多酒，我是想不出其中的理由。我想盡理由來替她解釋，都沒有一個滿意的自圓的說法，我開始陷於深深的黑暗之中了，我想除了問她一個究竟以外，是沒有法子知道的。……

第四天。

可是我醒來的時候，她已經在梳洗。我第一句就問她：

「今天你打算怎麼樣呢？」

「今天我還有事，你可以坐汽車到龐貝去玩一天。」她說時好像昨天並非是睡在我懷裡似的。

「你這兩天生活到底是怎麼回事？我想知道。」

「不，到今夜你就可以曉得。」她對著鏡子看自己，雖然在同我說話。我這時已經起來了，但是她從容地走過來，同我接一個吻就出去了。我在那一剎那，好像是比她年輕的孩子一般的。至少她在態度上是這樣在對我。

我沒有照她的計畫去玩，一上午是煩悶，沉重的煩悶，想寫信寫不成，看書看不下，我不知怎麼才好起來。

中飯後，我一個人出去散步，心中非常紊亂。我想念她的行徑，想念昨夜種種，想念以後……

這時街上行人不多，三三四四有電車汽車走過，我忽然看見一輛黑色的汽車後窗的一對男女人影，我眼睛一楞，因為那汽車壓在電車後面，走得很慢，所以我看得清清楚楚，那女的正是凱撒琳，而男的則是同船的義大利人，她們非常親熱地在談笑。我當時很想去叫她，可是汽車不久即掠過電車不見了。不知為什麼，我剎那間起了一種有生以來沒有經歷過的妒心，我抑不住自己的難過，我想叫汽車趕上去。——但是趕上去有什麼用？我甚至想自殺，但這樣自殺有什麼意義？我在無可奈何之下回到旅館，我想立刻動身，離開義大利去法國，但終於又氣餒下來。我實在在愛她，我不止是想到我的名義丈夫責任還沒有完，而且需要會見她一次，無論死，無論走，都要會見她一次……於是我頹唐地回到旅館，躺著抽煙，等時間一段一段的過去。……

晚飯後，我實在支不住我心中的悲哀了，我打聽一個跳舞場，換了一套衣裳，就出去了。我忘記了自己的存在，喝了許多酒，同幾個會說法文的妓女玩到兩點鐘，我才頹唐地回來。

一進房門，凱撒琳已坐在安樂椅上，看我一聲不響半醉地進去，她驚奇地立起來，讓我坐在她讓出來的椅上：

「徐，你怎麼回事？」

「你怎麼回事？」我憤怒地說。

「我？我現在什麼都可以告訴你了。」她說完了拿出兩支煙，一支給我，一支自己抽著，坐在我旁邊的沙發上，非常沉靜，鎮定，安詳。

「實在，我來不是因為要承繼遺產。」她歇了一口氣說：「我父親是猶太人，歐戰時候死了；我母親是西班牙人，歐戰時候是有名的間諜，她那時候扮作替軍隊洗衣服的女子，那時我才六歲，幫她送衣取衣，自然，當時母親並不讓我知道她是間諜。她現在還活著，在西班牙作戰。我呢，不瞞你說，在繼續她的生命。這裡常常有軍火送到佛朗哥那裡去，我是來做破壞工作的。」我楞了；但心裡還有幾分不信。這不是太像小說上的故事嗎？我遲緩地問：

「那麼要我同來作什麼呢？」

「沒有你我是進不來的。所以一定要你做我丈夫，一定要同艙，一定要同你同時去睡，一定要你真像自己太太般的對我，無非是要多些保護色而已。」她好像已用盡了力氣，帶十分疲倦的語氣說：「我來這裡做這樣的事，已經是第三次了。這次的成功是必須以死換得，但現在我已經逃過了這份命運。這份命運由一個愛我的人代替了。」

「愛你的人？」我有點怕。

「是的，但不是你，是同船的義大利青年。」她說完了忽然興奮地坐到我懷裡，繼續說：

「現在快理東西，五點鐘有車去法國，我們必須走，不然許多意外事情是難料的。」

這時候，我變成六歲時候的她，而她，則是她母親的替身。我什麼都照她做，我對她滿是信仰敬愛。兩個鐘頭以後，我們在一點鐘六十哩的火車上了，她總是愉快，活潑，輕輕快快的望望窗外，對我笑，同我閑談，可是我，我在沉思，我好像在夢中，整個的外界好像對我變了顏色。我對於她，對於這件事，都有許多不解，我想問許多話，但是我又感到她好像不要我問這些沉重的事情似的，我終於又抑住了。最後，當車到法國境內時，我終於簡單地問了她三四句，我說：

「你既然只要我帶你入境，為什麼要我耽擱這麼久呢？」

「不是還要你帶我出來麼？實在不瞞你說，在我預先的計畫中，是假如事情必須有一個死的代價時，或許就犧牲你的，但是我愛你，而你一路來對我純潔的感情使我有點不忍，所以在必須有一個人犧牲的事實再無可避免的那天晚上，那時我在你懷裡，我不能決定的是到底應當使你為我死，還是我為你死。甚至我不願想，我只想無論你死或者是我死，我們總應當先結合的——但是，我忽然想到了他……」

「那麼，你同舍而可斯預先計畫中是把我……」

「是的，但是你不要怪他。你自己也應當這樣想，正如我所想的一樣，我們個人不是比西班牙水深火熱的全體人民要輕嗎？」

「……」我沒有說什麼，我只是默默地在愛她。

巴黎報上正喧鬧著那件大事，而替她死的孩子，也替她接受了光榮。

當我把我們結婚消息寄給舍而可斯後，一星期中我們過著天堂一般的生活，在目前這樣的心境之中，是沒有能力把這生活來敘述的，實在，敘述起來也是太傷心了。因為一星期後，她就去德國了，我自然沒有理由阻止她偉大的使命。當我從車站上送她回來，腦筋裡只有她在車上向我揮手的印象，這印象，是矯健，活潑，愉快，勇敢而輕捷，可是我則陷於呆木，憂鬱，懦怯的相思之中，而且這相思是日甚一日的加深，因為，（我止不住我的淚）她一去就從此沒有音訊了。

不久，報上傳到一個可怕的清息，我雖然明曉得有她在內是無疑的，但我還是每天期待她的訊息。

可是最後，舍而可斯來信了，他簡單地感傷地說：

「她的愛與美，精神與肉體總是為世界的光明燒作了火把！」

是的，她是光，是火，是星，是把自己的光與熱散布給人類，而自身消滅在雲海之中的星球。

一九三七年五月十五日，夜半於巴黎。

賭窟裡的花魂

一

茶室裡非常零落，許多位子空著。但是我竟未去占一個空桌，無意識的被一條冷颼颼的視線吸去，坐在那視線的對面。因為我當時心裡正懊惱著：

「我會沒有追『中紅』！」坐下的時候我還在想：

「我要是連追三下『中紅』，過去所輸的款就可贏回一半，而我也可決心洗手不再來這種地方賭博了！」

「輸了嗎？」這聲音像從視線發出來似的。我立刻浮起兩重不安：第一，我怎麼會什麼地方不坐而坐在一個陌生女子的對面？第二，我感到自己在思想時候，一定無意識地嘴裡念念有辭，讓這個陌生的女性窺見我心中的思維。

「是的。」我無意識的回答她。但是我立刻想到這視線的古怪，輕輕易易的會把我吸去，坐在她的對面。

這是一對淺藍的眼白配兩隻無光的眼珠，有長的睫毛，但沒有一點點油膏的痕跡。上面是自然細黑的眉毛；鼻子兩面有排泄的油垢；面色蒼白；嘴唇發乾，像枯萎了的花瓣；頭髮很零亂；一件紫色條紋比她眼白稍藍的藍底旗袍，長袖的，露出細瘦的手，指上沒有蔻丹的痕跡與指環等的飾物，中指食指與大指都發黃，這時正夾著半段紙煙。

侍者上來了，我說：

「一客公司菜。」但是我立刻想到她：

「這該是一個賭場裡兜生意的賣淫的婦女。倒是很美。」

可是這個估計使我自己也覺得可笑起來，因為假如是賣淫的女子，總應該有點打扮，至少這樣蒼白的面頰該有點胭脂的點綴。我視線又射到她身上。

「那麼一定是個老賭客。」

她忽然笑了，露出整齊的牙齒，但是黃黑得如老黃的珠子。我為她可惜。她眼睛低了下去，一排長睫毛簾子般掛下來；透露一個乾澀的笑容，她說：

「你賭了不過三個月。」

她聲音是這樣的低微，難怪我剛才疑心她眼睛在說話。

「三個月？」我想想這確是三個月了，三個月中我會沉湎於這些賭場！

「是的，有三個月。但是你怎麼知道我是有了三個月的賭博生涯？」

「我知道你不過三個月。」

「是不是因為我輸得不夠多。還是我來賭的第一天就被你注意了。」

「老實說，我今天第一次來這裡，也第一次見到你。」

「那麼一定是賭場裡的人，或者是侍者告訴你的。」

「我並沒有工夫去打聽這些與我無關的事。」

「那麼為什麼你要猜我三個月，四個月呢？」

「那是我為你可惜。而我，我對於賭場裡的人都當作花看待的。」

「花？」

「是的。」她又是笑：「不錯，花。」

「我不懂。」我注視她掛下去的睫毛。

「你自然不懂！」她收起笑容，注視著我：「我都當它花，看他們是綠色蓓蕾般，不使人注意的出現，於是乎長大，於是乎放苞了，於是成了一朵令人注意的花，於是一點一點凋謝，枯萎下去。」她用細長的手指將餐桌上的花撫摸著。

「那麼我呢？」

「你是還未開足的花。你看，那面……」她偷指著旁邊餐桌上的客人。

那面是一個穿中裝的中年男子，頭髮零亂，衣服不整，鬍髭未修，眼圈發黑，頭低著正在想心事。

「這是一朵已經枯萎的花。」

「那麼你自己呢？」我笑了。

「我，我開過，最嬌艷開過；我凋謝過，最悲淒的凋謝過；現在，我是一個無人注意的花魂。」

「你怎麼知道我不是花魂。」

「你……」她又是笑：「你還不懂我的話，再賭二年你才能聽懂。」

「那麼你怎麼知道我有三個月的資格？」

「因為，你是朵才開的花。你現在還沒有忘去注意你的衣飾，還沒有忘去注意你的睡眠。輸吧，再輸下去，你就做這裡的施主，於是你是這裡的寵兒，餐室是你的飯廳，煙榻是你的寢室，賭廳是你的會客室，僕人是你私有的，電話也是你私有的，你是這裡的明星，許多別人都是你的陪襯。那時候你的花已經算是開足，直到你完全輸光。但是你還有房子可以賣，東西可以當，於是你再來。不過你不再注意你的地位身價與衣飾，你想在賭裡翻本，這時候你已經枯萎了。牡丹謝了有荷花，荷花枯了有菊花，菊花雕落了有梅花，依花的性質與環境決定時間的久暫，但是天下無不謝的花朵！」

「你的確是花魂！」我說，這位女子的觀察把我弄得十分驚奇了。

「回頭是岸。朋友，我為你可惜。」

「但是我已經輸了一萬元左右，我必需翻本，翻了本我決定洗手不幹。至少也要翻一半本。」

「這是每朵花所以開足的千篇一律的理由。」

「但是實在告訴你，前天昨天我已經翻轉六千，本來我是輸到了一萬八千過。」

「這也是每朵花所以一定要開足的原因。」她毫不驚奇地，用平淡低微的聲音，下這堅決的判斷，眼睛看著她面前的咖啡。

「……」我沒有話說。

「飯後你還想賭嗎？」她忽然注視著我，我又疑心她的話是從眼睛發出來的。

「自然，不然我就不在這裡吃飯了。」

「你有多少本錢？」

「還有一千幾百元。」說出了我有點後悔，她會不會是一個扒手，於是我謹慎地注意我自的衣袋，不時用抓癢的態度去探自的皮夾是否安全。

「你打算贏多少走？」

「贏，那要看情形。」

「如果只想贏一千，我可以替你代賭。」

「一千，你可以保贏嗎？」

「你相信麼？」

「這很難相信。」

「那麼你不妨試一次。」

「你代賭。」

「是的，你把錢交我，全權交我賭。」

我忽然想到她或者會是騙子，但是她這種花魂般的氣質、態度，倒使我有點迷惑。於是我微笑：

「……」

「如果你相信我，你可以回家，回頭我送錢給你。」

——那麼這一定騙子了，我想；但是騙子會用這樣傻話來騙人的麼？於是我說：

「我自然不能太相信你。我們是初會，是不是？」

「……」她冷笑，又是放下她濃長的睫毛。

「但是，」我有點被她迷惑，我說：「自然，你可以幫我賭。我們回頭一同去。」

「我不是想賭。」她又是笑：「老實告訴你，我是不願意你墮落。」

「你為我贏一千元，你以為我就會不想再賭了嗎？」

「於是我教你這賭的真詮，你自己會看穿這是一定要走到枯萎的開花！」

「那麼你回頭教我打，好不好？」

「我不是教你賭博。一句話，你要不相信，你可以旁邊看著，但是你必須全權交我。」

「好。」

「但是有一個條件，贏了以後我要拿一百元。」
「啊，你原來是做這個買賣的。」我半真半偽的探她的身分。
「笑話，我到底不是神仙，而賭場裡難道不許有這樣的生意經嗎？」
「那麼假如輸呢？」
「不會。目的限於一千元，大概還可以。超過一千，就不見得有把握。」

二

於是我們回到了賭檯，我換了五百元的籌碼交她。
「為什麼不換一千元？」
「需要嗎？回頭不也可以換。」
「需要，我需要全權。」
於是我又換了五百元籌碼給她。
她看看過去所開號碼的存根，用鉛筆記錄現在的所開號碼，抽著煙，喝著茶，同我談些許多不關於輪盤上賭博上的事。
我心裡很焦急，沒有聽到她說什麼，也不知道回答她什麼。她的心似乎不在賭博，我真怕她會把問題混開去，拿我一千元錢跑掉。

「為什麼還不打？」我實在熬不住，問。

「不要著急，你不是把全權交我了嗎？」她又是笑。

「……」我皺皺眉頭，沒有再說什麼。

大概閑坐了十次的賭注辰光，最後四次，幾乎都是「對穿」，她都沒有下注。我心裡看中了兩次，雖然沒有說，但心裡總有點懊惱。

於是我又換了三百元的籌碼，同她說：

「我自己賭我的好不好？」

「你為什麼還要自己……」

「我實在熬不住。」我苦笑著，她也笑了，但是沒有說什麼，只是抽煙。

我看中了一下「大黑」打下去，她理也不理我。

大黑果然中了，我露勝利的微笑，她一點也不驚異與羨慕，也毫不提及，問我可要橘子不要？因為她正在剝一隻橘子。

我搖搖頭，下我的注子，大概半個鐘頭模樣，我手頭有一千多籌碼了。

她忽然打了一下「中黑」並補「大紅」，這剛剛與我相反，因為我打的正是「中紅」；可是我失敗了。我又追「中紅」；她可加倍打了中黑，盤停下來果然是「中黑」，這樣四下，她已經大贏，我可輸了！最後她還是打「中黑」補「大紅」，盤停下來又是大紅，以後她又不打。又是一刻鐘工夫，我輸光了。

「你可以把你的碼子給我一點麼？」

「這怎麼可以？」

「那不是我的麼？」我怕她要賴我了，所以嚴肅地問。

「是你的，但是我有全權，如果你要，你拿一千元去，其餘的可不是你的了。」她又是溫柔的笑。

「其餘的？」我有點生氣。

「那麼我們走吧！」她向賭櫃換現錢，回過頭向正想對她發作的我說：

「你太不相信我！我們到外面玩兒去，好不好？」她說完了拿現款，是三千幾百元。付好小費頭錢，她拉著我的手臂，像是我的情人或是太太似的走出來。

「你跳舞嗎？」

「唔。」

「那麼到舞場，好不好？」

「好，可是錢……」

「你餓嗎？」

「我不餓。你到底……」

「錢，是不是？你不相信我，好，那麼我們先到咖啡館。」

上車，她指揮車夫到靜安寺路。我說：

「我喜歡霞飛路咖啡館。」因為我怕靜安寺路有她同幫的黨羽。

「好。」她隨即對車夫說：「到霞飛路。」

霞飛路到了，我們在咖啡店坐下。

「現在好，錢你拿去。」她把錢都給了我：「你看我是不是有信用的，現在看你。」她第一次注視著我笑。

我給她兩百元錢。

「兩百元嗎？」

「不夠？」

「就是照算，一千元抽一百元，也該……」但是趕快笑斷了上句說：「不過沒有什麼，你或者會成為我的朋友。」

我又給過一百元，說：

「現在大家總都滿意了。」

她睫毛垂下去，笑。

咖啡以後到舞場，同她跳了十幾隻舞，天明時候我要送她回去。

「不。」她說：「還是各人一輛車吧。如果明天你還需要我，夜飯後我在那家咖啡店等你。不過不要多帶錢，一千元，只許帶一千元。」

三

第二天，我果然在咖啡店碰見她，同她一同到賭場去。今天我已經完全信任她，所以我坐在旁邊一句都不說。

她輸輸贏贏態度總是一樣，最後她已經輸剩二百元，可是又被她掏回來，大概贏一千多元的時候，她就拉著我走了。我們又是到舞場，今天同她跳舞，我感到非常的舒適，天未明的時候，她要回去。

「今天可以讓我伴你回去麼？在你地方同你談到天明。」

「你以為我家裡沒有別人？」

「沒有，我想一定沒有。」

「假如有，不便是不是？沒有，有什麼話要同我一個人談呢？」

「談談你的身世，因為你實在神祕！」

「我是賭窟裡的花魂，你還不明白嗎？」

「我明白，但是詳細？」

「過去我不想談。」

「你喝酒嗎？」我問。

「自然。」

「那麼我們買點酒到你那裡去喝喝好不好。」

「好吧。」

於是我們在酒櫃上買了兩瓶威士忌，到她那裡。

她住在一間外國人家的樓上，那間房子可真不舒服，空氣不好，光線不明，地方很亂，床上放著鴉片盤。

「你抽鴉片？」

「是的。」她說完了就倒在床上，點起鴉片燈，拿起鴉片槍，裝起煙來：

「你躺在那面好不好？」

「好，我坐在這裡。」沒有躺下去，但是我把她床上的衣裳拿到沙發上。

「你抽幾口嗎？」

「不。」我說：「你為什麼弄得這樣？」

「怎麼樣？」

「潦倒是不是？」

「哼……」她笑著，就抽起煙來。

「我想你應當改正你的生活。」

「為誰呢？」

「為你自己。」

「我有什麼？」

「一個美人。」我這樣想，無意識注視著她說：

「美人，是的，你先注意你的康健，於是注意你的裝飾；你應當愛鏡子，你就會是一個了不得的美人。」

「美人同人有什麼分別？」

「沒有，是的，不過我為你可惜。」

「先讓我可惜你吧，你現在還輸多少了？」

「足足還輸一萬元。」

「好，那麼明天再去。」她這時已抽完了一筒煙，站起來，拿起兩隻不潔杯子：「你把酒瓶開開來好不好？我去洗洗杯子。」

她回來時，我已開好了酒，她倒了兩杯，說：

「喝。」她沒有坐下，一口就喝乾了。

我大概喝了五杯，她已經喝了十二杯。

「談談你的過去好不好？」

「好，」她看我了一下：「但是有什麼可談呢？」

她又倒在床上，拿起煙槍煙扦。

「你靠賭不是就可以舒舒服服生活，何至於弄得這樣潦倒？」
「靠賭生活，所以只好這樣！」她嘆了一口氣。
「奇怪，我不懂。」
「你自然不懂！」她抽了一口煙：「現在你回去吧，天已經亮了，晚上再在咖啡店等我。」
我出來，在汽車上想想，還是一個不懂。
晚上我們去賭，又贏了一千元；隔天又去，在賭場上坐了三個鐘頭，她沒有下一次注，忽然站起來說：
「我們走吧。」
於是我們出來。她說：
「今天一點沒有把握！好，你回去吧，明天晚上再來。」
「還是那家咖啡店嗎？」
「好。」她上汽車走了。
以後總是二千三千一千的贏，只有一二天輸了兩百四百的，輸了以後，她站起來就走，以後又是天天有贏。
這樣一個月以後，夜裡在她寓所，她說：
「現在你還輸嗎？」

「不，我倒贏了幾千元。」

「幾千元？」

「大概三五千吧，我沒有仔細算。」

「那麼，從此以後你不必再約我去賭了。」

「為什麼，這樣不是大家都滿意嗎？」

「你這樣就滿意了嗎？」她低微地說，揚揚眉梢，垂著睫毛，似諷刺也似開玩笑。

「為什麼？」

「為什麼不？你沒有正當職業麼？」

「沒有。」

「那麼你以前幹什麼的。」

「一定要幹什麼？」

「因為你一定不是專門白相的人，我第一次印象就知道。」

「是的，我正在預備寫一部書，先想多收集些材料。」

「那麼你多少日子沒有做你自己的事情了？」她燒著鴉片，又是笑，沒有看我一眼。

這可提醒了我，我自從到賭場以後，我幾乎沒有看一本書，沒有拿一次筆過，我心裡非常慚愧，而且對自己奇怪起來，我會完全忘掉了自己。她又揚一下眉梢，垂著睫毛笑著說：

「那麼，現在這樣的生活你就滿意了！」

鴉片燈的光照著她的臉，這臉這時有神聖的光，我從她身上看下來，彎著的肘，曲線的身材，擱於凳上的腳，兩條勻整的小腿。

「我滿意著，是的；如果你不說，我似乎忘了自己。」

「那麼好，從此你不要再賭，也不必再來會我。」

「不要再賭，好。」我說。

「那麼你可以回去了。從此再不要走進賭場的門。」

我站起來。

「但是為什麼我不必再來會你呢？」我說。

「會我幹什麼？」

「我們的友誼，而且你，你是神祕地救了我。」

「友誼，我是你的賭友，你不賭了，還會我幹什麼？而且我是靠賭博生活的，你難道也要學我？好，再會。」

這樣我就出來。第二天我買了許多東西去送她去，但是她不在，我留給居停主人。那是一位立陶宛女人，我問她什麼時候這位小姐可以在家。

「上午是她睡覺的時候，兩三點鐘醒來就出去。」

「她常常有人來找她嗎？」

「沒有。有裁縫送衣裳來什麼，都交給我，她關照我在她睡覺的時候不許吵醒她的。」

「那麼怎麼碰得見她呢？」

「舞場裡。」

「舞場？」

「我也不知道什麼舞場，不過她說她是一個舞女。」

「……」

這樣我留一個條子，約她於明天晚上在我們常約的咖啡店會我，就出來了。

但是第二天我白等了一場，她竟沒有來。以後幾天我都在想她，一直沒有恢復我正經的生活。

大概五天以後吧，我決定到賭場去找她。為發誓不賭，我只帶一點零錢。

我這樣等了三天。

第三天我碰見她了。她正走進輪盤賭的大廳，一見我就說：

「怎麼，你……」這是我第一次看見她皺了一下眉，這份眉毛的表情已經將眉毛美發揮到了極致。又說：

「你怎麼會來？」

「不，我只是為等你。我們到外面去好不好？舞場？」

「好吧。」

於是我們到了舞場。

「你不是答應我不賭了嗎？」一坐下，她就這樣問我。

「是的。」

「但是你為什麼又到賭場？」

「為的是要碰見你。」

「要碰見我幹什麼？」

「因為我想你。」

「想我。」第二次皺著眉注視我。

「因為……因為你救了我，使我可以回到以前生活軌道上去。所以……」

「那麼你好好生活，就不虧我救你的意思。」

「但是我還是不能好好生活，因為我想你。」

「那麼你要怎麼樣呢？」

「我要找你同你說，假如你不許我同你來往，我只好再用賭博來刺激我自己了；如果你許我同你來往，那麼我們再一同去賭。」

「你的意思就是橫豎都要去賭就是。」

「不，假如你允許同我來往，又不許我賭，那麼你也不許去賭。」

「我，但是我是靠賭為生的。」

「能夠以靠賭為生的人，也能靠別的為生。」

「那除非你給我錢。」
「我給你錢，可以。但是你要聽我的話。」
「你的話。」
「是的。」我嚴正地說：「我要你改變你的生活，我要你戒去嗜好，我要你打扮你自己，講究你的衣飾與住處，我要你少喝強烈的酒。……」
「唉！」她垂下睫毛，垂下了頭，看看自己的咖啡杯，愀然說：「你真是奇怪，你知道我過去的種種了？」
「我不知道，我想知道，但也不一定要知道。我只要你聽我的話。」
「好。」她看著我笑：「我為你試試看，但是我現在要錢，我需要錢。」
「多少？」我說。
「至少八百元。」
我當時就開一張支票給她。
同她跳幾隻舞以後，我們就各自回家了；她叫我不要去看她，一星期後她會寫信給我的。

四

但是我想她，我熬不住自己，第二天我買了許多衣料脂粉之類，下午兩三點鐘的時候到她家去。她不在，那位立陶宛的老婦說她一早就出去了。我只好留了一個條子，約明天早晨去看她，請她一定在家等我。

可是第二天我去的時候，她已經搬了，有一個條子給我：

「××醫院××號」

我以為她病了，趕快坐汽車趕去，她正好坐著。

「你病了？」

「是的。」

「什麼病？」

「你猜。」

我始終沒有猜著，她也沒有告訴我；我問看護，看護也沒有告訴我。我當時滿心懷疑，桌子上有兩瓶藥水，一瓶是綠黑色，一瓶是白色。我忽然計上心頭。——隔一天下午我帶我一個表妹去，那位表妹是學醫的，我同她們介紹後，說特為約來看看她的病，實在不過看看這藥水。

表妹出來後，才告訴我她是在戒煙。

以後我就每天到醫院去看她，她會各色各樣撲克牌的玩意與技巧，教我同她消遣，這真是一個賭徒！

我也知道了她的身世。

十來年前，有一位姓曹的巨富，我想大家都知道他的，他賭光了一兩百萬的財產死去。他的兒子又將全家的不動產賭去。她就是天天伴她丈夫去賭的少奶奶，她告訴我她丈夫怎麼樣在家裡裝了輪盤來研究過，但是結果還是輸，輸完不動產後還負了一大批債，無路可走，他就同她一同到太湖裡自殺，可是不巧得很。她被一隻載石子的船救起，從此她就改名換姓的又住在上海。

曹少爺與少奶奶當時在賭場裡的名望是遠過於人民對於元首，當他們倆跑近賭桌，大家都會對他們注視，賭家為他們預備最好座位，最周到地去招待他們，對他們獻殷勤。但是這個日子過去了，現在她一個人潦倒地在那裡偷活！

十天以後，她已經戒除了煙。我為她布置好一間空氣陽光都充足的房間，房間裡我為她裝飾著許多鮮花，她就搬進去住了。

當我到她寓所去看她時，我已經不認識她，不但衣飾都已完全換過，而且脂粉也敷在面上，頭髮也早已燙修得異樣煥發，牙齒也在牙醫地方洗淨了。她很殷勤地招待我。

「你又回到了最鮮艷的花朵時代。」我說。

「但是我已經老了。」睫毛掩去她眼睛，笑了。

「三十歲不到說老了。」

「女人可以到三十歲嗎？」她忽然注視我。

「但是仙女可以到五十歲。」

「這是笑話。」

我很快樂的從她那裡出來，我覺得我復活了一朵已枯的玫瑰。從此她就成了我的膩友，幾乎沒有一天我不去看她。她是逐漸地健康起來，煥發起來了。

這樣過了三個月之久。三月後我因事回家，那時我的父母妻女都在香港。我留給她三千元錢，這錢本是她給我贏的。我現在交給她，希望她可以有一年的生活。我離上海前夜，她在家裡為我餞行。她說：

「為什麼不帶我一同去呢？」

「但是我是辦完事情就回來的。」

「辦完事情。那麼回來以後，我們打算怎麼樣呢？」

「怎麼樣？……」我不知道怎麼說，這個問題，我會一直沒有想到。……

路上的行人很稀少，月光凄清地照看馬路，這是冬天，我從她那裡出來，那份冷，使我心頭清醒不少。「算是怎麼樣呢？」我想。

回到家裡，我沒有睡著。「到底怎麼樣呢？」我想。

朋友，自然是朋友；但是她年輕，她要一個真正的生活。她一有對象，我還可以做她現在這樣的朋友嗎？而且她提出這個問題，就已經想到了她的前途。她的經濟，現在是的，我留給她三千元錢，三千元以後呢？我自然還可以供給她，但是我要是供給不起，要是沒有錢，要是……

娶了她，我早已結婚了，而且有了孩子；情婦，我怎麼可以有情婦？而且我還有家，家裡對我的期望與自己重大的責任。

男女之間根本就不許這樣親密的友誼，有這樣友情終是悲劇！那麼到底怎麼樣呢？想到頭還是不知怎麼好，我是於第二天就離開上海的。時常想她，每每想給她信，我都怕提筆寫。我怕我自己，我怕這份對她奇怪的感情，我怕「以後怎麼樣」這個鄭重的問題。

但是時光是不等我的，我又回到上海；沒有法子使我不去看她，但是等我上樓按電鈴的時候，開門的二房東告訴我她已經搬走了。

「搬到哪裡？」

「不知道。」

「什麼時候搬的？」

「你不來以後兩個月。」

……

五

我想一切的過錯都因為我不寫信給她的緣故，那麼現在她到底到哪裡去了呢？還在上海嗎？要是我想救她反而害了她，那麼這事情怎麼辦才好。

而最大的原因，是事實上我不能忘懷於她，馬路上戲院裡一有輪廓或後影與她相像的，我的心就跳起來，我就會叫出來或者跑上去看，受這份失望的痛苦也不止千次百次。

為救這份痛苦，我終於又沉湎於賭博的生活。

這樣，大約是半月以後，我到一家零北路的一個賭場去。當我剛要坐下賭桌時，我發現她正坐在我的對面。

她現在又像我第一次碰見她時候一樣，眼珠沒有光彩，眼圈灰黑，面色蒼白，頭髮零亂，嘴唇發乾，衣裳也不很整齊，抽著紙煙。

「你！」我驚奇地叫起來。

「你！你怎麼又來！」她皺著眉注視我，露她雪白的牙齒，我覺得她或者還沒有重吸鴉片。

「那麼你呢？」我冷笑著。

「好，我們外面去談談吧！」她站來換現款。

於是我們到了一家咖啡店。

「你怎麼搬了？」我問。

「我？叫我靠什麼生活？」垂著睫毛，她笑，用極低微的聲音。

「我不是給你三千塊錢麼？到現在還沒有半年。」我嚴肅地說。

「我靠三千塊錢就能生活嗎？」她冷靜得像風中的冰，沒有一絲皺紋。

「那麼你要多少？就是不夠，你為什麼早不說？」我有點像疾風一樣的說。

「我也是人，我在物質以外，還要有精神生活。」她冰一樣露著笑，用極低的聲音，末了嘆一口深深的氣。

「精……神……生……活。」我猛然遇到了一桶冰水：「那麼賭博是你精神生活？」

「我要忘掉現實。」

「現實對你有什麼苛刻。」

「現實，我缺乏精神的糧食。」她注視著我。

「那……」但是她立刻打斷了我話：

「聽著，聽我說，你以為你的幾千塊錢就可以養我嗎？朋友，我看重的還是你的好心，但是你居然一封信都不給我！你要我在你的這點錢裡生活，是不是？但是我要的不是這些，我也有一份心，但是你輕視我的心。你的錢我為你留著。」她說著從袋裡拿出那張我給她的支票：「現在你拿去，你以為我是同你一樣，有一點錢就可以生活麼？男孩子，你錯了，好，現在再會。永別了！朋友。」她說完就站起來要走，但是我一把拉住她，拉她坐在我的旁邊，她長是的睫毛翻著亮晶晶豆大的淚珠，我也忍不住鼻酸起來，說：

「都是我不好。那麼以後我們一同好好做人，你再改正你的生活。」

「我自己難道不會改正生活，要你說，你以為你的錢有效麼？你看著，一個月以後你看看，你看我怎麼把自己生活改正。」

「但是我的熱誠與我的愛。」

「熱誠？愛？你連一封信都不來！」

「可是我時時想念你的。」

「笑話。」她笑了，發出尖銳的聲音。

「啊！我知道了。」我忽然改了態度激她：「你現在從賭場裡發財了，所以要把錢還我，從此不要見我了。」

「發財，沒有賭可以發財的；你不要以為我能贏，我沒有錢時，可以贏一點用用，一有錢總是輸！我要會發財，沒有見你時我不早發財了？你的錢我沒有動過，我不以為我有這筆錢，不然早就輸光了。好，現在我要走了。……」

「可不可以讓我來幫你再恢復以前的生活。」

「不可以。」她不哭不笑，堅決地說。

「你難道不願再接受我對你的幫助嗎？」

「不。」

「那麼你以前為什麼肯接受呢？」

「以前我以為你是為愛，現在我知道你不過是為慈善。老實告訴你，我還不需要慈善家的幫助！」她站起來，飄然地走了！

從此，我再也沒有見她。

六

這樣，我起初為想念她，而找刺激，後來為翻本而賭博，我跑賭場一直跑到現在，我成了一個賭客，從盛開而至於凋謝，現在已經枯萎了。

她呢，我一直沒有會見過，我也慢慢地忘掉了這個花魂，雖然我時常想起她將賭客比作花朵的事。

但是昨夜，當我賭得正酣的時候，忽然賭家有人在說：

「張太太、張先生來了。」女招待忙著都過去招待，許多賭徒回過頭來看，我也抬起頭來，我當時真是呆了。

前面走過來的正是她，頭髮修得很煥發，耳朵上帶著鑽環，眼睛發著光，手上閃著鑽戒，她居然美得這樣了。她後面是一個四十多歲的男子。

她們已經走攏來，我裝作不認識她，只是管自己。她們被招呼坐在我的斜對面；她大概也看見了我，楞了一下。我這時面孔發著熱，心怦怦地跳著，我想跳起來，同人決鬥；但是終於沒有發作。我那時手頭有三百元籌碼，我看她們換了兩千元。接著她們下注了，我同她們相反的下注，大概有半個鐘頭辰光，她們換了三次籌碼。我勝了，我不知哪兒來的勇氣，我忘了我自己的窘境，將我所有的財產同她們相反的下同樣大的注子。她們到後來已是大輸，她在勸他走。她們走後，我也站起來。她們是到餐室去吃點心，我也跟了進去，這時我身邊滿是錢，我想再有一個機會同他們對賭一下。

我喝了三杯威士忌，這是第一次在她房內同她喝過的同樣的酒。我叫身邊的女招待過來，我問：

「你知道我贏了麼？今天。」

「明天你還要贏。」

「是的。你知道敗於愛情的人一定勝於賭的老話？」我順手拿出幾張鈔票給她，我說：

「別人嫌我窮不要我，我不要你而給你錢總可以吧？」

她很窘的拉著她的男人走了，那位女招待也過去伺候她。她們走出門後，那女招待回來給我一個條子說：

「那位太太給你的。」

條子裡寫的是：

明天上午十時雲西飯店史白雲小姐。

昨夜狂舞一夜，今天十時我到雲西飯店去，史白雲小姐開的是五二一號房間。進門，果然她已經先在了。

「昨天你是瘋了？」
「我瘋了已經一年，豈止昨天。」
「你真是為我嗎？」
「自然，你就這樣的……」
「但是我始終沒有忘記你。」
「笑話。現在不要說這些。你願意幹什麼？賭錢，我們賭，叫你丈夫來；喝酒，我們喝；抽鴉片，好，我們抽。」
「你不要發瘋好不好？靜下來，我同你談談。」
「好，你談。」
「你是不是愛我？」
「是的。」
「你有妻子孩子都沒有告訴我，是不是？」
「是的，不過……」
「你去香港沒有給我一封信，是不是？」
「是的。這是我的錯，但是我到底回來就找你，可是你……」
「但是你知道你的女兒有封信給我，你知道麼？」
「……」我楞住了。

她嫻雅地從皮夾裡拿出一對信來。

的確是我十歲女兒的筆跡，信裡面是這樣寫著：

親愛的長輩：我們偷讀父親的日記，知道你與爸爸的故事，我們嚇得不敢響，又怕爸知道，又怕媽知道，我們心裡很難過；替爸爸難過，也替你難過；爸爸很愛我們，也愛我媽；但是他心很慈善，每天日記裡說著要救你救你，要你到光明的境界。但是他又怕你愛他，你愛他了，他就無法救你，要救你就要害我們。這些日記我們也看不很懂，不過他既然這樣怕你愛他，你又何必愛他？我們要他買一點東西，不過幾塊錢，他都沒有買來，他要緊的為救你。救了你希望你不去愛他，你不愛他就是救我們，你知道嗎？你肯救我們，就是我們恩人，我們大起來永遠紀念著你。敬禮。

點點

滴滴

附上照相一張，請你想著我們。還有我爸爸日記裡直說你美，你的照相肯給我們一張嗎？

看完了信我沒有說什麼。她從我手裡接過信，收起來說：

「現在你總該明白了。對我也可以原諒了。」

「是的，我原諒你。」我不禁哭了出來，伏在她的膝上。

「那麼你以後可以過你正當的生活了。」

「……」

「為你的愛，為我的愛，為點點滴滴的愛。」

「你還愛我？」

「不要講這些，我已有了丈夫。假如你太太同你的點點滴滴到上海來住，我們大家做個真正的朋友。」

「難道我同你不是朋友。」

「只要你當我朋友，我自然是你朋友，但是如果你當我是愛你的人，那麼恕我不同你單獨來往。」

「……」

「聽我話好不好？」

「聽你，一切都聽你。」

「那麼以後做我的好朋友；做你太太的好丈夫；做點點滴滴的好父親；從此不要再去賭了。」

「我一切都聽你。」

「好的，那麼以後過你正當的生活。你昨天大贏了，是不是可以算翻本了呢？」

「差不多了。」

「如果你還要多少，那麼同我說，我這裡給你就是。」

「不想翻本，只想聽你的話。」

「好，那麼再見。」

「你可以把地址給我嗎？」

「可以。」她拿出筆來寫，寫好交我，說：

「星期日中午到我家來吃飯好不好，我丈夫也可以等你。」

這樣我就走了出來，心中泛著甜酸苦辣的味道。馬路是軌道，馬路中還有電車的軌道；汽車走著一定的左右，紅綠燈指揮著車馬的軌道；行星有軌道，地球有軌道。軌道，軌道，一層一層的軌道，這就是人生，誰能脫離地球攀登別個星球呢？依著空間的地理的軌道與時間的歷史的軌道，大家從搖籃到墳墓。

一九三九年二月七日夜十一時半，上海。

氣氛藝術的天才

從已不見人跡的山坡上，我才看到對面一個較低的山頂。那時天似乎特別低，雲彩各種的變幻都聚在對面的山上，茸密的樹林閃成各種的顏色，許多雲氛在林隙盤旋，我可以從它們的變幻看到風的方向，有一種說不出的聲音充滿我的耳朵，這是一種我們在曠野寂靜中才能聽到的聲音。樹林的下面是一片碧綠，看不見有一條山路，這時候我正從一段樹林中走出，好像這是另一個天地。前面有一塊很大的石岩，我想走過去，坐在石岩的前面抽一支煙，但等我走到前面，發現我與對面的山上隔著很大溪流，急湍直下，發出很大的聲音，與我臨近的風聲相雜。我就在坡上站了一會，探望下面的深澗，於是我拿出紙煙來抽。但等我噴了一口煙，想靠在石岩去坐下時，忽然有一個聲音打斷了我：

「可以不抽煙嗎？」

我吃了一驚，回頭看時，看見我所選定的石岩面前，已經有人占坐著。是一個鬍子很長的老者，穿著博大的衣服，灰色的頭髮很零亂，想是沒有注意風的吹動，額前的皺紋似乎蓄著很深的世故與憂鬱，很長的眉毛微蹙著。眼睛望著遙遠遙遠的天空，似乎並沒有在看我。於是我假裝沒有聽見他的話，問：

「老先生，是你對我說話嗎？」

他沒有理我，站起來，嘆了一口氣，拿起一根睡在他座後很粗的手杖，悄悄的向著我的來處走了。

我望著他在樹林中隱去，開始在石岩的面前他的座位上坐下，我無心注意四周的風景，開始對這位老者有好奇的探想。

這是我第一次同他會面。

三天以後，我又坐在原來的地方，忽然我聽見手杖的聲音，我立刻意識到是他，但我不敢回頭去望他，聽他一步一步的走近來。

但我的存在似乎很使他驚奇，他好像在剛想坐在原來的位子時發現了我，因此很失望地站在那裡。可是我就站起來，對他說：

「我想這是你的座位。」

「一樣。」他說著就在前面的草地上坐下說：「我坐在這裡。」

這以後我們就再沒有談話，我一個人又坐到原處。好幾次我都想抽煙，但不敢嘗試。我相信他一定是非常討厭抽煙的。一直到太陽西下，天空從紅色變成橙色，橙色變成藍色，四周的灰圈漸漸變濃，掩蓋了一條條金黃的反照，他支著手杖站起來，嘴角微露著笑容，開始向著來路回去。於是我就跟在他的後面。他走得很慢，但我不敢搶上去。等走到了樹林深處，我似乎已很難辨明路徑，他仍舊走得很自然，最後我趕上幾步，差不多在他的身邊了，我說：「老先生，你就住在這裡附近嗎？」

「是的。」他說，他的聲音似乎一點不老：「下山就是。你呢？」

「我是過路的，在這裡等公路車，住在棧房裡。」

「一個人嗎？」他用發亮的眼睛望了我一下。

「是的。」

這以後就沒有說話，大家沉默地走路。我很想多知道他一點，也想打破這林中可怕的沉默，但怕他不高興，所以只是隨在他的後面。

走出樹林，已經是半坡上面，可以看見下面的燈火。在過幾塊下斜的石塊的當兒，我搶到前面去扶他，他搖搖頭。於是我就走在他前面了。

下坡以後，是較平的小路。他忽然對我說：

「你到我家去吃便飯吧。」

「自然很好，不過太打擾了。」我說：「或者老先生同我到鎮上小館子裡去吃一點吧。」

「我的家裡等著我。你同我一塊去好了。」

我於是不再說什麼，讓他走在前面，我跟著他。

他的家庭很簡單，一個兒子同兩個孫子，都是樸質健康的農夫。兒子已經結婚，他的太太是一個秀美沉靜的姑娘，在我們進去後，她出來布置飯桌，張羅飯菜。他們對我並不驚奇與客氣，席間我們有誠懇坦白的談話。但有一件事情很使我奇怪，這位老者與他的兒子於飯後，竟都拿出旱煙來吸，於是我問：

「老先生，可是你特別討厭紙煙？」

「不。」他笑了。

於是我也就拿出紙煙吸起來。

當我正想稱謝告辭的時候，老者忽然站起來，邀我到他的房間裡去。我沒有違反他的意思，同他的兒子們告辭。他拿起一盞燈在前面引路，我跟著他。在走到門前時候，他打開棉門簾，叫我先進去，他隨後跟著進來。房內已點了一盞油燈，不亮，但已夠使我看到可驚的四周。

這是一間很大的房間，但只有很小的空隙。一架古舊的鋼琴放在當中，眠床就放在鋼琴的前面。四周充塞了中西的書籍，東東西西散著中西的樂器，一張方桌上有五隻煙斗及一具藤編的茶筒，幾把有手製靠墊的藤椅，散在有空隙的地方，他就指了一把叫我坐下，打開桌上的茶筒，倒了一杯茶給我。

談話從他對我職業詢問開始。我們就談到藝術，不知道怎麼引起了他的興趣，他開始告訴我他的離奇的天才與一生的經過。

他啜了一口茶，吸起板煙，靠在藤椅上，似乎作一個預備長談的姿勢。於是從他長髯的唇上，噴出濃郁的煙氛，他望著煙氛散處，視線直射到對面的書籍，似乎從那裡喊起了記憶，於是遲緩地用他末老的聲音，告訴我下面的故事：

「我們的祖先就是這裡的農夫，但是我對於農作一點都不能適應。我一到田野就不想工作，我非常懶惰，我望著雲，聽著風，嗅著各種草的香，樹的香，就完全陶醉在自然裡，有一次，我去放牛，但我在草地坐著，竟忘了一切，結果牛跑了，吃了許多人家的稻，後來好容易由我叔叔們把它找回來，於是我就受了責罰。這一類事情常常發生，我一到田野裡就會忘去工作，呆坐在草地上出神，別人都以為我在睡覺，說我懶惰。大家認為我沒有出息，所以於我十四歲那年，把我送到上海一家小書店裡去當學徒。我在家裡私塾裡曾經讀了三年書，讀書我還不笨，所以可以寫寫信，看看簡單的書。在那家小書店裡，看書非常方便，晚上沒事，我就睡桌板上看小說，後來也看了許多流行的書報。半年後，我進了一個夜校讀書，我讀的是英文與國文。那位教英文的先生同我很好，星期日常常約我到他家去。……」

他說到這裡忽然看了我一眼，我覺得他眼睛有過敏的光芒；他似乎在看我是否耐心聽似的，忽然他說：

「假如你高興，可以住在這裡；鋼琴那面我備有一張客床，你可以睡在那面。」

我點點頭，但接著我問：

「那位英文先生是一個音樂家嗎？」我從他房中的樂器，想到他音樂興趣的起源，所以有這樣的問句。

「啊。」他的視線又望到了遠處，手摸摸鬍子，接下去說：

「他是個喜歡藝術的人，家裡很有錢，但一個人住在上海，教英文不過是幫朋友的忙。他玩繪畫，音樂，照相，是一個非常活潑有趣的人。後來我每星期到他那裡去，我跟他學繪畫，學鋼琴，提琴，他並不是很好的畫家或音樂家，但很熱心教我，希望有我做他伴侶，一同來繪畫，來奏音樂。後來他叫我搬他那裡去住，幫他買點菜燒燒飯，再後來他介紹我到一家廣告公司去做事，我就離開了那家書店。從此同他一起時候更多，他的聰明，高興也很使我對他敬愛。但那時有一件事情很奇怪，就是每當畫畫的時候，他布置靜物時，插在花瓶裡的花，常常不是我所喜歡，這並不是色澤不和諧，而是一個說不出的理由，我當時自己都不知道。有時候他叫我去買花，我總要費很多的時間，才選擇到我自己所喜歡的。還有是買菜燒飯的時候，我們也有不同的趣味。這原因我一直不知道，一直到我在上海三年以後，回到家裡來。我才發現我的嗅覺同人們是完全不同的。過去我以為我所感到的別人都有同感，但那次回來，我才知道別人都沒有這些感覺。比方顏色，你看紅的，我看也是紅的，雖然也許有深淺之分，但除了少數色盲的人，我們大致是相同的；比方聲音你聽重的，我聽也是重的，當然對音色音質我們的感覺常有滯敏之分。但對於嗅覺，人類幾乎只有最根本的好聞與難聞兩種，而我只覺得有千萬種之別。無論每一種泥土，每一根草或每一瓣樹葉，我都可辨出它們的不同，而別人竟完全缺乏這個天賦！這個發現，使我很高興，但也就是我一生悲劇的開始。」

他嘆了一口氣，好像一生的悲劇已在他的目前。我打開茶筒，為他倒了一杯茶。又為我自己倒一杯。他喝了一口茶，敲敲板煙，摸摸鬍子，又講下去：

「但當時我還想，鄉下人少，雖然都沒有這個感覺，但世上總有人有我同樣的天賦。我回到上海以後，第一個就同那位英文先生談這件事，他覺得很奇怪。後來問廣告公司的同事以及許多其他的人，竟都沒有這個天賦，他們甚至還以為我在瞎說。我那時已經從那位英文先生那裡獲得許多知識，又從他那裡知道有圖書館，讀了許多書，我有很廣泛的常識，也瞭解一點藝術的本質。那時候，恰巧廣告公司有一個畫廣告的職員，是一個藝術學校畢業的學生，說是一家法國郵船裡要用茶房，他想做茶房到歐洲去學繪畫去。這件事情打動了我，我於是同他一同找到那行職業。這樣我在歐洲流落了三十幾年。」

「你在那面做工？」我問。

「做工，是的，我先做飯館的侍役，後來我在服裝公司幫人打樣，廣告公司打雜，電影公司畫布景，後來我也在樂隊裡奏提琴。但不管怎樣，我總有時間自己研究，你想想三十多年的時間，我幹隨便那一樣都可以有點成就，幹隨便那一行都可以有希望，而且我對於繪畫音樂的才力都很使大家驚奇，專幹一行，我也許成了第一流的畫家或音樂家也說不定。」他臉上浮起諷刺的微笑，燃起板煙，噴一口煙，摸摸鬍子，又接著說下去：「但是我不，我有一個特別的野心，我想創造一種嗅覺的藝術。」

「嗅覺的藝術？」我問。

「是的。」他說：「我想把『氣氛』，（他用一個特別的聲音說這兩個字）像聲音一樣的組織成交響樂。」

「但是……」我說這話似乎打斷他的話語，所以停止了發問，可是他等著我，於是我又說下去：「比方說樂器吧，就似乎……」

「自然是問題，但最基本的不是這個，是『氣氛』的元素與種類。世上大多數的『氣氛』無論是花香，草香，凡是人們所聞到的，都不是純粹的元素。所以我先要研究這個，與人們對於這些元素的氣氛的反應，比方說有的氣氛可以使人睡眠，有的氣氛可以使人興奮。我為研究這個，所以我雖以繪畫音樂在工作，但這只是我的副業。我在學校裡則專研究植物化學，後來研究生理心理與嗅覺神經。我從植物化學中，積十八年之研究，得九種確實基本的『氣氛』，十二種可疑的基本『氣氛』。」

「但是什麼樣可說是確立基本的『氣氛』呢？比方……」

「自然，」他微笑著說：「這要靠嗅覺來決定。以我的板煙與你的紙煙來說。你可以聞出它們的不同。假如我的板煙的氣氛是基本的氣氛，那麼你的紙煙的氣氛就決不是基本，因為我們聞得出裡面雜有與板煙同樣的氣氛。」他看我似乎已經懂他的解釋似的，繼續著說：「我得了這些結果以後，我不想再做那方面的研究，我想先用這些製成『樂曲』。於是我從嗅覺神經，生理心理學，求人們對這些元素與這些元素與錯綜配合的反應。」

「不過，藝術所要的是美感，音樂的作曲家並沒有作這些科學的研究，但可以作曲。」

「不錯，」他似乎很喜歡我反駁與發問。而這些問題，一點也不使他驚奇，好像他早已想到過的，很從容的答我：「這就是每種藝術本質上的不同，譬如不諧和的音樂使我們聽起來不舒服，所以要有和聲這種基本的科學的學問。但這在嗅覺上更加複雜，而人們生理的反應對它也特別明顯。比如有許多氣氛可以使你作嘔，可以使你頭暈，而且有許多氣氛可以使你生理有害。我雖然可以欣賞氣氛，可以辨別什麼氣氛與什麼氣氛和諧不和諧，但不知他的理由，他的理由自然在嗅覺神經與生理心理學上。」

我心中有許多疑問，但不願意打斷他的話，聽他講下去。他說：

「但我一方面雖在作這方面基本的研究，另一方面我則已經用二十一種基本的氣氛試作氣氛的樂曲，憑我的直覺求得它的和諧與美麗。我第一隻樂曲是寫一個農婦的相思，分四折，第一折是日光與田野的風光，第二折是少年夫婦耕種在快樂，第三折是丈夫的從軍與別離，第四折是農婦一個人的田野工作，深沉的相思，於是在日光與田野的氣息中入睡，夢見她的丈夫。」

「那麼你用什麼奏演呢？」

「這就是我第二步的工作，我有了樂曲以後，我就想試著奏演，於是我設計製造一種像鋼琴似的樂器；我在每一個管子裡存放化學品，使它不斷發生氣氛，由我按鍵使它噴出氣來。這一步工作也很費心機。因為有的氣體我要它很快的細銳的噴出去，有的我要他遲緩地散開去。譬如日光慢慢地滲透田地，就要用一種使人興奮的氣體慢慢地散開來。而在日光滲透以後，我要用許多不同的花香三三四四的出現，就要細銳而急湍的氣體。這個樂器使我費了三年工夫造成，但只能奏我三四個樂曲，因為有許多我要用的氣體，不能在這二十一種元素上配合出來，所以我必得採用天然的混合氣體放射出去。」

「那麼你有沒有對觀眾表演過呢？」

「表演過。」他淡然笑著說：「在法國一個沙龍裡，請了三十來個社會上有聲望的人。他們雖然是在我奏完後鼓掌，但只說『很香很香』，沒有一點欣賞的能力。」

「那麼是失敗了。」

「自然。」他露著諷刺的微笑說：「但成功的是我的演講。」

「你的演講？」

「是的，」他喝了一口已冷的茶，繼續說：「我先報告我的研究，再說未來嗅覺對世界的影響。將來如果可以用氣氛來作教育與宣傳的工具，那麼一切政治上宗教上思想上的分歧，凡可以釀成戰爭作為解決工具的，可以用氣氛的宣傳代替戰爭，免得死許多人。最後我說我的最終的目的是要在藝術上闢一個新的天地。」

「這一定是一篇很動人的演講。」我說了，抽起一支紙煙。

「因為這次演講，」他沒有注意我的話，繼續說：「就有一個人來拜訪我，要我專力研究一種『悲觀』的氣氛。」

「悲觀的氣氛？」我驚訝地問。

「他們願意供給我大量的錢給我研究。」他還是不注意我的驚訝，繼續往下說：「這在我可並不是難事，自然我應當很樂意賺那筆大錢。但是後來我知道這是一個大資本家想在交易所市場上操縱人心，所以我拒絕這事，當時我已經接受了第一筆錢，後來我退還給他們了。」

「你說這悲觀的氣氛可以使人心對於某種股票或什麼悲觀嗎？」我很著重的問他。

「我不知道在應用上如何影響交易所中的人心，但普通使人悲觀的氣氛，比我想收藝術效果的氣氛自然簡單得多。」他說著忽然轉移了視線，隨即轉移了話題說：「為喚起單純的情感，這種氣氛的作用在我們日常生活是常有的事，如對一樣東西或者對一個人的喜憎，這在戀愛場合上就很明顯。人們大都找不出真正墮入情網的原因，而其實常常只是一種氣氛的關係，有許多高貴有知識的人，愛一個一無可取的女子，就也許完全是氣氛的關係。」

「那麼香水也就是使人鍾情的作用了？」我發了問以後，覺得這問句實在很幼稚，但是他並不以為奇。微笑著說：

「香水不過是使多數人愉快的一種氣氛，特別使人鍾情的氣氛也許會是不愉快的氣氛。有許多人的神經常因特別的氣氛而興奮。你當然知道有許多詩人哲學家要聞爛蘋果或者什麼古怪氣氛的怪癖，就是這個道理。我們知道每個人都有每個人的氣氛，但很少人有狗一般的能力來辨別，不過有的人能辨別某一類，有的人能辨別另外一類。戀愛的時候，常常會是某種特別氣氛吸引了一個個別的人。還有一個可能，可以用心理學上的交替反應的原則來說明。比方你愛了一個女子，她的分泌的氣氛也許有同於你幼年時奶媽的氣氛，有點相同，你因為幼年時對奶媽的親愛，而二十年以後，忽然碰到這個氣氛，所以會突然無意識地鍾情於她，而自己不知這是什麼理由。」

「這樣說來，」我說：「那麼既然每個個別的人有這許多不同，藝術的表演怎麼可能呢？」

「但是我們在顏色與聲音分別上也是人人不同的。這倒反是藝術創作上的一個基本條件，因為各人所喜愛的有所不同，可以使每個藝術家有獨特的作風與趣味。」他微喟一聲，轉高了聲音又說：「藝術上之難於成立，還在多數人對於嗅覺方面鑒別的滯鈍，這也就是我失敗的原因。如果人人有較強的嗅覺，嗅覺藝術當是最高的藝術，這要比繪畫音樂要複雜豐富得多。」

「這該是證明了一個太超人的天才之難被人欣賞。」

「這話自然是對的。」他說：「但反過來說，如果人類的嗅覺都是同我一樣強敏，那麼人類一定早有這一方面的藝術，也用不著等我來發明，這所以我也毫不痛苦。所可惜的是我一切努力的虛擲，如果把我的努力用於其他方面，我一定早有點成就了。而最悲哀的，是因為當我在那方面努力的時候，我有兩種信仰：第一我相信世上一定還有人具有我一樣的嗅覺的天賦。第二我相信人類的嗅覺可因訓練而增強。」

「那麼這難道也都失望了？」

「人類的嗅覺因訓練雖可以增強一點，但與我所期望的水準總還是相差太遠，而無人在教育上心理學上作這方面的研究與推動。」他只解答了他第二個信仰之失敗。於是我說：

「我自然無法知道你嗅覺之強敏程度，正如天生瞎子無法知道我視覺的強弱一樣，但在理論上想，世上雖無你一般的嗅覺，但人類之中大家總也有個強弱之分。」

「自然有的，但很微很微，在我看來，其差別不過是在宇宙之上看地球上一些高低不平的小坡，我起初很想找一個有同我一樣天賦的女子結婚，後來我只想找一個可以瞭解我這份天賦的女子，可以欣賞我氣氛樂曲的女子。但都失敗，結果我還是獨身。」

「你一直沒有結婚？」

「沒有。」他低微地說：「啊，剛才你見到的那位，他是我侄子，在我回來後，承繼給我的。我在國外三十多年，人老了，逐漸對什麼都灰了心，幸虧稍微積蓄一點錢。回到家裡，真是有隔世之感，看到我堂兄弟們都同我父親叔叔一般在種田，心裡非常羨慕，所以要一個侄子承繼給我，我買了一點田產給他種，這樣就隱居下來了。」

「……」我還想發問的時候，外面有開門的聲音，他說：

「天已經亮了許久了吧。」

這時候我才注意到窗簾上已經映著白光。

我吃了點稀飯，他才讓我走。回到旅店一直睡到下午，醒來無事，又到昨天去過的山上去。今天天空碧藍，沒有一點風，日光掩去了晚秋的薄寒，我試著試驗我的嗅覺，我聞每一段空氣，每一種樹，接著我走出樹林，在快走到那塊岩石跟前，我已經看到那長者的衣角。於是我走上去同他招呼。

他叫我坐在他的旁邊，但接著就沒有同我說話。我起初也不敢發言，後來我因為實在想多知道他一點，所以就大膽地開口了。

「老先生，」我說：「昨夜的談話真是使我走進了一個新的天地。我非常感謝你的招待。可惜我明天一早就要走了，不然我希望多聽你一點議論。但是我昨夜回去想想，還有許多好奇的疑問，我可以現在問你嗎？」

「不要緊。」他微笑看我一眼：「現在就可以讓我們談談。」

「是不是因為紙煙的氣氛與這自然的氣氛很不調和，所以你不許我吸煙呢。」

「自然囉。」他睜大眼睛望著我，好像對小孩子說話一樣。接著又從幽默的口吻換了正經，他說：「最奇怪的是大自然所創造的一點沒有不和諧的，不光是氣氛，一切顏色，聲音，都是和諧。甚是顏色與聲音間，聲音與氣氛間都是和諧的。」

「那麼你可以教我對氣氛作欣賞的學習嗎？」

「我不知道你的程度，但注意是最要緊的事。比方你對於每一種不同的花香可以辨別，你可以學習著辨別每一種草與樹葉。你也可以試著去辨別每一個人，每一件衣服，到處都是學習的地方，但這沒有什麼用。人類的嗅覺，我想還是因為沒有用所以不靈敏。」

「我想你一定是非常孤獨的。」

「當初也許，但現在也不了，當我再沒有期望去碰見一個同樣的人，我也就不孤獨了，除了嗅覺以外，我同一切人都沒有什麼不同，是不？」

太陽更西斜了，他忽然提醒我說：

「黃昏時候，田野氣氛與早晨中午都不同，你可以辨別麼？」

「如果我來辨別，恐怕還是靠我的觸覺與溫覺的幫助。」

「而晴雨陰明的田野，它們的氣氛也是各各不同的。」他說：「每一種植物在不同的時刻、氣候或天氣，也都有不同的氣氛。而且礦物也一樣，不過比較不明顯就是。至於動物，則變化最多，在興奮疲倦快樂悲哀的情緒中，發出各色各樣的氣氛，它們是完全不同的。往往有人傾倒的一個有特殊怪癖，比方善於感傷或狂歡的女子，大概都是無形中顛倒於一種氣氛之中。」

我望著他沒有說話，他歇了一會，又說：

「所以如果用於藝術的話，這個運用是無限的。」

「聽說有人已經在研究有味電影。」我說。

「但它只是模照實物所有就是，等於有聲電影不用音樂而只在關門走路時弄點聲音一樣。這自然與藝術無關。」

我開始覺得我的問題的幼稚，所以不敢多問。他也不再說話，我看他已逐漸陶醉於暮色之中。

太陽逐漸西下，天邊有金色的鱗雲，東方的藍天漸暗，有蒼白的月痕浮起；漸漸金色的鱗雲變成桃紅，一層一層的灰色霧一般掩上去。於是太陽只剩一個紅球，在藍天金雲間浮動，忽然這紅球下沉，遠處整個的山野，鑲上了紅邊，於是顏色褪成橙黃、淺金以至微白。流水聲似乎更加清楚，偶爾一二聲鳥叫，有凄切的蟲聲響應。這時候我看旁邊的老者凝神依石遠矚，沒有一點聲音。一切在我能聽能見之外，他有另外一個世界，而這是我永遠無法接近的境界。我驟然感覺一種瞎子聾子應有的悲哀。

最後他支杖而起，深深地呼吸一下，用愉快滿足的態度望著我說：

「你可也陶醉在大自然的裡面了。」

「是的，這顏色，這聲音。」

「但你可記得這一地呈現於你眼前的有多少種顏色？」

「幾十種，」我說：「也許，細說起來，是幾百種。」

「聲音呢？」

「啊，這很難說，不過也一定差不多數目。」

「但是氣氛，在我所能辨的至少有萬餘種。」他說：「你看，這個世界還是氣氛的世界。」

我剛想說什麼的時候，他用手杖敲敲地，爽快地說：

「到我們家裡吃飯去。」

我點點頭，伴著他走回家去。

他安詳遲緩地走著，在路上再沒有同我說什麼。我則致力於體驗氣氛的感覺，對這氣世界的豐富與深廣，有無限的企慕與神往，但我可憐於我自己的低能。

走下坡，我偶然聽到村犬的夜吠，這引起我一個新的問題，我說：

「狗的嗅覺既然比人類的嗅覺強敏得多，那麼它們是不是會欣賞氣氛藝術呢？」

他笑了，用一種淡漠的口氣說：

「動物中有多少聽覺與視覺是超於人類的，但繪畫與音樂的欣賞，還只為人類所獨有。欣賞藝術與創造藝術都需要基本的感官與生理的能力，但主要的還是我們靈魂的感覺與表現。」

到他家裡，他兒子與我談起我旅行的情形與別處的風光，我同那位老先生的談話就沒有繼續下來。

飯後，我因為第二天一早要搭車遠行，所以坐一會就向他們稱謝告辭。

這已是兩年多以前的事了，但那位老先生留給我的印象還是非常新鮮，而且將永遠這樣新鮮，我相信。

煙圈

三個女，六個男，他們一共是九個人。

頭髮掩著半個臉的是密斯黃；用兩個笑渦同一排銀齒來交際的是密斯丁；眉毛像眼鏡腳般直畫到耳朵邊的是密斯佘，——這裡雖是這樣叫她，其實家裡都已經叫她耿太太了。

話說得最多，招呼得最忙的是新聞記者張；鐵鑄一般的坐著在喝酒的是體育家陸；坐在最遠的壁角，有霧一般的煙，從他嘴裡掩蓋他面部的是一個較年輕的，自己在研究哲學的周；帶金聲的話語是醫學博士劉；把注意點完全集中在兩個酒渦，一排銀齒上的是詩人歐陽；時時看那半臉的頭髮，而又不得不顧到眼鏡腳般的眉毛是畫家耿。

朋友們是中學時代的朋友，不過現在，時過境遷，似乎都有職業、生活來定他們個別的身分與態度；不過靠新聞記者交際的能力，酒酣的時候，全席的空氣都打成一片地了，中學時代的情趣，又橫溢在每個人的血裡，在人與人的中間。

起初，大家都有些拘束、客氣；後來那個新聞記者把中學時代的趣事作個引題，話就多了；接著是浪漫地開玩笑，意氣地爭辯起來。

功還該推給女性，她們的態度不再拘束，男子們當然也更不拘束了。

酒酣，滿屋是半臉翩翩的頭髮；滿屋是桃色的笑渦，銀色的牙齒；滿屋是眼鏡腳一般的眉毛；滿屋是有光的男性的眼睛，與帶酒氣的聲音。只有那最遠壁角的座位上，彌漫著一堆煙，牆一般的遮去的那個面孔，是在另外一個世界裡。

話交到一個問題上來，女性站在女性的立場，男性站在男性的立場，有一點爭論。桃色的笑渦，銀色的牙齒更是滿桌滿屋的飛揚。

慢慢的問題轉到嚴肅起來，大家都感到人生渺茫。他們從中學時代想起，莫名其妙的，似乎是自然而又非常不自然的變，各色各樣的變，每個人都有每個人的情形，沒有半點相同的波瀾。

有的是走了許多地方，嘗過許多戀愛的苦，有的是家裡遭了許多變故，有的是平穩的在同一城裡任職，希奇地待了十年之久！

大家把過去的自己的情況，一個個的報告了；再報告各人所知道的今天沒有去請的，請而未到的，以及遠散在別處無法去請的同學們的情形。其中最簡單的是年輕的煙裡的哲學家，他從中學裡出來，就住在那同一個公寓裡有十年之久；他除了吃飯睡覺等家常事務以外，就是吸煙，讀書，著作；沒有戀愛過，沒有浪費過，沒有一點青年必有的故事，那真是單調得使人吃驚。

大家都感到沒有兩個人有相同的境遇，也沒有一個人過的是十全的燦爛的生命，沒有一絲神經不曾受人間苦的奏弄。

大家不約而同的，感到一種苦，感到一種寂寞，其實還不如說是感到一種害怕，沉重地從每個感官壓到了神經的末梢，壓到神經的中樞。

誰能知道明天怎樣？一點鐘以後怎樣？一分鐘以後怎樣?也許剛才吃的東西裡有毒，再一秒鐘，二秒鐘，九條生命會同時告終。

大家已經離開了感傷，純粹而整個地被那種恐怕所脅迫。

房子裡再沒有眼鏡腳般眉毛的飛舞，沒有半臉的頭髮在翩翩;沒有桃色的笑渦銀色的牙齒在桌上、杯裡，在那十二隻瞳神裡跳躍。酒興都逼到自己的肚裡。詩人歐陽，畫家耿的眼睛也轉到整個的席上。

煙像有聲音般的，在那壁角裡彌漫。

有微風，拖著落葉的拖鞋一步步的在窗外步過。

八個心喘著同一般緊張的氣，注意到窗外，月色同那哲學家噴出的煙同一個顏色;於是都注意到那壁角的遮去了臉的煙霧。

「人生究竟怎麼一回事?」桃色的笑渦銀色的牙齒飛到壁角，衝開彌漫著的煙。煙裡露出一個黑灰色的長瘦臉，微笑掛上了口角，輕的，但誰都不能不抑著呼吸去細聽的聲音，隨著煙從他嘴裡出來。

「人生?」接著是一個煙圈從他嘴飛出來，他，同時大家都看它慢慢地滾動著擴大，擴大，淡起來，淡起來，散開去，散開去；以至消失。「這——就——是——人——生！」微笑又掛上了他的嘴角。

散在空氣裡的煙像有聲音般在動。

在各人口袋裡或手腕上的錶，「的得」「的得」的在跳躍。跳出了錶殼，跳出了錶面，跳到了桌上，跳到了酒杯，跳到每人的睫毛上，瞳孔裡，跳進鼻孔的裡面，肺部的氣囊，一直到血管的每顆血輪頂上，到骨髓的流質裡，到每條小神經的末梢上。

「同人生一樣。」笑容浮上了口角，煙圈飛到了空間，大家都看它慢慢地擴大，擴大。淡起來，淡起來，散開去，散開去，以至消失。「一切的，一切的一切都是這樣。大家散吧！」

這時候，大家才意識到這是要散的聚會，同時也早就到了散的時間；而且要打破這個可怕的空氣，也只有散的辦法。

「散了嗎？這樣的集合？」金聲的聲音。

「沒有不散的煙圈。」煙圈又飛到空間。

「我們一定要再吐，而且可以再吐。」桃色的笑渦同銀色牙齒飛到了空中。

於是新聞記者張就提議來組織一個定期的集會。理論上要打破這個謎，集會中可以大家討論；事實上這個集會，也可以聯絡感情，能使這恐怕之謎在事實上面融解。於是得到了一致的通過，規定一月兩次，輪流著做東道主，簡繁則隨每人的經濟情形而定，並且隨時希望多有老同學新朋友加入。

一年，兩年……所議決的集會是月月在舉行，不過人數是常常在變動；起先大家還報告些自己對於人生有別種的體驗，或者有不同的主張；不過到後來，簡直是以吃為主，笑為副事，討論的情形早已沒有，偶然有人提起這事，大家也都笑著混過去了。改變最少的是席角煙霧掩著臉的周，別人總有缺席的時候，而他是從來沒有不到過一次；他說話最少也最輕，說時，口角永遠掛著沒有聲音的微笑，使人們很願意平心靜氣來迎合他低微的聲音。

這天，輪到一位新加入的音樂家做東道主，音樂家是很樂觀的人；當然咯，他有錢，有美麗的太太，又有兩個可愛的小孩，同一個聰明的姪女。家裡布置得很精緻，酒菜，不用說更是大家都稱滿意，最引人入勝的是他藝術的天才所創造的空氣：他一會兒請他美麗的太太唱歌，一會兒自己奏小提琴，一會兒請他姪女來彈琴，一會兒又叫他兩個小孩來跳舞。弄得每個人的情緒都在這個空氣裡感到了慰藉；大家都忘了現實上的疲倦，忘了明天工作上的麻煩，忘了自己在未來前的某種憂慮，更忘了人生希奇的波瀾，已去的飄渺，未來的黝黑，以及那謎的神祕。

房裡沒有噪雜的爭辯。半臉的頭髮，桃色的笑渦銀色的牙齒，眼鏡腳般的眉毛，以及男子們灼灼的目光，酒腥的呼吸，也都沒有在滿屋滿桌酒杯上在翩翩，跳躍，飛舞，閃耀，噴射。可是也不使他們口袋裡手腕上的錶聲亂跳，不使拖鞋般的落葉步聲亂爬，更不使它們亂跳亂爬到他們的神經。

煙圍著的世界除外，大家都沉醉在這音樂家所布置幽美的空氣裡面，和諧的樂聲像細菌般的一群群飛到空中，飛到大家每一感官的上面，眼睛，耳朵，鼻子，皮膚，口腔，於是到了臟腑裡，肺中，血液上，以及每根神經的末梢；於是心意都平靜下來，態度都安詳下來，默默地呼吸著均勻的呼吸。

席將終，煙叢裡露出瘦長的臉，嘴角掛出迷人的笑容，發出沒有法使人不平心地去注意他的低微的緩緩的音調。他說，以後大家應當搜求人生最後一個呼吸時，所給我們的對人生之謎的解答。朋友之中尤其不能忘掉在臨死時寫一個答案，那麼，我們中最晚死的人就可以看見全部的不會再變更的結論了。這個提議，大家都笑著承受了。

以後每次集會，他都重複地報告這個議案，並且請大家去搜集去遵守。同時，他又請求給他發起人一個權利，那收集來的答案先由他保存，如果他先死了，那麼再交給別人，此外他又要求答案應當完全封固，一直到在集會的朋友們只剩一個人時候，才能拆開，免得受先死的人的影響。這個提議，大家又都笑著承受了。

又是一年以後，搜集到的答案已經有了好幾封。誰都沒有理會這些，只有那位哲學家在集會中常常報告數目，並仍告訴大家，他是原封的存在保險箱裡。

突然，有一天，密斯黃忽然患了重病，許多朋友都去看她；除醫學博士劉外，大家在外屋驚疑地坐著，眼睛像金魚眼似的在期待；任憑他們的錶聲亂跳，跳到了空中，跳進了鼻孔，跳進了血管，跳進了心臟。然而煙仍是罩籠那靠在壁角上的臉。

「希望是絕對沒有了。」金聲的報告，像喪鐘般打進了每個人的心靈。期待著的朋友個個像琴弦在極度緊張中斷了一樣的弛緩起來了，於是產生了各種的聲音，動作，淚沖了金魚眼似的張著的眼睛，沖去了桃色的酒渦銀色的牙齒，有的頭伏到桌角去，有的拿出手帕來。

煙叢裡顯出一個微笑著的嘴角，接著是拿出一個保險信封與火漆之類交給醫學博士劉。劉翻上濕了的睫眉，呆了一下，接著他就平穩地進去。煙又彌漫在原來的地方。

劉第二次出來，報告答案在寫了，並叫大家去見一次，因為一刻鐘以後……

「要像煙圈一樣的消失！」遲慢的，低微的聲音誰都聽到，誰都支不起他們沉重的睫毛來下一番注意，但是誰的面前都像有一個煙圈滾動著，在擴大，淡起來，散開去散開去，以至消失。

一個個拖著落葉般的步聲從病房中出來，體育家陸同詩人歐陽要看看密斯黃的答案，哲學家固執地不答應，口角的笑痕使畫家耿感到有些冷酷。

時間飛一般的過去，集會到後來便斷斷續續了，接著是無形中遺忘了。那位哲學家手中的保險信封越積越多。他近來的生活，同起先有些不同，他常常要去看一下朋友，為的是要提醒他們臨死時不要忘答這個答案，還要用信去叮嚀那稍久不碰著的朋友。

這樣，一直到年紀最長的醫學博士享壽五十八歲死去了，體育家陸也死了，密斯余也有了耿太夫人的訃聞證明過世，新聞記者張的死訊也在報上見到；此外，新進藝術家某某也死在法國，工程師某某死在英國，政論家某某死於浴盆裡……那時信封的數目已積滿了保險箱。

那天早晨，詩人歐陽來拜訪那位哲學家，告訴密斯丁已經是死於華勝輪船的沉沒。

空中飛滾著一個煙圈，擴大，淡下去，散開來，散開來以至消失；詩人歐陽與哲學家周都看見灰色的笑渦與銀色的牙齒，在煙圈裡浮動，擴大，淡下去，散開來，隨著煙霧而消失了。

「她的答案呢？」遲緩的，低微的聲音，從冷酷的微笑的口角裡隨著煙出來。

「答案？我想一定有的。不過是隨著她沉沒了！」淚從眼角一直濕詩人到的嘴角，只有這濕的嘴角才能吐出這樣白楊過風一般的聲音。他又說：「周，從搖籃到墳墓，這就是人生麼？儘管是天天過著不同的生活，然而天天都是一樣的；我現在一切都幻滅，一切都不留戀；我已經把我的答案填好，請你把所有的答案讓我知道一下吧。」

「那……除非等我死了，或者在你病危的前一刻鐘。」掛著冷酷的微笑，遲緩得可驚，可怕。

「周，老實告訴你：一刻鐘以後我決計要去自殺，我所想知道的，是那煙圈一般的一個個消失去的人，對於最後一瞬的人生，究竟起什麼樣的感想？」

三個煙圈散後，詩人歐陽失望地留下他自己的答案走了。

三個煙圈，四個煙圈……八個煙圈消失後，哲學家追了出去，到詩人歐陽的家裡，知道他沒有回來過，誰也不知道他到那兒去了。他到可能的地方都去問到，沒有消息；直等到汽車行的人來告訴早晨雇車的人投了海，他才立刻飛跑到海濱。

海濱上有人觀望著在說話。什麼都消失了，消失了；他吐了一個煙圈，痴痴地看它擴大，淡下來，散開去，散開去以至消失；他又注意到海，海上起了一個泡，他又痴痴地看它擴大，淡下來，散開去，散開去以至消失；這好像在回答他的煙圈，他就離開了這消失了的煙圈，消失了的泡影。

最後那哲學家患了肺病，病倒了；起初枕頭邊整天整夜彌漫著煙，後來是慢慢的淡下了去；那時，憑空飛來一封掛號信，是戰區寄來的，寄信人不知道誰，只是說耿在血泊中最後的囑語，就是叮嚀把附上的東西，千萬寄給周。

周吐了久久不吐的煙圈，看著它擴大，淡下來，散開去，散開去，以至消失。

病危的時候是劇烈的咳嗽，接著一個意外的平靜。就在這平靜的時候，他叫人打開了保險箱，打開保險信封，來閱讀那滿箱的答案。

頭兩個沒有什麼驚奇，三四個拆了以後，他興奮起來了，十個，二十個……的拆，拆到了他自己徵集來的工人，農夫，商人，雇傭，許多不識字的苦力，以及許多別國的朋友……使他興奮得咳嗽起來。吐了許多血以後，他再看，再看……直到最後，他不急急於看了。笑容掛上了他的嘴角，他想著圓圈，那是百來封答案中同一符號。圓圈，圓圈，圓圈！儘管用的顏色，圓的程度，畫的工具與方法都是各各不同，然而終於是圓圈，圓圈，圓圈！最特別的是畫家耿的答案，他是用血畫成的一個最圓的圓圈。

最後，他生命已經微了；他沒有力量再看那還未啟的那些信封，他請人把詩人歐陽的檢拆給他，他看了又劇烈地咳嗽起來，這個不是最後的答案，總與大眾完全不同，但是他想，海裡浮起的浮影：擴大，淡下來，散開去，散開去而終於消失的波紋，也許就是詩人歐陽最後的答案吧。

他生命更加微了！他想，如果盡他最後所餘的力量來對這個人生之謎做個答案，也不過是畫一個圓圈吧了。

他要求人給他一支煙吸。一個煙圈浮到空中，許多人都看著它滾動，擴大，淡下來，散開去，像有一種藕絲裡奏出來的微音帶著他消失。

風，拖著落葉的拖鞋在窗外一步步的緩緩的步過！

徐訏文集・小說卷13　PG1819

阿拉伯海的女神

作　　者	徐　訏
責任編輯	洪仕翰
圖文排版	周妤靜
封面設計	王嵩賀

出版策劃	釀出版
製作發行	秀威資訊科技股份有限公司 114 台北市內湖區瑞光路76巷65號1樓 電話：+886-2-2796-3638　傳真：+886-2-2796-1377 服務信箱：service@showwe.com.tw http://www.showwe.com.tw
郵政劃撥	19563868　戶名：秀威資訊科技股份有限公司
展售門市	國家書店【松江門市】 104 台北市中山區松江路209號1樓 電話：+886-2-2518-0207　傳真：+886-2-2518-0778
網路訂購	秀威網路書店：http://www.bodbooks.com.tw 國家網路書店：http://www.govbooks.com.tw
法律顧問	毛國樑　律師
總 經 銷	聯合發行股份有限公司 231新北市新店區寶橋路235巷6弄6號4F 電話：+886-2-2917-8022　傳真：+886-2-2915-6275

出版日期	2017年6月　BOD一版
定　　價	380元

國家圖書館出版品預行編目

阿拉伯海的女神 / 徐訏著. -- 一版. -- 臺北市 :
釀出版, 2017.06
面 ; 公分. -- (徐訏文集. 小說卷 ; 13)
BOD版
ISBN 978-986-445-205-7(平裝)

857.63 106007219

讀者回函卡

感謝您購買本書，為提升服務品質，請填妥以下資料，將讀者回函卡直接寄回或傳真本公司，收到您的寶貴意見後，我們會收藏記錄及檢討，謝謝！
如您需要了解本公司最新出版書目、購書優惠或企劃活動，歡迎您上網查詢或下載相關資料：http:// www.showwe.com.tw

您購買的書名：＿＿＿＿＿＿＿＿＿＿＿＿＿＿＿＿＿＿＿＿＿＿＿

出生日期：＿＿＿＿年＿＿＿＿月＿＿＿＿日

學歷：□高中（含）以下　□大專　□研究所（含）以上

職業：□製造業　□金融業　□資訊業　□軍警　□傳播業　□自由業
□服務業　□公務員　□教職　□學生　□家管　□其它＿＿＿

購書地點：□網路書店　□實體書店　□書展　□郵購　□贈閱　□其他

您從何得知本書的消息？
□網路書店　□實體書店　□網路搜尋　□電子報　□書訊　□雜誌
□傳播媒體　□親友推薦　□網站推薦　□部落格　□其他＿＿＿＿＿

您對本書的評價：（請填代號　1.非常滿意　2.滿意　3.尚可　4.再改進）
封面設計＿＿　版面編排＿＿　內容＿＿　文／譯筆＿＿　價格＿＿

讀完書後您覺得：
□很有收穫　□有收穫　□收穫不多　□沒收穫

對我們的建議：＿＿＿＿＿＿＿＿＿＿＿＿＿＿＿＿＿＿＿＿＿＿＿

＿＿＿＿＿＿＿＿＿＿＿＿＿＿＿＿＿＿＿＿＿＿＿＿＿＿＿＿＿＿

＿＿＿＿＿＿＿＿＿＿＿＿＿＿＿＿＿＿＿＿＿＿＿＿＿＿＿＿＿＿

＿＿＿＿＿＿＿＿＿＿＿＿＿＿＿＿＿＿＿＿＿＿＿＿＿＿＿＿＿＿

請貼
郵票

11466
台北市內湖區瑞光路 76 巷 65 號 1 樓

秀威資訊科技股份有限公司　　　收

BOD 數位出版事業部

....

（請沿線對折寄回，謝謝！）

姓　　名：＿＿＿＿＿＿＿＿　年齡：＿＿＿＿　性別：□女　□男

郵遞區號：□□□□□

地　　址：＿＿＿＿＿＿＿＿＿＿＿＿＿＿＿＿＿＿

聯絡電話：(日)＿＿＿＿＿＿＿＿＿ (夜)＿＿＿＿＿＿＿＿＿

E-mail：＿＿＿＿＿＿＿＿＿＿＿＿＿＿＿＿＿＿